FRANZ KAFKA

卡夫卡
作品选

Der
Prozess

审判

[奥地利] 弗兰茨·卡夫卡 / 著
韩瑞祥 / 译

人民文学出版社

Franz Kafka
DER PROZESS
图书在版编目(CIP)数据

审判/(奥)弗兰茨·卡夫卡著;韩瑞祥译. — 北京:人民文学出版社,2021
(卡夫卡作品选)
ISBN 978-7-02-015892-8

Ⅰ.①审… Ⅱ.①弗…②韩… Ⅲ.①长篇小说—奥地利—现代 Ⅳ.①I521.45

中国版本图书馆CIP数据核字(2019)第289194号

责任编辑　欧阳韬
装帧设计　李思安
责任印制　王重艺

出版发行　人民文学出版社
社　　址　北京市朝内大街166号
邮政编码　100705

印　　刷　三河市鑫金马印装有限公司
经　　销　全国新华书店等
字　　数　154千字
开　　本　850毫米×1168毫米　1/32
印　　张　6.75　插页3
印　　数　1—6000
版　　次　2021年10月北京第1版
印　　次　2021年10月第1次印刷

书　　号　978-7-02-015892-8
定　　价　40.00元

如有印装质量问题,请与本社图书销售中心调换。电话:010-65233595

译者前言

弗兰茨·卡夫卡(Franz Kafka,1883—1924)在西方现代文学中有着特殊地位。他生前在德语文坛上鲜为人知,死后却引起世人广泛关注,被誉为西方现代派文学主要奠基人之一。

论年龄和创作年代,卡夫卡属于表现主义派一代,但他并没有认同于表现主义。在布拉格特殊的文学氛围里,卡夫卡不断吸收,不断融合,形成了独特的"卡夫卡风格"。他作品中别具一格甚至捉摸不透的东西就是那深深地蕴含于简单平淡的语言之中的、多层交织的艺术结构。他的一生、他的环境和他的文学偏爱全都网织进那"永恒的谜"里。他几乎用一个精神病患者的眼睛去看世界,在观察自我,在怀疑自身的价值,因此他的现实观和艺术观显得更加复杂,更加深邃,甚至神秘莫测。

布拉格是卡夫卡的诞生地,他在这里几乎度过了一生。在这个融汇着捷克、德意志、奥地利和犹太文化的布拉格,卡夫卡发现了他终身无法脱身的迷宫,同时也造就了他永远无法摆脱的命运。

卡夫卡的一生是平淡无奇的。他出生在奥匈帝国统治的布拉格,犹太血统,父亲是一个百货批发商。卡夫卡从小受德语文化教育,1901年后入布拉格大学攻读德国文学,后迫于父亲的意志转修法学,1906年获得法学博士学位。大学毕业后,先后在法律事务所和法院见习,1908年以后一直在一家半官方的工伤事故保险公司供职。1924年肺病恶化,死于维也纳近郊的基尔林疗养院。

卡夫卡自幼酷爱文学。早在中学时代，他就开始大量阅读世界文学名著，尤其对歌德的作品、福楼拜的小说和易卜生的戏剧钻研颇深。与此同时，他还涉猎斯宾诺莎和达尔文的学说。大学时期开始创作并发表一些短小作品。供职以后，文学成为他惟一的业余爱好。1908年发表了题为《观察》的七篇速写，此后又陆续出版了《司炉》（长篇小说《失踪的人》第一章，1913），以及《变形记》(1915)、《在流放地》(1919)、《乡村医生》(1919)和《饥饿艺术家》(1924)四部中短篇小说集。此外，他还写了三部长篇小说：《失踪的人》(1912—1914)、《审判》(1914—1918)和《城堡》(1921—1922)，但生前均未出版。对于自己的作品，作者很少表示满意，认为大都是涂鸦之作，因此在给布罗德的遗言中，要求将其"毫无例外地付之一炬"。但是，布罗德违背了作者的遗愿，陆续整理出版了卡夫卡的全部著作。这些作品发表后，在世界文坛引起了巨大的反响。从上世纪四十年代以来，现代文学史上形成了特有的一章："卡夫卡学"。

无论对卡夫卡的接受模式多么千差万别，无论有多少现代主义文学流派和卡夫卡攀亲结缘，卡夫卡不是一个思想家，也不是一个哲学家，更不是一个宗教寓言家，他只是一个风格独具的奥地利作家，一个开拓创新的小说家。卡夫卡的艺术世界里没有了传统的和谐，贯穿始终的美学模式是悖谬。首先，卡夫卡的作品着意描写的不是令人心醉神迷的情景，而是平淡无奇的现象：在他的笔下，神秘怪诞的世界更多是精心观察体验来的生活细节的组合；那朴实无华、深层隐喻的表现所产生的震撼作用则来自那近乎无诗意的，然而却扣人心弦的冷静。卡夫卡叙述的素材几乎毫无例外地取自普普通通的生存经历，但这些经历的一点一滴却汇聚成与常理相悖的艺术整体，既催人寻味，也令人费解。卡夫卡对他的朋友雅鲁赫说过："那平淡无奇的东西本身就是不可思议的。我不过是把它写下来而已。"其次，卡夫卡的小说以其新颖别致的形式开拓了艺术表现的新视角，以陌生化的手段，表现了具体的生活情景。他所叙述的故事既无贯穿始终的发展主线，也无个性冲突的发展和升华，传统的时空概念解体，描写景物、安排故事的束缚被打破。强烈的社会情绪、深深的内心体验和复杂的变态心理蕴含于矛盾层面的表现中。卡夫卡正是以这种离经叛道的悖谬法和多层含义的隐喻表现了那梦幻般的内心生活——无法逃脱的精神苦痛和所面临的困惑。卡夫卡独辟蹊径的悖谬美学成就就是独创性和不可模仿性的完美结合。

小说《审判》是"卡夫卡风格"最有代表性的作品之一。《审判》在卡夫卡的整个创作过程中占有十分重要的地位，是卡夫卡留给后人一个仁者见仁智者见智、永远也解不尽的谜。《审判》从问世以来已经历经了近百年的沧桑，但时至今日依然是世界文坛上经久不衰的现代派文学经典，同样也很受我国读者喜爱。值人民文学出版社出版《审判》单行本之际，译者对发表在《卡夫卡小说全集》中的《审判》译文进行了全面的修订。作为喜欢卡夫卡的读者，译者在此愿与所有对卡夫卡感兴趣的同仁继续共勉。

韩瑞祥

2018年8月于北京

目　次

逮捕	001
格鲁巴赫太太——毕尔斯泰纳小姐	015
初审	027
在空荡荡的审讯厅里——大学生——办公室	041
鞭手	062
K的叔叔——莱尼	068
律师——厂主——画家	087
商人布洛克——解聘律师	130
在大教堂里	157
结局	178

残章断篇

毕尔斯泰纳的朋友	185
检察官	192
拜访爱尔萨	198
明争暗斗	200
法院	204
探望母亲	207

逮 捕

一天早上，约瑟夫·K莫名其妙地被逮捕了，准是有人诬陷了他。每天一早八点钟，女房东格鲁巴赫太太的厨娘总会给他送来早点，今天却没有来。这种事还从来没有发生过。K倚着枕头向窗外望，发现住在对面楼上的老太太异常好奇地注视着他。K饿着肚子，也感到很奇怪，便按响了铃。随即有人敲了敲门，一个他在这栋楼里从来没有见过的男人走了进来。这人长得修长，但看上去却很结实。他穿着一身得体的黑衣服，上面有各种褶线、口袋和纽扣，还有一条束带，显得特别实用，活像一个旅行者的装扮。但K并不明白这一切是派什么用场的。"你是谁？"K从床上欠起身子问道。但是，这人并不理睬K的问话，好像他的出现是理所当然的。他只问道："是你按的铃吗？""安娜该给我送早点了。"K说完便不做声了；他聚精会神地打量着，心里琢磨着，竭力想弄清楚来者到底是什么人。然而，这人不大会儿就避开了他打量的目光，转身走到门口，打开一条缝，向显然紧站在门外的人报告说："他说要安娜给他送早点来。"旁屋随之响起一阵短暂的哄笑声，听声音也弄不清屋里有几个人。虽然这陌生人并没有从笑声中悟出是怎么回事，可是他却像转达通知一样对K说："不行。""简直不可思议，"K说着从床上跳起来，匆匆穿上裤子，"我倒要瞧瞧，隔壁屋里都是些什么人，看看她格鲁巴赫太太怎么来给我解释这莫明其妙的打扰！"但是，他立刻意识到，他不该大声这么说，这样做不就等于在一定程度上承认了陌生人对他的监视权了吗？到了现在这份儿，他觉得这也没有什么大不了的了。但是，陌生人毕竟不是那样想的，因为他问道："难道你不觉得呆在这儿更好吗？""如果你不说明你来干什么，我就不愿意呆在这里，也不想搭理你。""我可是好意。"陌生人说着便有意把门打开。K 走进隔壁房间，脚步慢得出乎他的意外。一眼看去，屋子里的一切似乎像头天晚上一样依然如旧。这是格鲁巴赫太太的客厅，满屋子都是家具、陈设、瓷器和照片。也许客厅的空间比往常大了一些，但是一进屋是看不出来的，更何况屋里的主要变化是有一个正坐在敞开的窗前看书的男人。他抬起头来望着 K。"你应该呆在自己的屋子里。难道弗兰茨没有告诉你吗？""说过，你究竟要干什么？"K 一边说，一边把目光从这个刚认识的人身上移向站在门旁的弗兰茨，然后又移了回来。穿过敞开的窗户，K 又看见了那个老太太。她面带老态龙钟的好奇走到正对面的窗前，想再看看眼前发生的一切。"我要见格鲁巴赫太太——"K 边说边挥舞着两臂，仿佛要挣脱开两位站得距他还很远的人走出去。"不行，"坐在窗前的那个人说着将手里的书扔到桌上，站了起来，"你不能走开，你已经被捕了。""原来是这样，"K 说，"那么究竟为什么呢？"他接着问道。"我们不是来告诉你为什么的，回到你的屋子里去等着吧。你已经有案在身，到时候你自会明白的。我这么随随便便跟你说话，已经超越了我的使命。但愿除了弗兰茨以外，谁也别听见我说的话。弗兰茨自己也违反规定，对你太客气了。你遇上我们这样的看守，算你走大运了；如果你还继续这样走运的话，就可以有好结果。"K 打算坐下来，可是他看了看，屋里除了靠在窗前的一把椅子外，没有地方可坐。"你将会明白，这些都是真心话。"弗兰茨说着和另外那个人同时朝 K 走过来。那人要比 K 高大得多，他不停地拍着 K 的肩膀。两人仔细地看着 K 的睡衣说，他得换件普通的睡衣，他们愿意保管这件睡衣和他的其他衣物。一且他的案子有了圆满的结果,再一一还给他。"你最好把这些东西交给我们保管,可别交到仓库里,"他们说,"因为仓库里经常发生失窃的事;另外,到了仓库里,过上一段时间,不管你的案子有没有结果,他们都会把你的东西统统卖掉。天晓得像这样的案子会拖多久,近来就更说不准了!当然,你最后从仓库里也能拿到变卖来的钱,不过这钱到了你手上已经少得可怜,因为拍卖时不管叫价的高低,只看贿赂的多少。其次大家都清楚,这样的钱一年一年地转来转去,每经一道手都要雁过拔毛。"K对这些话几乎毫不在意;他并不看重他或许还有权支配自己所有的东西。对他来说,更重要的是弄明白自己现在的处境,然而有这帮人在身边,他简直无法思索。第二个看守一直用肚皮顶着他的身子——只有看守们才会这样——,似乎显得很亲热。但是,K抬起头来一看,只见一副又干又瘪的面孔,一个大鼻子歪向一边,这面孔与那肥胖的躯体毫不相配。他正在K脑袋上方与另外那个看守商量着什么。这些人到底是干什么的?他们在谈什么呢?他们是哪家的人?K不是生活在一个天下太平、法律刚正的法治国家里吗?谁竟敢在他的寓所里抓他呢?K一向喜欢对什么事都尽量抱着满不在乎的态度;只有当最糟糕的情况发生了时,他才会相信真的是这个样;不到灾祸临头,他根本不会去替明天操心。可是此时此刻,他觉得这种态度并非可取,也就是说,他可以把这一切当作是一场玩笑,当作是银行里的同事跟他开的一场不大高明的玩笑,只是他不明白其中的缘由罢了。也许是因为今天是他三十岁的生日吧,这当然是可能的。也许他只消心照不宣地朝着这两个看守的脸笑笑,他们准会一同笑起来。也许他们就是在街道拐角处干活的搬运工,——他们的样子倒很像。尽管如此,他从一看见那个叫弗兰茨的看守时起,就打定主意,不放弃他面对这两个人可能占有的优势,哪怕是一丝一毫的优势。即使尔后有人会说,他连开玩笑都不懂,他也觉得没有什么大不了。但是,他大概回想起了——他向来就没有吸取教训的习惯——几桩说来无足轻重的往事,因为不听朋友的劝告,一点儿不考虑会造成什么样的后果,草率行事,结果不得不去自食其果。那样的事不能再发生了,至少这一次不能重蹈覆辙。如果这是一场喜剧的话,那我就要奉陪到底了。

他还是自由的。"对不起。"他说,随之从两个看守中间穿过去,急匆匆地回到他的屋里。"他好像挺能沉得住气。"他听到身后有人这样说。他一到自己屋里,立刻拉开写字台的抽屉,里面的一切摆放得井井有条,可是由于情绪激动,他恰恰要找的身份证件一时却找不见。最后,他找到了自己的自行车牌照,打算拿去出示给看守,可是又觉得这玩意儿太不管用。他继续翻来找去,总算找到了出生证。当他再回到隔壁房间时,对面那扇门打开了。格鲁巴赫太太正好也想进去。她一瞧见 K 的那一刹那,显得十分窘迫,K 差点儿还没有看出她来,她说了声对不起就消失在门后,而且小心翼翼地关上了门。"进来吧!"K 还来得及说的就是这句话。可是,他拿着身份证件,站在屋子中央,眼睛只是直望着那扇再也不会打开的门。看守们一声喊叫,才使他醒悟过来。他发现他们坐在窗前的小桌旁瓜分着他的早点。"她为什么不进来呢?"K 问道。"不许她进来,"高个子看守说,"就是因为你被捕了。""我究竟怎么会被捕呢?如此的莫明其妙?""怎么,你又来劲啦,"那看守一边说,一边把一块涂着黄油的面包放到蜂蜜罐里蘸了蘸,"我们不回答这样的问题。""你们必须回答,"K 说,"这儿是我的身份证件,现在让我看看你们的,首先是拘捕证。""哎呀,我的天哪!"那个看守说,"你不能老老实实地听命于自己的处境,你好像存心要惹我们发怒,别白费气力了。我们现在可能比任何人对你都要好!""一点儿不错,你要相信这个。"弗兰茨说。他手里端着咖啡杯,没有送到嘴边,久久地注视着 K。他的目光看上去意味深长,可是令人费解。K 很不情愿地与弗兰茨对视着。然后,他拍着手中的证件说:"这儿是我的身份证件。""你的证件关我们什么事?"高个子看守喊道,"你的表演让人讨厌,连个小孩子都不如。你究竟想干什么?你凭什么身份证件和拘捕证跟我们这些看守纠缠不休,难道你以为这样就可以使你这桩讨厌的案子早点结束吗?我们不过是地位卑微的职员,哪里管得着什么身份证件之类的事。我们不过是每天看管你十个钟头,拿工钱罢了,和你的案子毫不相干。这就是我们能做的一切。可是话说回来,我们也能看得出来,我们为之服务的当局在下这样的拘捕令前,都会十分审慎周密地弄清拘捕的理由和被捕人的情况。这可是不会有错的。就我所知——当然我只是了解最低一级的官员——,我们的官员们从来是不会错罪良民,而是按照法令行事,哪里有犯罪,就派我们这些看守去那里。这就是法律。怎么会弄错呢?""这种法律我可不懂。"K 说道。"那你就更糟了。"那个看守答道。"想必法律也只是存在于你们的脑袋里。"K 说道。他极力想弄清楚这两个看守的想法,使他们的想法为自己服务,或者使自己去适应他们。可是那个看守不容 K 再说下去。他说:"将来会有你好受的。"这时,弗兰茨插嘴说:"你瞧,威勒姆,他承认说他不懂法律,可是他又声称自己是无罪的。""你说得很对,不过你根本没法让他这样的人明白道理。"另外那个看守说。K 不再去搭理他们。"难道说,"他心想着,"我非得叫这些最下等的官员——他们自己承认是这样——的一派胡言乱语搞得神魂颠倒不可吗?他们喋喋不休的东西,至少连他们自己也一窍不通。他们的愚蠢才会使他们这么自以为是。要和一个与我水平相当的人交谈,只消说几句话,一切便一清二楚,而要跟这两个家伙就是没完没了地谈下去,也弄不明白什么。"他在屋子里的空地上来回踱了几次,看见对面楼上的那个老太太扶着一个年纪还要大得多的老头走到窗前。K 觉得该让这场闹剧收场了。"带我去见你们的上司。"他说道。"那要等他下命令，先别这么着急。"那个叫威勒姆的看守说。"我倒要奉劝你，"他接着说，"回到你的房间去，安安静静地等着你的发落。我们劝你别再白费气力胡思乱想，神魂不安，还是集中精力为好。你将面临的是举足轻重的审讯。我们对你可是好心好意，而你待我们却不这样好。你别忘了，不管我们是什么人，现在比起你来，至少我们是自由的，这可不是微不足道的优势。不过，如果你有钱的话，我们乐意给你从对面的咖啡店里拿些早点来。"

K没有理睬他们所说的，默默地站了一会儿。如果他去打开隔壁的房门，或者甚至打开前厅的门，也许这两个家伙压根儿就不敢来阻拦，也许整个事情最简单的办法就是索性一不做二不休。可是，也许他们会来抓住他。一旦他栽到他们手里，那他现在在某些方面对他们还保持着的优势便会完全失去。因此他觉得不可操之过急，宁可稳妥，顺其自然。于是，他和看守们没有再说一句话，默默地回到自己的房间里。

他躺到床上，从洗脸架上拿来一个大苹果，这是他昨天晚上为早点准备好的。现在，这苹果就是他惟一的早点了。他吃了几大口，确实觉得挺可口的，怎么说也比那两个看守好心地要去那家肮脏不堪的通宵咖啡店里买来的东西好多了。他感觉精神不错，而且满有信心。虽然他今天耽搁了银行一上午的工作，但是凭着他在那里的地位，随便说说也就过去了。他要不要把不能去上班的真实理由讲出来呢？他打算这么做。如果他们不相信他的话——在这种情况下是可以理解的——，那么，他就可以让格鲁巴赫太太作证，或者也可以让住在对面的那两位老人作证，他们现在也许要走到对着他的窗前来。K觉得奇怪，至少他对那两个看守的想法感到诧异：他们居然把他赶回屋里，让他单独呆在里面，使他大有自杀的机会。不过，他同时又从自己的思路出发扪心自问,他有什么理由自杀呢?难道是因为坐在身旁的这两个家伙侵吞了他的早点吗?自杀是多么的愚蠢呀;即使他想自杀,也不会这样做。这样做未免太愚蠢了。要是这两个看守不是如此赤裸裸的蠢笨的话,那么他真会以为,连他们也同样确信自杀是愚蠢的,所以才觉得让他一个人呆在屋里不会有什么危险。现在,他们想怎么监视随他们的便。他走到酒柜前,取出一瓶上好的烧酒,斟满一杯,一饮而尽,用来弥补早点,接着斟上第二杯,为了给自己鼓鼓气;有这么一杯垫底,必要时可以应付不测。

这时,隔壁屋里传来一声呼叫,他吓了一大跳,牙齿碰到酒杯上格格作响。"监督官叫你去。"有人这样喊道。正是这声叫喊使他感到十分吃惊。这是一声短促破碎、军令式的叫喊,他简直不敢相信这是看守弗兰茨发出来的。可是他盼的就是这个命令。"总算等到了。"他回敬了一声。他关上酒柜,立刻赶到隔壁屋里。然而,站在那儿的两个看守却走上前来又逼着K回到自己的屋里去,仿佛这是理所当然的。"你这样子来干什么?"他们呵斥道,"你穿着件衬衫就想去见监督官吗?他非得让人狠狠地揍你一顿不可,连我们也要跟着倒霉!""放开我,见鬼去吧!"K大声喊道。这时,K已经被推到他的衣柜前。"你们从床上把人抓起来,还要他穿得衣冠楚楚,岂有此理。""说这些都没有用。"两个看守说。K的嗓门越来越高,他们却变得非常平静,甚至有些沮丧,想借此把他搞糊涂,或者在某种程度上使他理智起来。"荒谬的讲究!"他气呼呼地说。可是他说着从椅子上拿起一件外衣,用两手提着展开来,好像是让这两个看守瞧瞧行不行。他们摇了摇头。"一定要穿黑衣服。"他们说。K随手把这件衣服扔到地板上说:"这还不是主要的审判。"他自己也不明白说这话是什么意思。两个看守笑了笑,可是依然坚持他们的意见:"一定要穿黑衣服。""如果我这样做能使案子审理得快些,那我也就觉得值得了。"他自己打开衣柜，在里面翻腾了半天，选出了他那套最好的黑衣服。这是一套腰身考究的西装，凡是见过的人都赞不绝口。然而，他又挑了一件衬衫，开始精心地穿戴起来。他暗暗地庆幸两个看守居然忘了要他去洗一下澡，因此而加快了整个案子的进程。他默默地注视着两个看守，看他们还会不会想起来让他去洗澡。但是，他们哪里会想到这事。相反，威勒姆倒没有忘记让弗兰茨去报告监督官，K正在换衣服。

他一穿戴完毕，就得穿过已经没有人影的隔壁房间，走向紧邻的那间屋子。威勒姆紧紧地跟在他的后面。这间屋子的两扇门已经打开。K知道得很清楚，这屋里住着一个叫毕尔斯泰纳的小姐，是个打字员，前不久才搬来这里住。她通常很早就去上班，很晚才回家，K跟她不过是碰上面打打招呼而已。现在，她的床头柜已经搬到屋子的中央当审判桌，监督官就坐在审判桌的后面。他跷着两腿，一只手搭在椅背上。

在屋子的一个角上站着三个年轻人，观看着毕尔斯泰纳小姐别在墙布上的照片。窗户敞开着，把手上挂着一件白衬衣。那两个老家伙又倚靠在对面的窗前，而且他们的圈子扩大了，在他们身后还站着一个又高又大的男人。那人穿着一件汗衫，敞着怀，手指在那发红的山羊胡子上捋来捋去。"你就是约瑟夫·K吗？"监督官问道。他也许只是想把K心不在焉的目光引到他身上来。K点了点头。"今天早上发生的事一定让你受惊了吧？"监督官一边问，两手一边不住地摆弄着小桌上的几样东西：蜡烛、火柴、一本书和一个针插，仿佛这些东西是他审讯时必不可少的。"那还用问，"K回答道，他禁不住感到了莫大的轻松，终于碰到了一个明理的人，能够跟他谈谈自己的事了，"不用说，我是受了惊，不过也绝非是什么大不了的。""不是什么大不了的？"监督官问道，他说着把蜡烛放到小桌子中间，把其他东西摆在蜡烛的周围。"也许你误解了我。"K赶紧解释说。"我是说,"——K话没说完就停住了,他朝四下看了看,想找一把椅子,"我想我可以坐下来说吧?"他问道。"这可没有先例。"监督官回答道。"我是说,"K没有再停下来,"我当然受惊不小,不过一个在世上活了三十多年的人单枪匹马闯荡搏击,注定不会为意外的事所左右,也不会把它看得那么严重。对今天这件事尤其是这样。""为什么对今天这件事尤其是这样呢?""我并不是想说,我把今天发生的一切当作在开玩笑;要这么说的话,我就觉得为此所做的准备显得太周全了。那么公寓里所有的人,以及你们几位都得参与了。这样的玩笑未免太过分了。我确实并不是想说,这是一个玩笑。""一点不错。"监督官一边说,一边察看着火柴盒里有多少根火柴。"但是,从另一方面来说,"K接着说下去,他扫视了一下在座的,甚至想把那三个观看照片的人的注意力也吸引过来,"但是,从另一方面说,这事也没有什么大不了的。我这么说当然是有根据的:有人指控了我,但是我一点也找不出我犯了什么别人可以用来指控的罪过。不过这是无关紧要的,主要的问题在于是谁指控了我?什么样的机构来审理这个案子?你们是法官吗?你们没有一个人穿着制服,如果你的衣服,"他说着转向弗兰茨,"也不算作制服的话。而你的衣服倒更像旅行者的打扮。这些问题我要求得到一个明确的解释。我相信,只要事情说清楚了,我们就会十分愉快地各走各的路。"监督官把火柴盒往小桌上一扔。"你完全弄错了,"他说,"对你的案子来说,在座的几位先生,都是些无关紧要的人物。其实我们对这案子也是一无所知。我们是可以穿上最正规的制服,你的案子丝毫也不会变得更糟。我也绝对不可能说有人指控了你的话,或者更多类似的话,我并不知道是否是这种情形。你被捕了,这是毫无疑问的,更多的我就不知道了。或许看守对你唠叨了些什么别的事,那不过是瞎说说而已,即使说我答复不了你提出的问题,不过,我倒可以忠告你一句:少在我们身上打主意,少想想你将会怎么样,最好还是多想想你的处境。别再这么大声嚷嚷你是清白无辜的,这反而会损坏你在其他方面给人留下的还不错的印象。你也要少开口为好,你刚才所说的那一番话,谁都会认为是你的态度的表露。难道你少说几句不行吗?再说你那样做对你有什么好处呢?"

K目不转睛地看着监督官。难道他就听着一个可能比自己还年轻的人振振有词地来教训吗?难道他要为自己的坦诚而遭受斥责吗?难道他无法得知为什么被捕和下令逮捕的幕后人吗?他禁不住激动起来,在屋里踱来踱去,谁也不阻拦他。他摸摸袖口,又摸摸胸前的衬衫,捋了捋头发,走过那三个人身旁时说:"真是荒唐!"这三个人不约而同地转过身来,和善而严肃地打量着他。最后,K又在监督官的桌前停住脚步。"哈斯特尔律师是我的好朋友,"他说,"我可以打电话给他吗?""当然可以,"监督官回答道,"不过我不明白给他打电话会有什么意义,除非你有什么私事要跟他商量。""你还问有什么意义?"K喊了起来,与其说是大动肝火,倒不如说是惊慌失措,"你到底是什么人?你口口声声问我有什么意义,而你自己在做的不正是这世上最无意义的事吗?这未免太荒唐了吧?你们先是闯进我的屋里来抓人,现在围在这儿,坐的坐,站的站,而且要让我像表演高超的骑术一样来给你表演。既然你们声称我被捕了,那么跟律师打电话还有什么意义呢?好吧,我不用打电话了。""你爱打就打吧!"监督官边说边伸出手指向前厅,那里放着电话,"请便,去打吧!""不,我不想打了。"K说着走到窗前。对面楼上,那几个人依然守在窗前袖手观望。当K出现在窗前时,他们似乎才有点不好意思。两个老家伙想起身走开。然而,站在他们后面的那个人让他们别在意。"那边也有这样看热闹的。"K手指向外一指,对着监督官大声说道。"走开!"他接着朝对面吆喝一声,那三个人立即往后退了几步,两个老家伙竟退到了那男人的背后,他用魁梧的躯体遮挡住他们。看他嘴唇嚅动的样儿,准是说了些什么。只因相隔太远,无法听见。但是,他们并没有完全走开的意思,好像在等待着时机,再悄悄地回到窗前来。"死皮赖脸、肆无忌惮的东西!"K说着身子又转回屋里。他向旁边瞥了一眼,似乎发现监督官可能也是这样想法。但是,监督官也可能根本就没有听,因为他把一只手紧紧地按在桌子上,好像在比较着这手指的长短。两个看守坐在一个用绣花布罩着的箱子上,在膝盖上摩来摩去。三个年轻人手插在腰间,漫不经心地四下张望。屋子里静悄悄的,好像在一间空无一人的办公室里。"好吧,我的先生们,"K大声说,一瞬间,他觉得好像是在座的沉重地压在他肩上似的,"看你们的神色,我这案子或许该结束了。依我看,最好别再追究你们的行为合法不合法,这事握手言和就算了结了。如果诸位也是这么想的话,那么就请便了——"他说着就走到监督官的桌前,伸出手去。监督官抬起头来,咬了咬嘴唇,望着K伸过来的手。K始终以为他会握住这只言和的手。然而,那家伙站起身来,拿起放在毕尔斯泰纳小姐床上的硬圆帽,双手把它小心翼翼地戴在头上,好像是在试戴新帽似的。"你把一切想得是多么简单!"他对着K说,"你以为这样我们就可以把你的案子结了吗?不,你想错了,这确实办不到。另一方面,我说这些话也绝对没有要你不抱希望的意思。不能放弃,为什么要放弃希望呢?你只不过是被捕了,别的什么都没有。我奉命来通知你被捕了,我这样做了,也看到了你的反应。今天就到此为止吧,我们现在可以告别了,当然这只是暂时的告别。我想你可能要到银行去吧?""去银行?"K问道,"我想我不是被捕了吗?"K的发问带有几分挑衅,因为他并不在乎他提出握手言和不被理睬,只觉得越来越跟这帮家伙没有什么好说的,尤其从监督官起身要走以后更是如此。他在耍弄他们。他盘算着,如果他们要走的话,他就一直追到大门口,让他们干脆逮他走就是了。因此,他便重复道:"我不是被捕了吗,又怎么能够去银行呢?""啊呵,原来如此,"已经走到门口的监督官说,"你误解了我的意思。你被捕了,确实如此,但是,这并不妨碍你的工作,也不会妨碍你的日常生活。""这么说来,被捕并不是很坏的事。"K说道,并且走近监督官。"我从来都不认为这是坏事。"这家伙说。"但是,照你这么说,似乎我被捕一事,根本就没有什么通知的必要了。"K说着更加靠近了监督官,其他人也靠上前来。现在,大家都挤在门旁那一小块地方上。"这是我的义务。"监督官说。"一个愚蠢的义务。"K毫不让步地说。"也许吧,"监督官回答道,"不过,我们别这么争来争去浪费时间。刚才我以为你要去银行。既然你老是咬文嚼字吹毛求疵,我就再补充一句:我并不强迫你去银行;我只是猜想你要去。为了你方便起见,为了让你尽量不惹人注意地回到银行去,我留着三位先生在这里,他们都是你的同事,随时听候你的吩咐。""什么?"K喊了起来,十分惊奇地注视着这三个人。在他的印象里,这三个如此不起眼的、面色苍白的年轻人始终不过是那几个观看照片的人。现在他才发现,他们确实是银行里的职员,说是同事,则言过其实,这也露出了监督官无所不晓的破绽。但是,无论怎么说,他们确实是银行里的低级职员。K怎么会视而不见呢?他一个劲儿地只顾跟监督官和看守周旋,竟没有认出这三个人来:一个是呆板的拉本斯泰纳,他习惯于挥动双手,一个是眼眶深陷、满头金发的库里希,另外一个叫卡米纳,他脸上患有慢性肌肉劳损病,总是挂着令人难堪的笑容。"早晨好!"K停了一会儿说,并且向这三个彬彬有礼、躬身致意的年轻人伸过手去,"我一点儿也没有认出你们来。不说啦,我们现在上班去,好吗?"三个年轻人听了满面笑容,频频点头,仿佛他们就是为了得到这个机会才等这么久。当K要回房间去取他的帽子时,他们争先恐后地跑去拿,这样免不了有几分尴尬。K站在那里一动不动,看着他们穿过两道大开的门跑进去,落在最后的当然是不开窍的拉本斯泰纳,他只不过是迈着轻快的小步子跑了进去。卡米纳把帽子递了过来,K像在银行里一样,不得不一再自言自语地提醒自己,卡米纳的笑脸不是故意做出的,就是他真的想笑,也无法笑得出来。前厅里,格鲁巴赫太太给这几个人打开了大门,看来她并不很感到愧疚。像往常一样,K低头看着她的围裙带,它深深地勒进她那肥胖的腰间,深得让人莫明其妙。到了楼下,K看了看表,决定叫一辆出租车,以免再耽误时间,因为他已经迟了半个钟头。卡米纳跑到巷口去叫车,另外两个显然竭力想分散K的注意力。就在这时,库里希突然指向对面的大门:只见那个蓄着发红的山羊胡子的高个子男人出现在大门口。一瞬间,他露出了整个身子,显得有几分窘迫的样子。他又缩了回去,倚靠到墙边。那两个老人可能正在下楼。库里希让他去注意那男人,K感到很恼火,其实他自己早就看见了,而且也料到了他会出现。"别看那边了!"K按捺不住地喊了出来,也顾不上去考虑面对独立自主的男人这样讲话是多么的出乎寻常。不过,也不必去解释了,因为就在这时,出租车叫来了,他们便坐上车走了。这时,K想起了他没有注意到监督官和看守们是怎样离开的。刚才他只注意了监督官,竟没有认出这三个职员来;现在他又只注意了这三个职员而忘记了监督官。这说明他不够沉着镇定,K决心在这方面要多加小心。想着想着,他便不由自主地转过身,从车子的后篷望过去,兴许还能看到监督官和看守。但是,他马上又转回身来,舒舒服服地靠在车座一侧,丝毫不想再去寻找任何人。虽说没有任何迹象表明,可是,或许他现在正是需要听几句安慰话的时候,然而这三个年轻人好像都懒得开口;拉本斯泰纳向右望出车外,库里希向左看出去,惟有卡米纳挂着他那难堪的笑脸听候他的吩咐。可惜的是,出于人道的考虑,这张笑脸不能作为谈笑的话题。

格鲁巴赫太太——毕尔斯泰纳小姐

这年春天，K总是这样打发着他的晚上：下班以后，只要还有时间——他大多在办公室里呆到九点钟——，他要么独自，要么和同事一块去散散步，然后去一家啤酒馆里，跟那些大都比他年长的人围坐在一张固定的餐桌前，通常一直要到十一点。当然，这样的日程安排也有例外的时候，比如，有时银行经理邀他乘车去兜风；有时请他去别墅吃饭。经理很看重K的工作能力，并且十分信任他。除此以外，K每周要去看一次一个名叫爱尔萨的姑娘；她在一家夜酒吧里当跑堂，工作通宵达旦，只有白天在床上接待来客。

但是，这天晚上——白天工作紧紧张张，而且还要应酬许多热情前来祝贺生日的人，一天很快就这样过去了——，K打算直接回家去。白天上班间歇期间，他总是想着回家的事，他也不大清楚为什么要这样，他觉得今天早上发生的事把格鲁巴赫太太的整个屋子弄得一塌糊涂，觉得有责任使之恢复正常秩序。一旦秩序恢复了，今天那事也就随之过去，一切便又恢复正常。特别是那三个职员就没有什么好怕的，他们又消失在银行那庞大的职员行列里，在他们身上看不到任何变化。K好多次把他们单个或一起召到他的办公室里来，没有别的目的，只是为了观察他们。他每次都会很满意地打发他们离去。

当他九点半回到他住的楼前时，他发现一个小伙子站在大门口，叉开双腿，嘴上叼着烟斗。"你是谁？"K立刻问道，并且把自己的脸贴近小伙子的脸。过道里黑乎乎的,他看不太清。"先生,我是看门人的儿子。"小伙子回答道,从嘴上拿下烟斗闪到一旁。"是看门人的儿子吗?"K一边问,一边不耐烦地拿手杖在地下敲着。"先生,你有什么吩咐吗?要不要我去叫父亲来?""不,不用叫了。"K说;听他的话音,倒有点原谅的味道,仿佛这小伙子做了什么错事而被原谅了似的。"好啦。"他接着说,说完就走了进去,但是在他踏上楼梯前,又一次转过身来。

他本来想直接回到自己的房间里,却又想跟格鲁巴赫太太谈一谈。于是,他不假思索地敲了敲她的门。她坐在桌旁,正在编织一只袜子,桌子上还放着一堆旧袜子。K心不在焉地表示歉意,这么晚了还来打扰。然而,格鲁巴赫太太却很热情,要K不必客气,她什么时候都乐意跟他谈天,并说K心里很清楚,他是她最好的、最受欢迎的房客。K朝屋里四下看了看,里面的一切又都恢复到原来的样子,清晨放在窗前小桌上用早点的盘子也都清理走了。"女人的手真能干,这么多的事不声不响地干完了。"他心想。要是他的话,或许当场会非把这些盘子给砸碎不可,当然肯定不会给拿出去。他怀着几分感激之情注视着格鲁巴赫太太。"你为什么这么晚了还忙个不停?"他问道。现在他们俩都坐在桌旁,K不时地把手塞进袜子里。"要干的活儿太多,"她回答道,"白天的时间都用在房客身上,要想料理自己的事,就只能放在晚上了。""那我今天一定给你添了更大的麻烦吧?""怎么会这么说呢?"她问道,神色变得有些不安,手里的活儿停在怀里。"我说的是今天一早来过的那些人。""啊呵,原来是这样,"她说,并且又恢复了镇静,"这给我并没有添什么麻烦。"K看着她又拿起那只正编织的袜子织起来,默默不语。"当我提起早上发生的事时,她显得很惊讶,"他心想,"她好像觉得我就不该提这事。越是这样,我就越觉得有必要提。我也只有跟一个老太太才能说一说这事。""当然,这事肯定给你添了麻烦,"他接着说,"不过,这样的事将来不会再发生了。""对,这事不会再发生了。"她肯定地说,并且含笑注视着K,几乎有些忧郁的样子。"你这话当真?"K问道。"是的,"她轻声说,"不过,你可先别把事情看得太严重。在这个世界上,没有不会发生的事!K先生,你能这样来推心置腹地跟我谈,我可以坦诚地向你说,我在门后听到了一些,那两个看守也给我讲了一些。这真是关系到你的命运,确实让我牵肠挂肚。也许我的操心是多余的,我不过是个房东而已。是的,我是听到了一些,但是,我不能说那是什么严重的事。不。你虽说被捕了,但你和被抓起来的小偷不一样。如果有人当小偷被抓起来了,那才严重哩。可你这样被捕,我觉得这其中好像有什么奥秘似的,如果我说了傻话,请你别见笑,我觉得这其中好像有什么奥秘,这我弄不懂,不过也没有必要弄懂它。"

"格鲁巴赫太太,你说的根本不是什么傻话,至少我也同意你的一部分看法。我只不过是把整个事情看得更加尖锐罢了;我根本不认为这其中有什么奥秘可言,而是地地道道的无中生有。我遭到了突然袭击,仅此而已。要是我一醒来就立即起床,不为安娜为什么没有来而费那份心,也不管有没有人阻拦我,直接到你这儿来的话,我就会破例在厨房里用早点,让你从我的房间里给我取来衣服。一句话,我就会理智行事,那后来的事就不可能再发生了,一切要发生的事全都会被消灭在萌芽状态中。但是,我毫无准备,措手不及。要是放在银行里,我则有备无患,像这样的事哪会发生在我的身上!在那里,我有自己的办事员,直线电话和内部电话就放在我面前的办公桌上,办公室里顾客和职员穿梭不断,尤其是我一心系在工作上,保持着沉着和冷静。如果我在银行里面对这样的情况,那倒会恰恰给我带来一种愉快的感觉。哎,事情已经过去了,我本来根本就不想重提了,只想听听你的看法,听听一个很有头脑的老太太的看法。我很高兴,我们对此事的看法不谋而合,但是,现在你要伸过手来,我们一定要握握手来确认这样一个不谋而合的看法。"

"她会不会同我握手呢?那监督官就没有向我伸过手来。"他心想,并且一反常态,用审视的目光看着这妇人。她站了起来,因为K已经站起来了。她没有完全听明白K说话的意思,显得有些羞怯。然而,由于羞怯,她说了些自己根本不想说的话,而且说得一点也不是时候:"K先生,你可别把事情看得那么严重。"她拖着哭腔说,自然也忘了去跟他握手。"我并没有把它放在心上。"K说,他突然疲倦了,而且意识到她赞同与否都无足轻重。

K走到门口时又问道:"毕尔斯泰纳小姐在家吗?""不在,"格鲁巴赫太太干巴巴地回答道,然后又露出微笑,表现出一种迟到而明智的关切,"她去看戏了。你问她有什么事吗?要不要我给你带个口信呢?""噢,不用了,我只想跟她说一两句话。""可惜我不知道她什么时候回来。""没关系,"K说,他耷拉着脑袋转身要离去,"我只是向她表示歉意,今天占用了她的房间。""K先生,这没有必要,你太当回事了,小姐什么也不知道,她一清早就走了,到现在还不着家,况且房间里的一切都已经收拾得整整齐齐的,你自己看看吧。"她随之打开毕尔斯泰纳小姐的房门。"谢谢,我相信你。"K说,但是,他还是走到打开的门前。月光悄悄地照进这黑洞洞的房间里。就眼睛能看到的一切,确实都井然有序地摆到了原来的地方,挂在窗把手上的那件女上衣也收拾起来了。床上半在月光下的枕头好像高得出奇。"小姐时常很晚才回家。"K说,他看着格鲁巴赫太太,仿佛她为此负有责任似的。"年轻人都是这个样子!"格鲁巴赫太太带着歉疚的口气说。"当然,当然,"K说,"不过,这会闹出事的。""是这么回事,"格鲁巴赫太太说,"K先生,你说得多么对呀。甚至这小姐也保不准闹出什么事来。我当然不想说毕尔斯泰纳小姐的坏话,她是一个心地善良讨人喜爱的姑娘,热情、正派、精明、能干,我就喜欢这种品质。但是,有一点不可否认:她应该更加自爱一些,别太招风。这一个月里,我已经在偏僻的街道里碰到过她两次,每次都和另外的男人在一起。这叫我好作难呀!K先生,上帝作证,除了你之外,我没有对第二个人讲过。但是,依我看,我也免不了要跟小姐本人谈一谈。再说,她招人怀疑的不单单是这一桩事。""你说到哪儿去啦,"K气冲冲地说,简直按捺不住,"你分明误解了我对小姐的看法,我说的就不是那个意思。我倒要坦诚地提醒你,不要跟小姐提任何事情。你完全弄错了,我很了解小姐,你所说的,都是些捕风捉影的事。不用多说了,也许我管得太多了,我不想干涉你,你想对她说什么随你便。晚安。""K先生,"格鲁巴赫太太恳求着说,并且追着K到他门口,K已经打开了房门,我真的还没有打算跟毕尔斯泰纳小姐谈,当然,即使要跟她谈,我还得再等等看她怎么样。我所知道的,惟独吐露给了你。说到底,我竭力维持这栋公寓的纯洁,无疑是为了每位房客好,别无他求。""纯洁?"K透过门缝大声喊道,"如果你要维持这栋公寓的纯洁,你就得先把我赶出去。"说完,他砰地关上门,不再理睬那轻轻的敲门声。

但是,他丝毫没有睡意,因此决定不去睡觉,趁此机会也好弄清楚毕尔斯泰纳小姐什么时候回来。不管她多么晚回来,还可以跟她聊几句。K倚在窗前,闭上疲惫不堪的眼睛。一瞬间,他甚至想劝毕尔斯泰纳小姐跟他一起搬出去,惩罚一下格鲁巴赫太太。可他马上又觉得这么做实在太过分了,而且怀疑起自己,无非是因为早上发生的事想换个地方罢了。简直是愚不可及,更是无聊透顶,卑鄙至极呀!

当他透过窗户,望着空荡荡的街道感到厌倦时,便把通往前厅的门打开了一道缝,然后躺在长沙发上。只要有人进屋来,他从沙发上就看得见。他平静地躺在沙发上,嘴上叼着一支雪茄,直等到约莫十一点钟,还不见动静。他再也躺不住了,起来朝前厅挪了几步,仿佛他这样就会使毕尔斯泰纳快点回来似的。他并非特别渴望见到她,甚至连小姐长什么模样都记不清了。可是,他现在想跟她谈谈,而且他觉得小姐迟迟不归,使他在这一天快结束时再次陷入烦乱不安中,不禁气上心头。也是因为她,害得他既没有吃晚饭,又放弃了今天约好去看爱尔萨。当然,这两件事他还来得及弥补,只消现在到爱尔萨打工的酒吧去便可一举两得。他打算等到跟毕尔斯泰纳小姐谈过话后晚些时候再去。

K呆在前厅里,就好像在自己的屋子里似的。他沉浸在苦苦思索中,来回踱着沉重的步子。刚过十一点半,他听到有人上楼梯,便连忙躲回自己的门背后。进来的正是毕尔斯泰纳小姐。她一边锁门,一边哆哆嗦嗦地收起披在那狭窄的肩膀上的丝巾。片刻间,她就要走进自己的房间里。夜半三更的,K当然不能闯进去,就得现在跟她搭上话,但糟糕的是,他竟忘了把自己房间的灯打开。倘若他从黑洞洞的房间里一下子冲出去,她准会以为是突然袭击,至少也要吓一大跳。时间不能等人,他万般无奈地透过门缝低声叫道:"毕尔斯泰纳小姐。"他的声音听起来与其说是叫人,倒不如说是恳求。"这儿有人吗?"毕尔斯泰纳小姐问道,并且瞪大眼睛看了看四周。"是我。"K走上前来说。"噢,原来是K先生!"毕尔斯泰纳小姐微笑着说。"你好。"她向K伸出手去。"我想跟你说几句话,你看现在行吗?""现在?"毕尔斯泰纳小姐问道,"非得现在不可吗?真有点离奇,难道说不是吗?""我从九点开始就等着你了。""噢,我看戏去了,哪里会知道你在等着我呢?""我想给你说说今天才发生的事。""是这么回事,那我就不会有什么好反对的了,除非我累得支持不住了。

好吧,你进我屋里来坐几分钟。我们千万不能在这儿谈话,会把大家吵醒的。这样会让人觉得尴尬,不单是吵了别人,更是要为我们自己着想。你在这儿等一等,我进屋里打开灯,然后你把这里的灯关掉。"K关好灯后等在那里,毕尔斯泰纳小姐从屋里出来又低声请他进去。"请坐,"她指着沙发说,自己却不顾她说过的劳累,直挺挺地站在床脚旁;她甚至连头上那顶花花绿绿的小帽也没有摘下来,"究竟是什么事?我真觉得很新奇。"她稍稍交起两腿。"你也许会说,"K开口说,"事情并不是那么紧迫,用不着现在来谈,可是——""我向来不听开场白。"小姐说。"你这么一说倒使我好开口了,"K说,"今天一早,你的房间给弄得有点乱糟糟的,从某种意义上说,是我的过错。这是几个陌生人干的,我真拿他们没办法。可是正像刚才说的,责任在我身上。因此,我想请你原谅。""我的房间?"小姐问道,她没有去看自己的房间,而是以审视的目光看着K。"是这么回事,"K说,此刻,他俩的目光才第一次相遇了,"事情是怎样发生的,也没有提的必要。""可是真正让人感兴趣的东西倒有必要说说了。"小姐说。"没有那个必要。"K说。"好吧,"小姐说,"我不想打听你的秘密。如果你坚持认为没有什么好说的话,我也不想跟你去争什么。你请我原谅,我就痛痛快快地原谅你,尤其是我现在还看不出有弄乱的痕迹。"她双手深深地插在腰间,在房间里走了一圈,停在别满相片的挂布前。"你瞧瞧!"她叫了起来,"我的相片被弄得乱七八糟。这简直太不像话了。有人来过我的房间,岂有此理。"K点点头,暗暗诅咒着那个叫卡米纳的职员,那家伙不守规矩,总是不甘寂寞,傻里巴唧地动这动那。"真奇怪,"小姐说,"我现在不得不禁止你再做你不应该做的事情,也就是说,如果我不在的时候,不许你进我的房间。""小姐,我不是给你解释过了吗,"K说着也走到那相片跟前,"乱动你相片的不是我。不过,既然你不相信我,那我就只好告诉你:审查委员会带来了银行的三个职员,其中的一个动了你的相片。我本来就考虑一有机会,要把他从银行里弄出去。是的,有一个审查委员会来过这儿。"K看到小姐疑惑不解地注视着他,便补充了这么一句。"是因为你吗?"小姐问道。"是的。"K回答道。"不可能!"小姐笑着喊道。"的确是因为我来的,"K说,"难道你以为我不会犯罪吗?""怎么,不会犯罪……"小姐说,"我不愿意随便谈出一个或许后果严重的看法来,况且说实在的,我也不了解你。不管怎么说,如果谁让上面派来的审查委员会盯上了,那他肯定是个重犯无疑。而你呢,这么自由自在——看你镇定自若的样子,至少不是从监狱里逃跑出来的——我看你倒不会犯那样的罪。""你说得对,"K说,"不过审查委员会会搞得清楚,我是无罪的,或者我犯的罪并不像他们想象的那么严重。""当然,这是可能的。"小姐十分留心地说。"瞧,"K说,"你对法院的事经验不多。""是的,我根本说不上经验,"小姐说,"而且也常常因此感到遗憾,因为我对什么事都感兴趣,恰恰对法院的事兴趣更大。法院具有一种神奇的吸引力,难道不是吗?不过,我将来一定会充实我对这方面的知识,下个月我将到一家律师事务所去当职员。""这太好啦,"K说,"这么说来,你到时在我的案子中可以助我一臂之力了。""那当然啰,"小姐说,"为什么不呢?我倒很愿意运用我的知识。""我是很郑重的,"K说,"或者说至少是半认真的,就像你一样。我这鸡毛蒜皮的小事,根本用不着去请律师!不过,如果我能有个出谋划策的,那是盼之不得呀。""是的。但是,如果我要当你的顾问的话,就得先知道是怎么回事。"小姐说。"正好难就难在这儿,"K说,"连我自己也不明白是怎么回事。""这么说,你是在拿我开玩笑了,"小姐十分失望地说,"大可不必选择夜半三更时分来开这种玩笑。"说完她从他们俩在跟前默契地站了良久的相片前走开。"可是,你弄错了,小姐,"K说,"我可不是在拿你开玩笑。你为什么不相信我呢？我已经把我知道的都告诉你了。事实上，我说的比我知道的还要多，因为那并不是什么审查委员会，只是我这样称它而已，我也不知道怎么称它才好。他们不问青红皂白。我只是被捕了，可是，是一个委员会干的。"毕尔斯泰纳小姐坐在沙发上又笑了起来。"到底是怎么回事呢？"她问道。"很可怕。"K回答道，但是他现在完全不考虑这事了，小姐的神宇摄取了他的心：她一只手托着脸，胳膊支在沙发垫上，另一只手悠然地抚摩着自己的腰间。"这太笼统了。"小姐说道。"什么太笼统了？"K问道。然后，他定过神来又问道："我把事情的经过表演给你看看，好吗？"他想比划一下，却不想离开。"我已经累了。"小姐说。"你回来得太晚了。"K说。"不用说啦，结果倒是我受到了指责，这也是自找的，我就不该让你进来。而且事情明摆着，确实也没有这个必要。""有必要，我现在就表演给你看看。"K说，"我可以把你这个床头柜挪过来吗？""你要搞什么名堂？"小姐说，"当然不允许！""那么我就没有可能表演给你看了。"K激动地说，仿佛小姐的话使他蒙受了莫大的委屈似的。"好吧，如果你表演需要这小桌子的话，那你就轻轻地把它挪过去吧，"小姐说，并且过了一会儿又放低声音补充道，"我很累了，你爱怎么就怎么吧。"K把小桌子挪到房子中央，自己坐到小桌后面。"你得确切地想象一下那些人各个所处的位置，很有意思。我是监督官，那边箱子上坐着两个看守，三个年轻人就站在相片前。在窗子把手上，我只是附带提一句，挂着一件女衬衣。现在我们就可以开始了。噢，我把自己忘了，我是最重要的角色，就站在小桌子前面这块地方。那监督官跷起两腿，这只胳膊搭在椅背上，坐得好舒服自在，活像一个无赖。现在我们真的可以开始了。监督官喊叫着，好像他要从梦里唤醒我似的，他简直是在嚎叫。对不起，为了让你听个明白，我怕也得学着叫才是。再说呢，他只是这样吼叫着我的名字。"正听得开心的毕尔斯泰纳小姐，忙把手指放在嘴唇上，叫K

别大声喊出来。可是已经来不及了,他完全沉浸在他的角色里,拉长嗓门喊道:"约瑟夫·K!"实际上,这喊声并不像他拉开架式要吼的那么响亮,但是,这一声突然爆发出来后,才好像慢慢地在屋子里播散开来。

这时,有人几次敲响了隔壁房间的门,敲得又响又急,而且有节奏。毕尔斯泰纳小姐顿时脸色煞白,用手捂住胸口。K 更是惊恐万状,刹那间还无法考虑到另外的情况,一味沉浸在他正在给小姐演示着今天早上所发生的事情里。他冲到毕尔斯泰纳小姐跟前,抓住她的手。"别怕,"他低声说,"我会来应付一切的。会是谁呢?隔壁只是客厅,没有住人。""不,"小姐凑到 K 的耳旁低声说,"从昨天起,格鲁巴赫太太那个当上尉的侄子睡在里面,他找不到别的房间。我竟把这忘得一干二净了。你真不该那么大声吼叫!弄得我左右为难呀。""没有什么好为难的。"K 说。当小姐向后靠到沙发垫上时,K 吻了吻她的头。"走开,快走开,"她说着又急忙直起身来,"你走吧,你快走吧。你想干什么?他在门旁听着呢,他什么都听得到。你干吗这么折磨我!""我现在不会走的,"K 说,"等你稍稍镇静下来我才走。咱们到房间那角去,他就听不到我们的动静了。"她听凭他拉着走到那边。"你不想一想,"他说,"这事虽说闹得你不愉快,但是绝对不会有什么危险呀。你知道,格鲁巴赫太太对我崇拜得五体投地,她绝对相信我说的每一句话。在这事上,她可是举足轻重,更何况这上尉是她的侄子。再说,她也依赖于我,她从我这里借去了相当一大笔钱。至于怎样解释我们俩在一块的事,我接受你可以想到的任何理由,哪怕是很难站得住脚的理由,我保证会使格鲁巴赫太太不但要叫大家相信你的解释,而且要她心服口服。在这一点上,你不必对我有任何担心。如果你要散布我突然冒犯了你的话,那么格鲁巴赫太太知道后会相信的,但她不会失去对我的信任,她是那样的痴迷于我。"毕尔斯泰纳小姐一声不吭地看着眼前的地板,显得有点垂头丧气的样儿。"格鲁巴赫太太怎么会相信我会突然冒犯了你呢?"K补充说道。他直瞪瞪地望着她的头发:那微微发红的头发整整齐齐地分向两边,稍稍蓬在上面,束得紧紧的。K以为小姐会抬起头来看他,但是,她却一动不动地说:"请原谅,我被突如其来的敲门声弄得如此惊恐不安,其实并不那么在意那上尉在这儿会带来什么后果。你的喊声过后,屋里变得是那么的寂静,就在这时,突然传来了一阵敲门声,所以才把我吓成这般样子。而且我紧靠着门,好像那敲门声就在身旁一样。谢谢你的建议,但是,我不会采纳的。我可以为在我的房间里所发生的一切负责,也就是说,无论面对什么人。我感到惊奇的是,你竟然没有觉察到,在你的建议里包含着对我什么样的侮辱。你现在走吧,让我一个人静静地呆着,我现在比什么时候都更需要安静。你求我只呆几分钟,一呆就是半个多钟头。"K抓住她的手,然后抓到她的手腕上说:"可是,你不生我的气吧?"她甩开他的手回答道:"不,绝对不,我向来不生任何人的气。"他又去抓住了她的手腕,而她这回听任了,并且这样把他送到门口。他下定决心离开。但是到了门前,他停了下来,仿佛他并没有料到这儿会有门。毕尔斯泰纳小姐趁机脱开了身,打开门溜进前厅里,从那儿轻声对K说:"好吧,你出来看一看,"——她指着上尉的房门,门下透出一道光亮——"他开着灯,正在拿我们开心。""我就来。"K说着冲上前去,搂住她,吻了吻她的嘴,又满脸吻来吻去,活像一头口干舌燥的野兽,终于找到了一汪渴望已久的清泉,贪婪地喝了起来。最后,他吻着她的脖子,嘴唇久久地吮吸在咽喉上。从上尉房间里传来一声响动,才使他抬起头来望了望。"我现在要走啦。"他说,他本想呼毕尔斯泰纳小姐的教名,可又不知道她的教名叫什么。她疲倦地点点头,半侧过身子,听凭他去吻她的手,仿佛对此毫无感知似的,然后耷拉着脑袋走进她的房间里。不久,K躺在了床上。他很快就进入了梦乡;他入睡之前,还稍稍回味了他的行为,他很满意,但是,他感到惊奇的是没有能再满意些;因为那个上尉,他真替毕尔斯泰纳小姐担心。

初　审

　　K 接到电话通知，下星期天要对他的案子进行一次简短的审理。有人提醒他，这种审理将会一个接一个地定期进行，也许不是每周一次，但是，准会越来越频繁。一方面，早日了结这个案子，是大家共同的需要；可是另一方面，审理应该全面彻底，这样毕竟十分艰辛，所以每次绝对不能拖得太久。因此，才采取了这种频繁而简短的审理办法。审理的日子选在星期天，是为了不妨碍 K 的正常工作，他们估计 K 会同意这种安排。如果 K 希望放在别的日子，他们也会尽量满足他的愿望。比如说，审理也可以安排在晚上进行，但是又考虑到 K 的精力可能不够充沛。总之，如果 K 没有异议的话，就选定在星期天。不言而喻，他到时必须出席，用不着再去提醒。他们告诉了他应该去的那栋楼的门牌号。这栋楼位于郊区一条偏僻的街道上，K 从来没有到过那里。

　　K 听完这个通知后，一声不吭地挂上了听筒。他立即决定星期天去，这当然是十分必要的。案子已经开始进入审理，那他就得出面与之对质，这第一次审理也应该成为最后一次。他依然出神地站在电话机旁，这时，他突然听见背后传来副经理的声音，他要打电话，看到 K 愣在那里挡着道。"有什么不愉快的消息吗？"副经理漫不经心地问道；他并不想知道是什么事，只是急着让 K 离开电话机。"没有，没有。"K 说着闪到一旁，但没有走开。副经理拿起听筒，趁着让转接电话的时候，越过听筒说："K 先生，我想问你一下：星期天一早愿不愿意赏个光,一起乘我的帆船去郊游?要去的人不少,其中准有你的相识,比如说哈斯特尔律师。一起去好吗?来吧!"K竭力留心听副经理说的话。这对他来说并非无关紧要,因为他向来跟副经理不大合得来,眼下这邀请意味着副经理试图要和解,也表明K在银行里的地位变得多么重要,银行的二把手是多么重视他的友谊,或者至少是多么赏识他的中立态度。虽说这邀请是副经理在等电话时越过听筒随便说出来的,可毕竟是屈高就下,降尊临卑了。然而,K不得不使副经理再次纡尊降贵。K说:"多谢了!可惜我星期天没有空,我已经有约会了。""太遗憾了。"副经理说着便去对着刚好接通的电话讲起话来。他打了好长时间,可是K始终神思恍惚地站在电话机旁。当副经理挂上电话时,他猛地吓了一跳,如梦初醒,为自己毫无目的地呆站在旁边解释说:"刚才有人打来电话,约我去一个地方,可是忘了告诉我几点钟去。""你再打个电话去问问吧。"副经理说。"其实也没有什么重要的事。"K硬着头皮说,刚才已经露出破绽的借口现在越发不能自圆其说。副经理要离去时,还谈了些别的事情;K勉强敷衍着应答,可是他心里真正想的是,最好星期天上午九点就去那儿,法院平常总是在这个时间开始办公。

星期天,天气阴沉沉的。K感到疲惫不堪,因为头天晚上他在餐馆里参加了朋友的聚会直到深夜时分,他差点儿睡过了头。他来不及考虑和整理一周来所想好的种种计划,急急忙忙地穿上衣服,也顾不上吃早点就直奔郊区那个要去的地方。说来真奇怪,虽然他没有时间去四下张望,却看见了那三个参与他的案子的职员:拉本斯泰纳、库里希和卡米纳。前两个乘坐着有轨电车,从他面前驶过;卡米纳坐在一家咖啡馆的平台上,当K经过的时候,看见他把身子好奇地俯在栏杆上。这三人也许都望着他的背影,奇怪他们的上司为什么要奔走呢;一种莫名的执拗劲使他偏偏不去乘车。在他这个案子里,他厌恶任何帮助,哪怕是任何微不足道的外来帮助,他也不愿意去求助于任何人,因此也不愿意让任何人知道一点一滴的情况。但是,他最后丝毫也不愿意安分守己地准时到达,免得在审查委员会面前降低自己的身份。然而,他现在却奔跑着,心里只有一个念头,尽可能赶在九点钟到达,虽然他压根儿就没有约定确切的时间。

他心想,那栋楼从老远就可以辨认出来,不是可以看到某种连他自己也想象不清的标志,就是门前热闹非凡。但是,到了尤利乌斯大街街头,K停了片刻,发现街两旁的房子几乎一模一样,都是灰暗的高楼,里面住着穷人。据说那栋楼就坐落在这条街上。星期天一早,大部分窗口都有人,穿着衬衫的男人倚靠在窗前,或者抽着烟,或者小心而温存地扶着小孩在窗台上逗乐。另外一些窗口挂满了被褥,上面不时地露出乱蓬蓬的女人脑袋来。人们隔着街互相叫嚷着;一声喊叫正好在K的头顶引起了一阵哄笑。在这长长的街道两旁,均匀地分布着一个个的小铺子,里面摆放着各种各样的食品。这些铺子位于街面以下,门口有几级台阶。女人们从那里走出走进,或者站在门外的台阶上聊天。一个卖水果的小贩推着水果车一路朝着楼上的窗口叫卖,像K一样毫不留神,险些儿把K撞倒。就在这时,一架在富人区淘汰了的旧留声机十分刺耳地叫了起来。

K顺着大街一直走下去,看他那慢悠悠的样子,仿佛他有的是时间,又好像那预审法官已经在哪个窗口前看见了他的到来似的。九点刚过。那栋楼位于大街深处,大得几乎让人感到异常,特别是那大门又高又宽。这大门显然是供货车进出用的,因为大院的四周是各式各样的仓库,现在都上着锁,门上挂着公司的牌子,有几家跟银行有业务来往,K挺熟悉。他一反常态,在院子的大门口站了一会儿,仔细地琢磨起这院子的全部外表来。一个光着脚板的男人坐在他近旁的一个木箱上看报纸。两个男孩在一辆小推车上玩跷跷板。一个弱不禁风的小姑娘穿着宽大的睡衣站在抽水泵前,水哗哗地流进她的桶里。这时,她朝 K 望过来。院里的一角,两扇窗子间系着一条绳子,上面已经挂起了洗好的衣服。一个男人站在下面,大声地指点了几句。

K 转身对着楼梯走去,打算上审讯室去。然而,他又停住了脚步。除了这道楼梯外,他发现院子里还有三个不同的楼梯口,此外,好像院子的尽头还有一条小过道通向第二个院子。他不禁气上心头,他们居然没有确切地告诉他审讯室在哪儿。他们对他如此的疏忽和冷漠,简直太叫他莫明其妙。他决意要把这一切干干脆脆地摆到他们面前。最后,他依然顺着这道楼梯走上去,思想转到了那个叫威勒姆看守说过的一句话上:罪过对法院存在着一股吸引力。这么说来,审讯室就位于 K 偶然选取的这道楼梯旁。

他上楼时,打扰了一群正在楼梯上玩耍的孩子;他们顽皮地瞪着 K 打中间穿过去。"如果我下次再来的话,"他自言自语地说,"一定要带上糖果来哄哄他们,要不就带根手杖来教训教训他们。"就要上到二楼时,他不得不停了一会儿,等着一粒弹子球从面前滚过去。这时,两个长着成年无赖一样痞子面孔的小男孩揪住他的裤子。他如果要狠劲地把他们甩开,势必会使他们尝到厉害,他怕他们叫喊起来。

到了二楼,他才真正寻找起来。他不好张口去打听审讯委员会在哪儿,便编造出一个叫做兰茨木匠的来——他之所以突然想到这个名字,是因为格鲁巴赫太太那个当上尉的侄子就叫兰茨——,并且打算挨门挨户去打听有没有一个叫兰茨的木匠住在那里,以便乘此机会朝屋里探一探。其实,他哪里用得着这样去做呢?差不多所有的门都敞开着,孩子们不住地跑出跑进。屋子多半都不大,仅有一扇窗户,做饭也挤在里面。有些妇人一手抱着孩子,一手在锅灶上忙着。身上好像只裹着围裙的半大姑娘跑前跑后,忙得不亦乐乎。家家屋里的床上都还躺着人,有病的,有酣睡的,也有和衣养神的。每走到关着门的住家前,K便敲敲门,打听有没有一个叫兰茨的木匠住在那里。出来开门的大多是妇人,听了他的询问后,便转身回去问屋里的人,他们都一个个随之从床上欠起身。"有位先生问,这儿有没有一个叫兰茨的木匠?""一个叫兰茨的木匠?"屋里从床上欠起身的人问道。"是的。"K回答道,尽管他一看就明知道审查委员会不在那里,再去询问是多此一举。许多人都以为K确确实实想找到木匠兰茨,苦苦思索良久,想出哪儿有木匠,只是名字不叫兰茨;或者说出名字来,却与兰茨相差甚远;或者又去向邻居打听;或者陪着K去相隔好远的另一家去找,因为他们觉得也许有这样一个人租住在那家屋里,或者那家有人比他们知道得更清楚。最后,K几乎用不着自己再去询问。他就这样一层一层地被领着向楼上打听去。他为自己这个当初觉得那么切实可行的想法感到懊恼。到了六楼前,他决定不再去找了,告别了一个要领他继续往楼上找的热心的青年工人,便转身向楼下走去。可是,一想到他奔来奔去,白白折腾了一阵,又不禁气上心头。他掉回头上了六楼,敲开了第一家的门。他在这小房间里看到的第一样东西是一个大挂钟,时针已经指到了十点。"一个叫兰茨的木匠住这儿吗?"他问道。"请吧。"一位少妇一边说,一边用那只湿漉漉的手指向门敞开着的隔壁房间。她长着一对亮晶晶的眼睛,正俯在木盆上洗小孩衣服。

K觉得好像进入了熙熙攘攘的人堆里。一间不大的屋里挤满了各种各样的人,谁也不去留意这位新进来的人。屋里开着两扇窗户,屋顶紧下面,有一圈回廊,上面也挤得满满的,人们只能佝偻着身子站在里头,脑袋和脊背都紧挨着屋顶。K觉得里面的空气污浊不堪,便又退了出来,并且对那个可能听错了他的话的少妇说:"我是向你打听一个木匠,名叫兰茨。""是的,"这女人说,"你进去就是了。"K本来也许就不会照她说的去做,他哪会料到这女人径直走到他跟前,抓住门把手说:"你一进去,我就要关起门了,不许再进人了。""很明智,"K说,"可是,里面现在已经挤得太满了。"尽管这样,他还是进去了。

大厅门口有两个男人紧站在门旁谈着话,一个双手伸得好长,做出像点钱的样子,另一个神情严肃地紧盯着他。这时,有一只手从他们中间伸过来抓住K。伸来手的人是一个面色红润的小伙子。"来吧,跟我来。"他说,K听凭他带着走去。拥挤不堪的人群中间,留着一条狭小的过道,好像以此为界划开了不同的两方;果不其然,K走过几排人,左右两边看不到一张脸朝着他,两旁的人都是背着他,跟自己那一派的人又是说话,又是打手势。大多数人都身着黑色服装,披着又宽又大的传统礼袍,松松拉拉的像挂在身上一样。惟有这服装使他摸不着头脑。要不然,他准会以为这是一次地方性的政治集会。

大厅的另一头,也就是K要被带去的地方,是一个十分低矮,而且也挤满了人的讲台。上面横摆着一张桌子,在桌子的后面,几乎就在讲台的边缘上,坐着一个又胖又矮呼哧呼哧喘气的男人,他正在与一个站在他身后的人——这人交叉着两腿,胳膊肘支在椅背上——兴致勃勃地谈论着。他时而在空中挥舞着胳臂,仿佛在漫画着某个人的怪相。小伙子领着K走过去,却难以上前报告情况。他两次踮起脚尖,试图转告些什么,但是,那个高高在上的人却没有注意到他。当讲台上有一个人注意到这小伙子时,那人才朝他转过去,俯下身子倾听起小伙子的低声报告。接着,他掏出怀表来,目光很快地投向了K。"一小时零五分前你就应该到这儿。"他说道。K正要去解释,但是来不及了。那人话音一落,大厅的右半边顿时吵吵嚷嚷响成一片。

"一小时零五分前你就应该到这儿。"那人现在提高嗓门又说了一遍,并且随即朝下面看去,这吵吵嚷嚷的响声立刻又沸腾起来,因为他没有再说什么,那吵嚷声也就慢慢地消失了。这时,大厅里比K刚进来那会儿安静多了,只有回廊上的人还不停地发着议论。虽然上面尘烟缭绕,半明半暗,但也不难看出,他们比下面的人穿得寒酸。有的人还带来了软垫,垫在自己的脑袋与天花板之间,免得碰伤脑袋。

K下定决心,多观察,少说话,不再打算为自己迟到去辩解,只是说道:"我是来得太迟了,可是我毕竟现在已经到了这儿。"话音一落,大厅的右半边,又响起了一阵掌声。"这帮人也真容易争取过来。"K心想;可是,他一听到自己身后左半厅里零零星星的掌声,又不免为这部分人保持沉默而忐忑不安。他思忖着应该说些什么,才能把全厅的人一下子都争取过来,即使这个办不到,至少也得暂时把沉默的那一部分人争取过来。

"不错,"那人说,"可是我现在不再有义务来审问你。"——大厅里又响起一阵吵吵嚷嚷声,可是这一次却弄错了,那人向大家摆摆手让大家安静后,接着说下去:"不过,我今天要破例来审理你的案子,下一次可不允许你这样迟到了。你现在上前来吧!"这时有人从台上跳下来,给K让出了地方。K走上台去,被挤得紧站在那桌子旁。他身后的人挤作一团,他不得不强撑住身子,要不连预审法官的桌子,甚或连法官本人一起都会给挤到台下去。

然而,预审法官对此却毫不理睬,他泰然自若地坐在自己的椅子里,对身后那个人吩咐完几句话后,随手便抓起惟一放在桌上的一个小笔记本。那笔记本看上去像是一本学生练习册,破旧不堪,由于长久翻来翻去,已不成样子。"开始吧,"预审法官一边说,一边翻着那本子,并且以十分自信的口气转向K,"你是室内粉刷工吧?""不对,"K说,"我是一家大银行的襄理。"这声回答引起了大厅右边一阵十分开心的大笑,连K也不由得跟着笑了起来。人们两手撑在膝盖上,浑身抖动,仰上弯下,就像突然强烈地咳嗽个不住似的,甚至回廊上也有人跟着哈哈大笑。预审法官顿时勃然大怒,他显然无力去对付大厅下面的人,便气呼呼地要把火气发泄到回廊上;他跳了起来,冲着回廊,怒目而视,那平日并不引人注目的两道眉毛在他的眼睛上方紧皱成黑乎乎的一团。

然而,大厅的左半边依然无动于衷,他们一排排地站在那里,面朝着讲台,不动声色地听着台上的谈话和大厅那一边传来的嘈杂声,他们甚至容许他们之中的某些人时而跟着那一边的人一起去闹哄。大厅左边的人虽然要比右边的少,可实际上同他们一样无足轻重。但是,他们的镇定自若好像要告诉人们别小看他们。当K开始讲话时,他深信他是按照他们的意思来讲的。

"预审法官先生,你问我是不是室内装修工,或者更确切地说,你根本就不是在提问题,而是直截了当地说给我听,这就典型地表明了施加给我的这场诉讼的全部特性。你也许会反驳说,这根本就不是什么诉讼。你说得一点儿不错,因为只有我承认它是那样一个诉讼的话,才可称作是诉讼。不过,我眼下之所以承认这是诉讼,从某种程度上说是出于怜悯。如果我要特别重视这场诉讼的话,对此也只能抱以怜悯的态度。我并不是说,这是一次无中生有的诉讼,不过我倒想把这个词送给你,让你自己斟酌吧!"

K停了下来,从台上朝大厅望下去。他说得够尖刻了,比他想要说的还要尖刻,但是他说得确实入情入理。他的这番话本来应该在这边或那边赢得掌声,可是整个大厅里鸦雀无声,人们显然在急切地等着他说下去;在这沉默中,也许酝酿着一个将使一切结束的突发举动。就在这时,大厅那头的门打开了,那个看来已经干完了活的年轻洗衣妇走了进来。尽管她异常的小心，却分散了一些人的注意力，K对此甚为恼火。惟有预审法官的神态叫K看了觉得开心，他好像让这番话一下子刺到了痛处。K的讲话使他大为震惊，在他冲着回廊上的人站起来以前，他竟然一直站在那儿侧耳静听。现在在间歇的瞬间，他才慢慢地坐了下去，好像不想让人注意到似的。也许是为了平复一下自己的神色，他又翻起了那个笔记本。

"没有什么帮得了你的忙，"K接着说，"连你这个可怜的笔记本，预审法官先生，也会证实我所说的话。"在这个异乎寻常的集会上，人们聚精会神地听着他一个人镇定自若的讲话，K觉得心满意足，甚至勇气倍增。他不假思索地从预审法官手里夺走笔记本，用手指尖夹住中间的一页拎得高高的，仿佛他对此有所顾忌似的。那污迹斑斑、页边发黄、写得密密麻麻的页子随之垂向两旁。"这就是预审法官的案卷。"他说着让笔记本又掉落到桌上。"你就继续从从容容地在里面去翻吧，预审法官先生，对你这个账本，我一点也不在乎，虽然它对我来说是不可接近的，因为我只能用两个指头去动它，更不用说拿在手里了。"预审法官伸手抓起掉在桌上的笔记本，试着整了整，接着又翻开看起来。他这样做，不过是感受到一种深深的侮辱，或者至少应该这样理解。

坐在第一排的人，神情那么紧张地注视着K，K也朝下看了他们一会儿。他们都是上了年纪的人，有几个已经须眉苍苍。也许他们就是能够左右整个会场的关键人物吧？从K开始讲话以来，整个在场的人都陷于无动于衷的心态里。现在他当众侮辱了预审法官，也没有把他们从这种心态里拖出来。

"发生在我身上的事情，"K接着说，他稍微放低了声音，并且一再搜索着第一排人的神情，他的讲话显得有些漫不经心，"发生在我身上的事情，不过是一个个别的事件，而这种个别的事件也无关紧要,因为我并不太把它当回事。但是,这却代表着像施加给许多人一样的诉讼。我现在在这儿是替那些人来受审的,而不是为我自己。"

他不由自主地提高了嗓门。大厅里,有人举起双手鼓掌喝彩:"好极了!说得太棒啦!好极了!接着说下去吧!"坐在第一排的人不时地捋着他们的胡子,没有一个人因为这突然的叫喊声转过身去看。K对那人的喝彩也不大在意,但是他确实受到了鼓舞;他现在根本不再认为有必要赢得大家的鼓掌喝彩,只要能使众人开动脑筋思考这个问题,一个一个地把他们说服争取过来,他就感到心满意足了。

"我不想去哗众取宠,"K出于这种考虑说,"这我也不可能办得到。预审法官先生或许更善于辞令,这当然跟他的职业密切相关。我只希望公开地来讨论解决一个公开的弊端。请听我说:大约十天前,我被捕了,那被捕的经过连我也觉得可笑,但是在这里也用不着赘述。一大早,我在床上遭到了突然袭击,也许那些人——按照预审法官的说法完全是可能的——得到的命令是逮捕某一个像我一样无辜的室内装修工,可是他们选中了我。两个粗暴无礼的看守占据了我隔壁的房间。假使我是一个危险的强盗的话,他们也不会采取比那更缜密的防范。再说,那两个看守都是道德败坏的无赖,他们在我的耳边喋喋不休,想诱使我向他们行贿,企图以卑鄙的借口来骗取我的内衣和外套。他们当着我的面厚颜无耻地瓜分了我的早点,却又假惺惺地向我要钱,说是去给我买早点吃。还有让人更为不可忍受的。我被带到第三间屋子里去见监督官。那是一位我非常尊重的女士的房间,我只好眼睁睁地看着这间屋子由于那看守和监督官的出现而遭到某种程度上的亵渎。虽说是因为我的缘故,但我没有一点过错。那当儿要保持镇静谈何容易,可是我做到了;我泰然自若地问监督官,为什么逮捕我——如果他要在这里的话,无疑会证实这一点。那么,监督官是怎么回答我的呢?他的样子我至今依然历历在目:他就坐在我刚才提到的那个女士的椅子里,好一副悠然自得麻木不仁的傲慢神气。先生们,他其实什么也没有回答,也许他真的一无所知;他逮捕了我,便也就心安理得了。他甚至还另有准备,把我银行里的三个下级职员也带到那女士的房间里,听凭他们把那女士所珍爱的相片翻腾个乱七八糟。他找这三个职员来,当然还有另外一个目的,那就是指望着他们同我的女房东及其用人一样,四处散布我被捕的消息,借以在社会上损害我的声誉,尤其是动摇我在银行里的地位。然而,他们的企图没有得逞,可以说彻头彻尾地落了空,就连我那女房东,一个十分平平常常的人——在这里,我想说出她的名字以表示敬意,她叫格鲁巴赫太太——就连格鲁巴赫太太也明智地认识到,这样的逮捕跟街头上那些无人看管的毛小子耍的恶作剧没有什么两样。我再说一遍,这一切只是给我带来了麻烦和暂时的恼怒。可是,难道说这就不会招致更坏的后果吗?"

K说到这里停住了,他的眼睛朝着一声不吭的预审法官瞥去,似乎发现这家伙正在给人群里的某个人递了个眼色。K微笑着说:"坐在我旁边的预审法官先生,刚才给你们之中的某个人递了一个暗号。在你们里头有人受台上的指使。我不知道这个暗号是要叫人鼓掌呢,还是叫人嘘我,现在我既然已提前揭穿了事情的真相,我也就完全意识到不用再去追究这个暗号的实际意义了。这对我来说丝毫无关紧要,而且我在此公开允许预审法官先生,可以大声地去命令他下面所雇用的人,随他去说:'现在就发嘘声吧!'还是:'现在鼓掌吧!'用不着再去给他们打暗号了。"

不知是窘迫还是不耐烦了,预审法官在他的椅子里挪来挪去。身后那个早些跟他说过话的人又朝他俯下身,看样子不是冠冕堂皇地给他鼓气,就是给他出些什么特别的点子。台下,听众们低声而热烈地谈论着。原先似乎截然对立的两方现在结合在一起了,有的人指着K,有的人指着预审法官,议论纷纷。大厅里烟雾弥漫,让人简直难以忍受,甚至连站得远点的那些人也无法看得清楚。尤其对回廊上的人来说一定更加糟糕;他们不得不一边低声问着楼下的听众,想进一步弄个明白,一边也少不了胆怯地斜着眼去望望预审法官。答话的人用手遮在嘴边,同样低声悄悄地回答。

"我马上就完了。"K说着用拳头敲了敲桌子,因为桌上没有放铃。预审法官和他的顾问因此吃了一惊,两颗凑在一起的脑袋不由自主地分开了一会儿。"这件事我全然置之度外,因此我能够冷静地来评判它。如果你们对这个所谓的法庭感兴趣的话,你们仔细地听我说,对你们会大有好处的。我所说的,你们相互要议论的话,在此请你们过后再说吧,因为我没有时间了,马上就得离开。"

大厅里顿时一片肃静,K已经强有力地控制了会场。听众们不再像开始时那样乱喊乱叫了,甚至也不再鼓掌了,他们似乎已经被说服了,或者就要被说服了。

"毫无疑问,"K十分温和地说,他喜欢整个会场里听众这般屏息凝神的关注劲儿,出现在这鸦雀无声的气氛中的一个嘘声,也要比那欣喜若狂的掌声更富有鼓动力,"毫无疑问,在这个法庭一切活动的背后,以我的案子来说,也就是在逮捕及今天预审的背后,活动着一个庞大的机构。这个机构不仅雇用了贪赃枉法的看守、愚蠢可笑的监督官和养尊处优糟糕透顶的预审法官,而且无论如何还豢养着一个高级的和最高级的判决组织。那里有一群数不胜数、必不可少的追随者,诸如侍从、秘书、警察以及其他助手之类,甚或还有刽子手,我不忌讳用这个词。先生们,这个庞大的机构存在的意义何在呢?它的存在不外乎就是滥捕无辜,给他们施加荒唐的和大多数情况下不了了之的诉讼,就像我这桩案子一样。既然这一整套都如此的荒唐不堪,又怎样来禁止官员们恶劣至极的贪赃枉法呢?这是不可能的,或许连那最高法官本人也办不到。正因为这样,那些看守们才不择手段地从被捕的人身上窃取财物;正因为这样,监督官才敢于闯入民宅;也正因为这样,醉翁之意,不在于审判无辜,而是要让无辜在大庭广众之下遭受人格的侮辱。那两个看守口口声声只说被捕人的衣物都给送到仓库里保存,我倒要看看这些仓库,看看那些被捕的人辛辛苦苦攒来的、只要还没有被小偷似的仓库管理官员偷窃的财物是怎样在其中霉烂的。"

这时,大厅那头发出了一声尖叫,打断了K的话。昏昏暗暗的光线使烟雾弥漫的大厅里出现一道道闪烁耀眼的雾障,K把手搭遮在眼睛上方,想要看个清楚。原来是那个洗衣妇。她一进来时,K立刻就看出她会添乱的。现在到底是不是她的过错,谁也弄不清楚。K只看见一个男人把她拽到门旁的一个角落里,紧紧地搂在怀里。但是,大声尖叫的不是她,而是那个男人;他嘴张得老大,眼睛直盯着屋顶。在他们周围聚拢了一小圈人,附近回廊上的人显得很兴奋,K给这个会场所带来的严肃气氛就这样被打破了。凭着一开始的印象,K本能地想冲过去,恢复那儿的秩序,至少要把那一对男女从大厅里撵出去。他也心想着这样做当然会中大家的心意。但是,坐在他面前的头几排人像固定住了似的,一个个动也不动,谁也不让他过去。相反,还有人阻拦他,老头子们伸开胳膊挡住他,而且有一只手——他来不及回头去看——从后面揪住了他的衣领。这时候,K再也顾不上去考虑对付那一对男女了,觉得好像自己的自由遭到了限制,仿佛他们真的当他被捕了。于是,他无所顾忌地从讲台上跳了下去。现在,他对着拥挤在一起的人群站在那里面面相觑。是不是他看错了这些人?是不是他过分地相信了自己讲话的影响?是不是他讲话时他们故意在装腔作势?是不是他讲完了话后,他们现在对自己的装腔作势感到厌倦?看看他周围是一副副什么样的神态?一对对黑色的小眼睛诡谲地闪来闪去,一个个都耷拉着脸,活像酩酊大醉的酒鬼,那长长的胡子稀稀拉拉,又僵又直,一触上去,就觉得好像碰到了尖爪,而不是胡子。但是,在这大胡子下——这才是K真正的发现——外衣领上大大小小五颜六色的徽章闪闪发光。一眼看去,人人都佩戴着这样的徽章。表面看去,他们分成了左右两派,其实都是一丘之貉。K猛一转过身来,发现预审法官的领子上也佩戴着同样的徽章,他双手抱在怀里,悠然自得地看着下面的场景。"原来是这样,"K大声喊道,两臂挥向空中,他突然明白了,心中的愤怒一下子爆发了出来,"我总算明白了,你们原来全都是些官员,你们就是我刚才所说过的那帮贪赃枉法的家伙。你们挤到这里来,充当听众和密探,表面上分成两派,一派为我鼓掌喝彩,企图摸清我的底细。你们要演练怎样去玩弄无辜人上当的鬼把戏!好吧,但愿你们在这儿没有白费气力,你们或者是拿别人期待着你们去为无辜辩护来为自己开心,或者是——让开我,不然我就动手了,"K对着一个特别靠近他的、战战兢兢的老头子吆喝道,"或者是你们真的领悟到了一点什么。我就拿这番话祝愿你们在自己的职业里走运吧。"他匆匆地抓起自己那顶放在桌边上的帽子,在一片鸦雀无声——至少是地地道道的目瞪口呆的寂静中,挤到门口去。可是,预审法官似乎比K还要来得快,他已经在门旁等着K。"等一等。"他说道。K停住步,但他的眼睛依然看着门,不屑去看预审法官一眼;他的手已经抓住了门把手。"我只想提醒你,"预审法官说,"你今天——想你现在可能还没有意识到吧——放弃了对被捕者必然会带来的好处。"K对着大门哈哈一笑。"你们这帮恶棍,"他大喊道,"我把一切审讯都赏给你们。"说着打开门,匆匆地走下台阶。在他身后,从沉寂中解脱出来的大厅里传来了叽叽咕咕的议论声;他们也许正以学者的姿态开始探讨刚才所发生的一切。

在空荡荡的审讯厅里——大学生——办公室

在第二个星期里,K 天天等着再次传讯他的消息,他不能相信,他们会把他放弃接受审讯的话真的当回事。直到星期六晚上,他依然没有接到所期盼的通知,于是他揣测,他大概理应在同样的时间到同样的地方去。因此,他星期天又去那儿了。这一次,他径直登上楼梯,穿过走道,有几个还记得他的人从门里向他打招呼。不过,他不用再去向任何人打听,很快就来到了他要去的门前。他一敲门,门就打开了。他不想回过头去再看那个站在门旁面孔熟悉的女人,打算直接到旁屋去。"今天不开庭。"这女人说。"为什么不开庭呢?"他问道,他不相信这是真的。可是,这女人打开了隔壁的房门,他才相信了。屋子里真的空荡荡的,显得比上星期天更加凄凉。那张桌子还是原样摆在讲台上,上面放着几本书。"我可以看看这些书吗?"K 问道,他不是出于特别的好奇,只是觉得不能白来一趟。"不行,"这女人一边回答,一边又关上门,"这是不允许的。那些书是预审法官的。""我明白了,"K 说着点了点头,"那些书也许是法律书吧。这个法律很有一套,清白无辜判你罪,一无所知也判你罪。""可能就是这样吧。"这女人说道,她并没有完全理会 K 的意思。"好吧,那我只好再回去了。"K 说道。"要不要我给预审法官捎个话?"这女人问道。"你认识他?"K 问道。"当然啰,"这女人回答道,"我丈夫就是法院的听差。"K 这时才发现,这个不久前仅放着一个大木盆的房间,现在已经变成一间布置得很完备的起居室。这女人看到他惊奇的神色便说:"是的,我们免费住在这儿,可是,在法院开庭的日子里,又必须把屋子给腾出来。我丈夫的这个位子颇有不尽如人意的地方。""我对这间屋子倒不那么感到惊奇,"K说,并且煞有介事地看着她,"叫我更为惊奇的是你已经结婚了。""你莫非指的是上次开庭时,我扰乱了你的讲话吗?"这女人问道。"当然啰,"K回答道,"现在说来都是过去的事了,差不多也忘记了。可是当时简直气得我火冒三丈。况且你自己说你已经是有夫之妇了。""当时打断了你的讲话,对你并没有什么不好。人们后来对你的讲话更是说三道四。""也许吧,"K说着转了话题,"不过,这个并不意味着可以原谅你。""凡是认识我的人,没有不原谅我的,"这女人说,"你看到的那个抱住我的人,纠缠我已经好长时间了。一般说来,我也许对男人就没有什么吸引力,但是对他却很有魅力。我拿他没有法子,久而久之,连我丈夫也认了;如果他不想丢掉这份差事的话,只有忍气吞声了,那家伙是个大学生,将来准会成为权势显赫的人物。他老是追着我不放,就在你到来之前,他刚刚走开。""真是物以类聚人以群分呀,"K说,"这并不叫我感到奇怪。""我看你大概想改变一下这儿的现状,是吗?"这女人用审视的目光慢条斯理地问道,好像她说的话对她和K都有危险似的。"这个我从你那次讲话中已经听得出来,我本人也非常喜欢你的讲话。可惜我只听了一部分,开头没有听到,你讲到最后的时候,我和那个大学生正躺在地板上。——这儿是如此的可怕呀。"她停了一会儿说,并且抓住了K的手。"你想要改善现状,你觉得你会成功吗?"K微微一笑,在她那温柔的两手里,稍稍动了动自己被抓着的那只手。"其实,"他说,"并不像你所说的那样,要改善这里的状况,那可不是我的事儿。可以说,你要这样讲给预审法官听的话,他不是拿你取笑,就是教训你一顿。实际上,我当然不会自愿搅和进这些事情里去,也从来不会去考虑改善这种法院制度而耽误我的睡眠。

但是,据说我被捕了——也就是说我被捕了,我因此不得不搅和进来了,更确切地说,是为了我自己。可话说回来,如果这期间我能帮你什么忙的话,当然很乐意帮你。这样说并不只是出于仁爱,而更是因为你也会帮我的忙的。""我怎么能帮你忙呢?"这女人问道。"比如说,让我看一看桌子上那几本书。""那当然可以。"这女人一边大声说,一边急不可待地拽起他就走过去。那都是些翻得不成样子的旧书,有一本书的封面从中间几乎破开了,两边仅靠着寥寥无几的丝线连在一起。"这里的一切简直脏透了。"K摇摇头说。没等K伸手去拿书,这女人立刻撩起围裙,至少也要拭去表面上的尘灰。K随手打开最上边的一本书,展现出的是一幅伤风败俗的画面:一对男女赤身露体,坐在沙发上,画家的淫秽意图显而易见。可是,他的画技则拙劣至极,画面最终能看到的只是一男一女两个人,那过分硕大的躯体凸出画面,由于透视远近不当,身子僵挺而无相对转向的空间。K没有再看下去;他只翻开了第二本书的扉页,那是一本小说,书名是:《格莱特怎样遭受丈夫汉斯的折磨》。"这些就是他们要研究的法律书,"K说,"竟是这样一帮人要来判我罪。""我会帮你的,"这女人说,"你欢迎吗?""你真能帮我吗?你就不怕给自己带来什么危险吗?你刚才还对我说,你丈夫的命运就握在那一群人手里。""尽管如此,我照样要帮助你,"这女人说,"来吧,我们得认真地商量一下。别再提对我会有什么危险;什么危险不危险,我乐意怕就怕,我不乐意怕就不怕。跟我来吧。"她手指着讲台,叫他一起坐到讲台的梯阶上。"你这对黑眼睛真漂亮,"他们坐下后,她一边说,一边朝上端详着K的脸,"人都说我长着一对可爱的眼睛,可是你的眼睛比我的更可爱。再说你头一回来这里时,立刻就让我盯住了。也正是因为你,我后来也溜到会场里来。我从来没有这样做过,甚至可以说根本不允许我这样做。""原来是这么回事,"K心想道,"她自己就送上门来了,她跟这儿四周围所有的人一样堕落不堪;她厌腻了那些法院的官员,这是可以理解的。因此,她靠着恭维人家的眼睛,热切地迎接着任何一个陌生的人。"这时,K一声不吭地站起身来,仿佛他把自己的想法已经大声地说了出来,向这女人表明了自己的态度似的。"我不认为你能帮助我,"他说,"谁真要想帮助我,就得跟那些高级官员有关系。可是,你所认识的官员,不过是那帮在这儿成群结队地兜来兜去的小卒而已。你肯定跟这帮人混得很熟,我不怀疑,你是能够让这些人办点事情的。不过,就是让他们能够办到头的事情,也不会对这桩案子的最终结果有一丝一毫的帮助。这样一来,你还会白白地失去几个朋友。我可不愿意这样做。你要一如既往,跟那些人继续保持关系,我觉得这种关系对你是不可缺少的。我说这番话,心里不是没有愧疚的。坦诚地说,我也喜欢你,这也就算作你对我恭维的一种回报吧。特别是你像现在这样悲伤地端详着我时,我的心里就更不好受了。我看你大可不必这样了吧。你处在我不得不与之抗争的那个人群里,而且在其中感觉很不一般,你甚至爱着那个大学生;即使说你不爱他,至少在他和你丈夫之间,你更喜欢他,这从你的谈话里也不难听出来。""不对!"她一动不动地坐在那里大声说道,并且抓住了K没有来得及抽开的手。"你现在不能走,你不能抱着对我的错误看法走开! 难道你真的忍心现在就这样走开吗? 你连再呆一会儿这个面子都不肯给我,难道我就这样无用吗?""你误解了我,"K说着又坐下来,"如果你真的有意要留我在这儿的话,我是很乐意的。我有的是时间,我到这里来是想着今天会开庭的。我刚才所说的并没有任何别的意思,只想请你别为我这案子费心了。可是,对此你也不必介意,即使你觉得我一点儿也不在乎这桩案子的结果,将来对判决也只会一笑置之。我说这话当然有个前提,那就是这桩案子总归得有个真正的结果,对此我则十分怀疑。我更认为,由于办案官员的懒惰、健忘甚或害怕,这桩案子已经搁浅,或者即将搁浅。当然,他们也可能装作继续办案的样子,企图在我身上捞一把。我今天就可以说,别枉费心机了。我不会去贿赂任何人。如果你去告诉预审法官或者随便哪一个善于传播重要消息的人,就说无论那些诡计多端的先生们要玩弄什么样的花招,永远也别想诱使我去贿赂人。你可以直截了当地告诉他们,那是痴心妄想。再说,这些他们自己也许已经觉察到;即使不是这么回事,我也根本不那么在乎他们现在是否已经听说。这样一来,不就只会使那些先生们省得费心了吗?当然,也使得我免受一些我倒喜欢承受的不愉快,因为我知道,我每承受一个不愉快,同时也对他们是一个不小的打击。而我所关心的,正是要达到这样的目的。你真的认识那个预审法官吗?"“当然啰,”这女人说,“当我提出要帮助你时,我甚至第一个想到的就是他。我本来并不知道他只不过是一个无名小卒,可是经你这么一说,那准是真的了。尽管这样,我依然认为,他给上面打的报告毕竟会有一些影响。他总是在写报告。你说那些官员懒惰,但不都是那样,尤其是预审法官,他老是在写东西。就说上个星期天吧,会议一直开到晚上,别人都走了,而他仍留在大厅里,我不得不给他送一盏灯去。我仅有一盏厨房用的小灯,但他已经很满意了,而且立刻就开始写起来。这期间,我丈夫也回来了,他那个星期天正好休息,我们搬来家具,又布置好我们的房间。后来,几个邻居也来了,我们又点着蜡烛聊天。老实说,我们把预审法官忘了,然后就上床睡觉了。到了半夜时分,肯定已经到了深更半夜,我突然醒来了,看到预审法官就站在我的床旁边,用手遮着灯,不让灯光照着我的丈夫。他没有必要这么小心翼翼,因为我丈夫一睡下去,灯光哪会照得醒他呢?我吓得差点儿喊出声来,可是,预审法官和蔼可亲,提醒我要当心,悄悄地对我说,他一直写到现在,他是来还我灯的。我之所以告诉你这一切,只是想向你说明预审法官确确实实写了很多报告,特别是关于你的报告。审讯你无疑是上星期天开庭的主要议题之一。那样的长篇报告的确不能说一点作用也没有。但是,除此以外,你从那件事里也可以看得出来,预审法官对我有意,现在正好处在开始阶段——他肯定刚刚才注意上了我——,我可以给他施加大的影响。他对我很感兴趣,我现在还有其他证据可以说明。昨天,他让自己的助手,那个他信得过的大学生给我送来了一双丝袜,说什么这是对我打扫审讯厅的酬谢。这不过是一个借口而已。打扫审讯厅本来就是我分内的事,而且我丈夫为此得到了应有的报酬。你瞧,这袜子真漂亮,"——她说着就伸开两腿,把裙子直撩到膝盖上,自个儿也欣赏起这双袜子来——"这袜子真的很漂亮,可也太漂亮了,我这个人就不配穿它。"

她突然住口不说了,手搭到 K 的手上,仿佛要让他安静似的,悄悄地对 K 说:"嘘,贝托尔德在注视着我们。"K 慢慢地抬起目光。在审讯室的门口,站着一个年轻人。他个子矮小,长着两条罗圈腿,蓄着一把稀稀拉拉略微发红的胡子,手指在上面不住地捋来捋去,好像极力要靠这把胡子给自己一副威风的仪表。K 好奇地打量着他,这是他看到的他不熟悉的法律专业的第一个大学生,似乎还有点人情味儿,一个有朝一日也可能飞黄腾达的人物。可是,这大学生好像一点儿也不理睬 K。转瞬间,他手指从胡子上拿开,勾着一只指头向这女人示意,自己朝窗口走去。这女人俯下身子,悄悄地对 K 说:"请别生我的气,我求求你,别把我想得那么坏,我现在得去他那儿。这家伙真是丑陋极了,瞧他那两条罗圈腿。不过,我一会儿就回来,然后跟你走,如果你不嫌弃我的话;你想上哪儿,我就跟到哪儿,你要我怎么都行。我只要能够尽可能长些时间离开这儿,就会感到幸福,当然,最好是永远离开这儿。"她又抚摩了一下 K 的手,跃起身直向那窗前奔去。K 不由自主地去抓她的手,却摸了个空。这女人真的把他迷住了,可他为什么偏要拒绝这个诱惑呢?他思来想去,怎么也找不出一个站得住脚的理由来。刹那间,他怀疑这女人受法院旨意,引诱他上圈套,可这疑虑一下子又打消了。她凭什么引诱他上圈套呢?他不是有充分的自由立刻会来对付整个法院吗?至少只要涉及到他的时候就会这样!难道他连这一点自信都没有吗?她提出要帮忙,听起来是真心诚意的,也许不会没有一点作用。或许现在对预审法官及其帮手最有力的报复,就是从他们手上把这女人夺到自己身边来。这样,说不定什么时候就会有戏看:深夜里,预审法官挖空心思写完对K无中生有的报告后去找这女人,却发现床上是空的。之所以床上无人,是因为她属于K了,就是窗前这个裹在深色粗布衣里的女人,那丰满、灵巧和温柔的躯体完全只属于K一个人了。

他消除了对这女人的疑虑以后,便觉得他们在窗前窃窃私语的谈话太久了,于是他先用指节,接着又用拳头敲击着讲台。大学生瞥过这女人的肩膀瞥了K一眼,可是一点儿也不把他当回事,身子跟她贴得更紧,进而搂抱住她。她深深地低下头去,仿佛在全神贯注地听他讲话似的。她一俯下身子,他就一个劲地亲吻着她的脖子,依然滔滔不绝地说着话。正像这女人苦苦抱怨的那样,K亲眼证实了大学生对她施行的强暴。他猛地站起身来,在大厅里踱来踱去,眼睛一个劲儿地瞥着大学生,思量着怎样能够尽快把这家伙赶走。K踱着踱着,恨得直跺起脚来。叫他觉得颇为开心的是,他的举动显然激怒了大学生;他冲着K说:"如果你等得不耐烦了,何不走开呢?你本来早就该走开,是谁在这儿念着你呢?真没趣儿,甚至可以说,我一进来,你就应该走开,而且越快越好。"他说了这一番话,似乎发泄出了所有的怨恨。可是,无论怎么说其中也隐含着傲慢;他俨然以一个未来的法官的样子,神气十足地冲着一个不受欢迎的被告讲话。K紧停在他的身旁,微笑着说:"我是等得不耐烦了,一点儿不错。可是,要消除我的不耐烦,最简单不过的办法就是你别缠着我们。可话说回来,如果你来这儿也许是为了学习的话——我听说你是大学生——那么,我倒很乐意带着这女人走开,给你腾出地方来。再说,你在成为法官之前,一定还有许多东西要学吧。我虽然还不大懂法律上的事,可我想象得出,单凭粗俗不堪的讲话,恐怕是远远不够吧。当然,你在这方面已经运用自如到厚颜无耻的地步。""本来就不应该让他如此逍遥法外,"大学生说,好像他要给这女人就K那一番侮辱的话做解释似的,"这是一个过失,我曾经跟预审法官这样说过。在审讯间隔之间,至少也应该把他关禁在屋子里。预审法官有时候真叫人无法理解。""废话连篇,"K说着朝这女人伸出手去,"走吧!""啊呵,原来是这么回事,"大学生说,"不,不,你是得不到她的。"说着,他就用让人简直难以置信的力气一把把她抱了起来,一面含情脉脉地望着她,一面伛偻着身子朝门口走去。他显然对K有几分惧怕,但仍然要逞强来挑逗K,他用另一只空着的手抚摩和揉按着这女人的胳膊。K追了他几步,准备揪住他,必要时甚至扼住他的脖子。这时,这女人开口说:"这样没有用,是预审法官让他来叫我的,我不能跟你去,这个小丑,"她说着用手摸了摸他的脸,"这个小丑不会放开我的。""难道你也不想脱身吗?"K大声喊道,一只手随之搭到大学生的肩上。这家伙张开牙齿就要去咬他的手。"不!"这女人喊着用双手推开了K,"不,不,别这样了,你想干什么!这样不就要毁了我吗!放开他吧,我求求你,放开他。他不过是执行预审法官的命令,把我架到他那儿去而已。""那好吧,我放他走,而你呢,我永远再也不想看见你。"K说道,他心灰意冷,怨气冲冲,朝这家伙的背上狠狠一推,推得他一时踉踉跄跄,幸亏没有跌倒;他抱起这女人,反而显得越发蹦得高了。K慢慢吞吞地跟在他们后面,意识到这是第一次不折不扣地败在这些人手里。当然,他没有理由因此而怕起来,他尝到了失败的滋味,可争端是他自找的。要是他安安静静地呆在家里,像平常一样过星期日的话,那他比这些人都要强千百倍,并且可以随心所欲地踢开任何一个挡道的人。这时,他的脑袋里闪现出一幕幕荒唐至极的情景,比如说,这个可耻的大学生,这个妄自尊大的小丑,这个长着罗圈腿的大胡子,也许什么时候便会跪在爱尔萨的床前,合拢着双手,苦苦乞求着她的爱怜。他想到这种情景,禁不住得意起来,决定只要一有机会就带着他去拜见爱尔萨。

出于好奇,K又匆匆赶到门口,想看看那女人会被带到哪儿去。这个大学生该不会抱着这女人穿过一条条马路吧。其实,他没有走多远。对着这屋子,有一道狭窄的木楼梯,好像是通到顶楼上去的,楼梯拐了一个弯,看不到尽头。大学生抱着这女人顺着楼梯走上去,他走得很慢,上气不接下气,刚刚他已经跑得精疲力竭了。这女人朝下向K摆摆手,竭力耸耸肩,示意她被人抢去,也怪不了她。可是她的这些举动没有表现出太多的惋惜。K毫无表情地注视着她,就像看着一个陌生人一样;他既不想当她的面流露出自己失望的样子,也不愿让她看到自己可以轻而易举地克服这种失望。

那两个人已经消失了,K依然站在门口。他不由得猜想到,这女人不仅引诱他上当受骗,而且还说谎捉弄他,声称什么人家要把她弄到预审法官那里去。那预审法官该不会坐在阁楼里等着吧。他久久地注视着木楼梯,但什么也看不出来。这时,他发现楼梯旁贴着一张不大的布告,走过去一看,上面就像是小孩的字迹,歪歪扭扭地写着:"法院办公室在楼上"。法院办公室原来就设在这座出租公寓的阁楼上?这样的机构是不会让人瞧得起的。对于一个被告来说,想想这法院那么寒酸的样子,毕竟会得到一种安慰;他们竟把办公室设在阁楼上,连那些本来就是最贫困的房客也不过是用它来堆放杂物的。当然,也不排除钱本来是够多的,可是,还没有等到花在正当的法院事务上，就已经装进了法官们的腰包。根据 K 以往的经验来看，这甚或是非常可能的。果真如此的话，法院这种恣意滥用钱财的丑恶行径，对他虽说是人格上的侮辱，可与法院那所谓的寒酸劲比起来，其实给他带来了更多的安慰。K 现在也明白了，他们为什么第一次审讯时羞于传唤被告到这阁楼上来，而偏要选在他家里来骚扰他。与这位坐在阁楼里的法官比起来，K 处在何等优越的地位啊。他在银行里单独享有一间宽敞的办公室，带有会客厅，透过大玻璃窗，可以领略到市广场上热闹非凡的景象！然而，他却没有靠贿赂或贪污得来额外收入，也不能命令自己的下属去抱一个女人到办公室里来。但是，K 心甘情愿不染手这些事，起码一辈子要这样。

K 依然伫立在那张布告前。这时，有一个男人顺着楼梯走上来，他从开着的大门看到起居室里面，从那里也看了看里面的审讯厅，最后问 K 刚才可曾在这儿看见过一个女人。"你是法院听差，对吗？"K 问道。"是的，"这男人说，"啊呵，你就是被告人 K，我这下也认出你来了，欢迎你。"随后他向 K 伸过手去，K 一点儿也没有料到。"可是，今天没有出布告要开庭。"法院听差见 K 缄默不语便接着说。"我知道，"K 一边说，一边注视着法院听差的便装，那是显示他身份的惟一标志，上面除了几个普通的扣子外，还有两枚镀金的，好像是从旧军大衣上摘下来的，"我刚才还跟你妻子说过话。她现在不在这里了。那大学生把她抢到预审法官那里去了。""你看看，"法院听差说，"他们老是把她从我身边弄走。今天是星期天，我本来就没有上班的义务，但是，他们仅仅为了支开我，派我出去传达了一个绝对无用的通知。他们又存心把我派得不太远，好让我抱有希望，只要紧赶快赶，或许还可以及时赶回来。于是，我竭尽全力，拼命地跑去，一到那个单位，就冲着门缝，上气不接下气地把通知喊过去，他们几乎就没有听明白我说些什么。我一说完又疾步赶回来，可是，那大学生赶在了我的前面。当然啰,他近在咫尺,只消跑下阁楼楼梯就是了。我要不是这样被握在他们的手里,早就把他揍扁在这道墙跟前,就揍扁在这布告旁。我天天做梦都想着这样。就在这楼梯口上,揍得他死死地趴在墙上,两臂伸展,十指张开,两条罗圈腿扭成一个圆圈,鲜血四溅。可是,直到现在,这不过是梦想而已。""难道就没有别的法子了吗?"K微笑着问道。"叫我看没有别的法子,"法院听差说,"现在他更是得寸进尺了。以前,他只是把她抱到自己那里,现在也抱给预审法官。不过,这个我早就预料到了。""难道你的妻子就没有一点责任?"K问道,他发问时强压着自己的感情,连他现在也满腹妒忌。"当然有,"法院听差答道,"甚或说她负有最主要的责任。她一头栽进他的怀抱里恋恋不舍。说起他,见了女人就穷追不舍。就在这一栋楼里,他偷偷摸摸地溜这儿溜那儿,已经让五户人家给轰了出来。整个公寓里,算我妻子最漂亮,又正好碰上了这个无力自卫的我。""如果事情是这样的话,那就毫无法子了。"K说道。"为什么说没有法子呢?"法院听差问道。"那个大学生是个胆小鬼,如果他再要动我妻子一下,我逼急了非得狠狠地揍他个半死不可,这样他就不敢再胆大妄为了。可是我不能去揍,别人也不肯来帮我揍,大家都害怕他的权力。惟有像你这样的男子汉才敢做敢为。""为什么说只有我呢?"K十分惊奇地问道。"有人控告了你。"法院听差说。"是的,"K说,"那不就更得怕他;虽然他或许对我这桩案子的结果不会有什么作用,可切不可小看他对预审法官的影响。""对,一点儿不错,"法官听差说,仿佛K的看法跟他自己的是一脉相承似的,"但是,一般说来,我们这里办案子不会有头无尾的。""我不赞同你的这种说法,"K说,"可是,这并不会妨碍我有时会去对付那个大学生。""那我就太感谢你了。"法院听差有些冠冕堂皇地说。其实,他看来并不相信自己能够如愿以偿。"也许还会,"K接着说,"同样收拾你们别的官员,甚或是全部。""是的,是的。"法院听差说,仿佛这对他来说是不言而喻似的。然后,他向K投去信任的目光。在此之前,他虽然显得对K十分友好,但始终抱着疑虑的心态看待他。他补充说:"人总会要有反抗的。"但是,这番谈话好像使他觉得有些不安,他不想再谈下去,便告诉K说:"现在我得去办公室汇报了。你愿意一起上去吗?""我可没有什么事去那儿。"K说。"你可以上去看看办公室嘛,谁也不会留意你。""真有看的必要吗?"K迟疑不决地问,但心底里却很想跟着去看看。"不用再说啦,"法院听差说,"我想你会感兴趣的。""好吧,"K终于说,"我跟着走。"于是,他跑着上了楼梯,比法院听差还要快。

K进门时差点儿绊了一跤,因为门后还有一级台阶。"他们很少替大家着想。"他说。"根本就没有着想,"法院听差说,"你瞧瞧这候审室吧。"那是一条长长的过道,两旁一扇扇粗制滥造的门通向各个办公室里。虽说过道里没有透光的地方,但也不是漆黑一片,因为有些办公室冲着过道的这一面没有安装木板墙,而只用木栅隔了开来,自然也通到了顶上,光线透过木栅射了进来。透过木栅,可以看到里面的几个官员;有的在伏案书写,有的紧站在木栅前注视着过道里的人。大概是星期天,过道里的人寥寥无几,给人一种十分凄楚的感受。他们坐在固定在过道两旁的长木椅上,彼此几乎保持着同样的距离,一个个穿得邋里邋遢的样子。但从表情和神态,从胡子式样,从许许多多难以确认的细节来看,他们中的大多数属于比较上层的人物。过道里没有衣帽钩,他们把帽子都塞到椅子底下,这大概是一个看着另一个样儿的结果。那些紧坐在门跟前的人一看见K和法院听差走过来,便站起来打招呼,邻座的人看到这种情形,也自以为然,于是,大家不约而同地挨个儿站了起来。这些人从来就挺不直身子,弯着腰,屈着膝,站在那儿就像街头上的乞丐。K等了等稍稍落在他身后的法院听差,问道:"难道他们非得这样卑躬屈膝吗?""是的,"法院听差说,"他们是被告。你在这儿看到的,全都是被告。""真的吗?"K说,"这么说,我跟他们是同病相怜了。"他说着转向近旁一位身材细长、鬓发斑白的人。"你在这儿等什么呢?"K彬彬有礼地问道。可是,这出乎意料的问话一时弄得那人不知所措。他显然是一个久经世故、在任何别的场合无疑会应酬自如的人,绝不会轻易放弃自己面对许多人而力争来的优势,所以就让他显得更加难堪。可是,此时此刻,他竟不知如何来回答这样一个简单的问题,只是瞅着其他人,仿佛他们有责任帮助他,而没有他们帮忙,谁也别指望会得到他的回答似的。这时候,法院听差为了安慰那个人,给他鼓鼓气,帮他解解围,便走上前来说道:"这位先生只不过问问你在等什么。你就对他说说吧。"大概法院听差这个使他觉得熟悉的声音起了作用。"我在等着——"他一开口又卡住了。显然,他有意要这样来开头,是为了切中问题来回答,可是现在却想不出怎么再往下说。有几个等待的人凑了过来,围在他们周围,法院听差冲着他们说:"走开,走开,让开过道。"他们稍稍向后退了几步,但没有回到原来的座位上去。这期间,那人才慢慢定下神来,面带微笑回答道:"一个月前,我就我的案子递交了几份证词,现在等着审理结果。""看来你费了不少的神呀。"K说道。"是呀,"那人说,"这关系到我的案子啊。""不是人人都会像你这么想的,"K说,"比如说我吧,我也是被告,但我怎么痛快就怎么来,既没有递过什么证词,也没有干过其他任何类似的事情。你认为有那个必要吗?""我说不准。"那人说道,又一次完全失去了自信。他显然以为K在拿他开心,害怕再出什么新的差错,似乎觉得最好把先前的回答完全重复一下就行了。但是,面对K那急不可耐的目光,他只是说:"反正我已经递了证词。""你大概还不相信我是被告吧?"K问道。"噢,可别这么说,当然相信啰。"这人说着稍稍闪向一旁,但是,从他回答的口气里,流露出来的是惶惑,并无信任可言。"看来你不相信我,对吗?"K 问道。他不知不觉地被这人那逆来顺受的奴才相激怒了,一把抓住他的胳膊,仿佛要逼着他非相信不可。可是,K 并没有想惩治他,只是轻轻地跟他交了交手。不料这人大叫起来,好像 K 不是用两个指头,而是用一把灼热的火钳夹住他似的。这可笑的叫喊使 K 讨厌透了。如果他不相信 K 说自己是被告,那就更好;或许他真把 K 当成法官了。K 现在要跟他分手了,才狠狠地抓着他,一把将他推回到座椅上,然后径自走去。"绝大多数被告都这么神经过敏。"法院听差说。他们走开以后,那人也不再叫喊了。这时,几乎所有的当事人都聚拢在那人的周围,好像要问个明白,到底是怎么回事。有一个看守也迎着 K 的面走过来。他身上佩着一把剑,一看就知道是个看守。那剑鞘是铝制的,至少从颜色看是这样。K 出神地看着剑鞘,甚至用手去摸了摸。这看守是听到有叫喊声才过来的,他问到底发生了什么事。法院听差试图敷衍几句把他打发走,可是,看守却一本正经,还非得亲自去看个究竟不可。他行了个礼,便继续走去,走得虽然很急,但步子迈得很小,而且有度,大概是患痛风的缘故。

K 并没有久久地留心过道里的看守和那群人,特别是因为他大约走到过道的中间时,发现右边可以穿过一个没有门的通道口拐进去。他示意法院听差是不是打这儿走。听差点了点头,K 随即拐了进去。他心里感到很不是滋味;他老是得走在法院听差前面一两步,至少在这个地方,他看起来像是一个被押送的犯人。于是,他一再停住步等法院听差,可这人立刻又落到了后面。为了结束这不自在的滋味,K 终于开了口:"好吧,我已经看到了这儿是什么样子,现在想走了。""你还没有看完呢。"法院听差十分爽快地说。"我不想都去看了,"K 说,他也确实感到很累了,"我要走了,出口在哪儿?""你总不至于迷了路吧？"法院听差惊奇地问道，"你从这儿往前走到转弯的地方，然后向右再顺着过道一直走下去，就到门口了。""你跟我一起去吧。"K说，"给我领领路。这儿这么多的过道，我怎么会知道该走哪条呢？""只有一条道，"法院听差这时已经带着责备的口气说，"我不能再跟你回去了。我得汇报去。我已经为你耽误了很多时间。""跟我一起走吧。"K现在更强烈地重复了一次，仿佛他终于当场抓住了法院听差在撒谎似的。"你别这么大声叫了，"法院听差低声说，"这儿到处都是办公室。如果你不肯自己一个人走回去，那我就再陪你走一段，或者你在这儿等着，我汇报完以后很乐意再陪着你回去。""不，不行，"K说，"我不想再等了，你现在非得陪着我走不可。"K还没有顾得上四下看看他到了什么地方，只听见他周围有一扇门打开了。他随声看去，见一个姑娘走了出来，她显然是被K的大声讲话呼唤过来的。姑娘问道："请问这位先生有何见教？"在这姑娘身后较远的地方，K看见半明半暗中还有一个男人渐渐靠近。K凝视着法院听差。这家伙刚才还说过谁都不会注意K，可是现在已经来了两个人，要不了多大一会儿，所有的官员都会注意上他，要问他来这儿干什么。惟一可以让人理解和接受的解释是，说他是一个被告，想打听下一次审讯的具体日期。但是，他恰恰就不想给他们这样解释，更何况这也不符合事实。他到这儿来，只是出于好奇，或者是出于渴望，要断定这个法院的内部跟它的外部一样令人作呕。当然他更不可能这样去说。事实上，他的猜测看来是对的。他不想再深究下去，至此所看到的一切已经够憋得他喘不过气来。他恰好现在也没有心思去面对一个随时会出现在哪个门前的高级官员。他想离开，也就是说让这听差陪着，或者必要时只身走就是了。

然而，他站在那儿，木然不动，一句话也不说，显得很惹人注目。那姑娘和法院听差也真的在注视着他，看他们的神态，仿佛转瞬间在

K的身上就要发生什么大的变化,他们不想错过这个可以亲眼目睹的时机。在门开着的地方,站着K刚才远远看见的那个人。这人抓住低矮的门楣,踮起脚尖悠然地晃来晃去,就像一个急不可待的观众。但是,姑娘首先发现,K木然不动的举止显得颇为不舒服的样子。她便搬去一把椅子问道:"你坐下好吗?"K立刻坐下来,双肘撑在扶手上,好把身子支撑得更稳些。"你觉得有点头晕,是吗?"姑娘问他说。这时,姑娘的脸就凑在他的眼前,显现出一副好些女人在青春年华时所特有的那种严肃的神色。"你别担心,"她说,"在这儿,这事已经司空见惯了,差不多每个初来这里的人都是免不了的。你是第一次来这儿吧?既然是这样,也就没有什么大惊小怪的。太阳晒在屋架上,直烤得梁木灼热,屋里的空气简直闷热得无法忍受。这个地方太不适宜于做办公室了,不管它除此以外有多大的用场。可要说起这里的空气来,在案子多的日子里,差不多天天人来人往,川流不息,弄得空气污浊不堪,难得叫人透过气来。如果你再想一想,还有各种各样洗好的衣服也晾晒在这儿——当然也不能完全禁止楼里的住家晾晒衣物——你就不再会因为你有点头晕而感到奇怪了。不过,时间久了,自然就习惯了。等你来上两三次后,差不多就不会再感到透不过气了。你感觉好些了吗?"K没有回答。这突然的头晕使他只好受这些人摆布,觉得太难堪了;他现在知道了自己头晕的原因,非但没有觉得好转,反而更加糟糕了。姑娘马上看在眼里,顺手抓起一根靠在墙上的带钩的竿子,打开正好在K的头顶上通往户外的小天窗,好让K透一透气。然而,烟尘随之纷纷扬扬地涌了进来,姑娘不得不马上又把天窗关上,拿出自己的手帕替K揩净两手。K已经虚弱得不能自理了。他倒很乐意安安静静地呆在这儿,等到恢复得有了足够的气力后再离去。不过,他们越少留意他,他肯定恢复得就越快些。但是,姑娘这时却说道:"你不能呆在这儿,我们在这儿会妨碍人走路的——"K目光扫视四周,似乎询问着在这儿到底妨碍了什么人走路——"如果你愿意的话,我送你去医院。请你帮一帮我吧。"她对着站在门口的那个人说。那人马上就靠了过来。可是,K不愿意到医院去,特别不愿意让人家把他弄到更远的地方;他去得越远,情况肯定就越糟糕。"我已经可以走了。"他说着站起身来,在椅子里舒舒适适地坐了一阵子,一站起来就抖抖颤颤的。但是,他依然挺不直身子。"看来还是不行。"他一边摇摇头说,一边又叹息着要坐下去。这时,他想到了法院听差。即使他这个样,听差也不用费什么劲就能把他送出去。可是,他好像早就溜走了。K从站在他面前的姑娘和那人之间望过去,连法院听差的影子也看不见。

"我想,"那人说,他穿着很讲究,特别是那件灰颜色的坎肩格外醒目,下面两只长长的尖角,线条裁剪得十分分明,"这位先生感到头晕,是因为这儿空气污浊。最好别先送他去医院,干脆弄到办公室外面去,他也会觉得这样做最好。""说得对,"K大声说道,他兴奋得差点儿没让这人把话说完,"那我肯定会马上好起来的,况且我并不是那么虚弱,我只需要有人在腋下搀一搀就行了。我不会给你添很多麻烦的,再说路也不长,你只扶着我到门口就行了,然后,我自己在楼梯上坐一会儿,便会很快恢复过来。我从来没有这样的毛病,连我自己也感到奇怪。我也是一个职员,一样习惯了办公室的空气,但这儿的空气看来太糟糕了,连你自己也这么说。劳驾你了,请稍微扶我一把吧。我觉得头晕;一站起来,我就感到天旋地转。"他抬起肩膀,好让这两个人搀着胳膊扶住他。

可是,那人并没有依着K的请求去做;他两手安然自在地插在裤兜里,哈哈大笑起来。"你瞧瞧,"他对姑娘说,"还是我说准了吧。这位先生只是在这儿才觉得不舒服,在别的地方则是安然无恙的。"姑娘也微微一笑,可是用手指尖轻轻地点点那人的胳膊,仿佛他这样冒昧跟 K 开玩笑未免太过头了。"可是,你想到哪儿去了呢?"那人还是笑个不停地说,"我当然乐意扶这位先生出门。""那就好。"姑娘一边说,一边稍微点了点那妩媚的脑袋表示致意。"你可别太介意他这么笑个不停。"她对 K 说。K 又陷入忧伤中,呆呆地凝视着前方,看来好像不需要听任何解释。"这位先生——我可以介绍一下你吗?"(那人挥挥手表示不同意)——"这位先生是管咨询的,他给那些在案等待的人提供所需要的一切咨询。由于公众还不太熟悉法院事务,有许多人来求他咨询。他有问必答,还从来没有能难住他的问题。你什么时候有兴趣的话,可以试试他。可这还不是他惟一的特点。他的另一个特点是讲究穿着。我们,也就是说这些法官们,一向认为,考虑到尊严和第一印象,必须让这个咨询员穿着讲究,因为他始终首先跟诉讼各方打交道。遗憾的是,我们其他的人穿得很差,而且古板,你从我的穿着一下子就能看得出来;不过,我们几乎长年累月泡在办公室里,甚至睡在这里,把钱花在穿着上也没有多大意思。但是,正如刚才所说,对这位咨询员来说,我们一向认为讲究衣着是必要的。可是,我们的管理部门在这方面有些不尽如人意,不供给衣服。于是,我们只好募捐——连诉讼人也解囊相助——,给他买了这身漂亮的衣服和其他衣物。为了赢得一个良好的印象,似乎现在万事俱备,可他哈哈笑个不停,又把事情弄糟了,让人担惊受怕。""说得头头是道,"那人带着嘲讽的口气说,"可是,我不明白,小姐,你为什么把我们所有的内幕一股脑儿都透露给这位先生呢,或者更确切地说,强加给这位先生呢?他根本就不想听。你只看看他坐在那儿的样子,显然在琢磨着他自己的事。"K 毫无心思去反驳他。看来姑娘的用意是好的,她或许想分散一下 K 的注意力,或者有意使他能够打起精神来。可是,她的做法不对头。"我觉得有必要给他解释一下你为什么大笑,"姑娘说,"这笑里包藏着侮辱。""我想,只要我最终扶着他出门,再厉害的侮辱他都会包容。"K一声不吭,连眼睛也不抬一下,他听任这两个人拿他当东西一样做交易,他甚至觉得这样也很好。然而,他突然感到那咨询员的手挽起他一只胳膊,姑娘的手扶起另一只。"好啦,起来吧,你这个虚弱的男子汉。"咨询员说。"多谢你们二位了。"K喜出望外地说,慢慢地立起身来,把那两个人的手拉到他最需要搀扶的位置上。"看起来,"当他们走进过道时,姑娘在K的耳旁小声说,"好像我特别有意要把这位咨询员往好的方面说似的。不过,你要相信,我是实话实说。他并不是个铁石心肠的人。他没有义务搀扶得病的诉讼人离开这儿,可是,你看他却这样做了。在我们中间,也许就没有狠心的人,我们十分乐意帮助所有的人。可作为法院官员,从表面上看,我们很容易被人看作好像都是些铁石心肠的人,不愿意帮助人。为此我简直苦恼极了。""你要不要在这儿坐下来歇会儿?"咨询员问道。这时,他们已经到了过道里,正好走到了K刚才搭过话的那个被告跟前。在他面前,K几乎感到有些难为情;刚才还那么挺直地站在他面前,现在却得让两个人搀扶着,他的帽子由咨询员托在叉开的五指上,他的头发乱蓬蓬的,披散在汗津津的额头上。不过,那个被告好像什么也没有发现,他低三下四地站在不屑看他一眼的咨询员跟前,一个劲儿地竭力为自己来这儿表白。"我不知道,"他说,"今天还不会审理我的申请。可我还是来了,我想,我可以在这儿等着。今天是星期日,我有的是时间,我在这儿也不会碍事。""你用不着这样再三表白,"咨询员说,"你的小心谨慎实在令人钦佩。你虽然在这里不必要地占去了一个位子,但是,只要你不惹我讨厌,我就不愿意阻止你来这儿关注你的案子的进展情况。只要亲眼目睹过那些无耻地玩忽职守的人,也就学会了对像你这样的人要有耐心。你坐下吧。""你听听,他多么善于跟诉讼人讲话啊。"姑娘低声说。K点点头,但是,他一听到咨询员又问他,不由得一下子心头火起："你要不要在这儿坐下来歇会儿？""不，"K说，"我不想休息。"他以极坚决的口气说出这句话，实际上他真巴不得坐下来；他就像晕了船一样。他觉得自己好像正处在一条在惊涛骇浪中颠簸着的船上，仿佛海水拍打着木船壁，从过道的深处传来滚滚怒吼的波涛声，过道随之横着颠上沉下，这些坐在两旁的诉讼人也随着上下沉浮。因此，扶着他的姑娘和咨询员的沉着更叫他不可理解。他只能听命于他们的摆布，只要他们一松手，他准会立刻像一截木头似的栽倒在地。从他们的四只小眼睛里，不停地闪现出锐利的目光。K感觉到了他们齐头并进的脚步，却不能跟着走；他几乎被一步一步地拖着走去。他终于觉察到他们对他讲话，可是，他弄不清他们说些什么，只听见那充斥一切的喧闹声。透过这喧闹声，似乎有一个轰轰的声音如同长鸣的汽笛持续不变地回响在耳旁。"大声点说。"他耷拉着脑袋，有气无力地说道，现出很难为情的样子，因为他知道，他们讲话的声音已经够响了，只是他无法听清楚罢了。这时候，终于有一股沁人肺腑的气流迎面扑来，仿佛他面前的墙壁霍然裂开了似的。他听到身旁有人说："他起先想走开，可是，后来成百遍地告诉他，这儿就是出口，他却一动不动。"K发现自己到了门口，姑娘已经打开了门。他浑身的气力似乎一下子都回来了。他想先尝尝自由空气的滋味，便立即踏上了一级楼梯，从那里告别了两个搀扶他的人。他们躬着身听他说话。"多谢，多谢。"他不住地重复道，一再跟他们握手，直到他觉得这两位习惯了办公室空气的人，对这从楼梯上涌来的比较新鲜的空气不太适应时，才松开了手。他们几乎连回话的气力都没有了。要不是K眼疾手快地关上门，姑娘或许会从楼梯上跌落下去。然后，K静静地站了一会儿，从衣兜里掏出一面小镜子，梳理好头发，捡起放在下一级台阶上的——准是咨询员扔到那儿去的——帽子戴在头上，接着跑下楼梯去。他那么精神焕发，跨着那么大的步子,连他自己对这突然的变化也有几分担心了。他一向十分良好的健康状况还从来没有给他带来过这样的意外。或许他的体内正酝酿着剧烈的转机,要使他为一个新的变化过程做好准备,因为它如此轻而易举地经受住了新的考验?他不完全排除过后有机会去看一看医生的想法,但不管怎么说,从今以后,他要使所有的星期天上午都过得比今天更有价值——在这一点上,他是可以自己拿主意的。

鞭　手

接着有一天晚上，K离开办公室，穿过通往主楼楼梯的走廊时——他这天晚上可以说是最后一个离开的，只有发行部里还有两个办事员在暗淡的灯光下工作——，忽然听到从一扇门后传来一阵哀叹声。他向来以为那儿是一个堆放杂物的小仓库，可他自己从来也没有去看过。他诧异地停住脚步，侧耳细听，想弄清楚他会不会听错了。什么动静也没有了。可是，隔了一会儿，哀叹声又传来了。开始，他想去叫一个办事员过来，或许可以让他来作证。但是，一转念，一股不可遏制的好奇心驱动着他，他顺手推开了门。他猜得一点儿不错，果然是一间堆放杂物的小仓库。门槛后，废旧印刷品和陶制的空墨水瓶堆放得乱七八糟。可是，在那低矮的空间里站着三个人，弯腰曲背，一支固定在架板上的蜡烛微微地照着他们。"你们在这儿干什么？"K心里惴惴不安，急匆匆地问道，但声音并不大。三个人中显然有一个控制着另外两个，那人穿着一件深色的皮上衣，脖子、胸口和两只胳膊全部裸露在外面，特别引人注目。听到K的问话，他没有反应。可是，另外两个却大声喊道："先生！就怪你在预审法官那里告了我们的状，我们才落了个挨鞭子的下场。"这时，K才认出了那两个人原来是看守弗兰茨和威勒姆，另外一个手里举着鞭子要抽他们。"怎么回事，"K一边说，一边凝视着他们，"我没有告过谁的状，我不过是如实地讲了在我的屋子里所发生的事情。而你们当时的行为也并不是无可指责的。""先生，"威勒姆说，弗兰茨则站在他的背后,想躲开那个人,"要是你知道我们的收入是多么可怜的话,想你也不会那么狠心去糟蹋我们。我要养家糊口,弗兰茨也要成个家,谁都得千方百计地去寻找发财致富的路子,光靠老老实实地干是挣不来的,就是累死累活也没有用。你那令人垂慕的衣物使我动了心。当然,当看守是不准那样干的,那样干不对。可是,犯人的衣物归看守所有,这是传统的规矩,历来如此,我给你说的都是实话。这样做也是可以理解的,对于一个身陷囹圄,遭受如此不幸的人来说,要那些东西还有什么用呢?可是,一旦这事公开说了出去,那我们肯定就会受到惩罚。""你们现在说的,我一无所知,我也根本没有要求惩罚你们,我只是本着一个原则。""弗兰茨,"威勒姆转过身对另一个看守说,"我不是给你说过,这位先生并没有要求惩罚我们吗?现在你听听,他竟然不知道我们一定会受到惩罚哩。""别听信那一套,"手里拿着鞭子的人说,"这样的惩罚是公正的,也是免不了的。""别听他的话,"威勒姆说着突然住了口,一只手迅速地捂到嘴边,随之手上挨了一鞭子,"我们倒霉挨揍,都怪你告发了我们。不然的话,我们则安然无恙。即使他们知道我们干了些什么,也不会怎么样的。难道可以说这是公正的吗?我们两个,尤其是我,当看守多年来始终如一,尽心尽责,连你自己都不得不承认,我们替当局尽到了看守的责任。我们本来还有升迁的希望,自然不久也会升为鞭手,就像这位一样,他很走运,从来还没有被谁告发过,这样告人的事确实太少见了。可现在,我的先生,一切全完啦,我们的前途给断送了,我们不得不再去干比当看守更低下的事。再说,我们现在还得挨揍,忍受这死去活来的皮肉之苦。""这鞭子真会抽得像你说的那样不堪忍受吗?"K一边问,一边审视着鞭手挥舞在他面前的鞭子。"我们都得脱光衣服。"威勒姆说。"原来是这样。"K说着打量起鞭手。那人脸孔晒得黑黑的,像个水手,一副凶神恶煞神气十足的模样。"难道就没有法子不让这两个人挨鞭子吗?"K问他。"没有。"鞭手微笑着摇摇头说。"把衣服脱光!"他这样命令着两个看守。接着他对K说:"你别相信他们说的那一套,他们就怕挨揍,已经有些招架不住了。比如说这个家伙,"他指着威勒姆,"刚才口口声声说什么他的晋升前程,简直可笑至极。你瞧他那肥胖劲儿,就是抽上几鞭子,也抽不出个名堂来。你知道他怎么会这么胖吗?只要他在场,哪个被捕的人的早餐都免不了去填他的肚皮。他不也吃掉了你的早点吗?怎么,我没有说错吧。不过,像他这样一个大腹便便的人永远也不可能升为鞭手,绝不会有这样的机会。""可是,未必就没有这样的鞭手。"威勒姆一边声称道,一边解着裤带。"住嘴,"鞭手说着就扬起鞭子掠过威勒姆的脖子,吓了他一跳,"你瞎听什么呢,还不快快脱光衣服。""如果你放走他们,我会重赏你的。"K一边说,一边掏出自己的皮夹子,他不再去看鞭手一眼。干这类交易,双方最好是彼此心照不宣。"那你过后准也要告我一状,"鞭手说,"让我也挨鞭子。办不到,永远办不到!""你好好想想,"K说,"如果我真的希望让这两个挨揍,那我现在就不会去花钱使他们免受皮肉之苦。我可以随手关上门回家去,看不见,听不着。不过,既然到了这个地步,我不愿意这样做。说实话,我是认真的,我想让你放他们一马;如果我预先知道他们免不了要挨揍,或者只是可能挨揍的话,那我决不会说出他们的名字。我确实认为责任不在他们身上,祸根是那个机构,那帮高级官员才是真正的祸根。""正是这样。"两个看守大声说,可同时都在赤裸裸的背上挨了一鞭。"如果你在这里鞭打的是一个高级法官,"K一边说,一边拦住了又要举起来的鞭子,"我确确实实不会阻拦你下手的,相反,我还会奖赏你,让你鼓足劲干这样的好事。""你说的听起来挺在理,"鞭手说,"而我是不会让人收买的。既然我是被派来打人的,那我就要动手啦。"那个叫弗兰茨的看守也许本来一心期待着K的干预会给他们带来好的转机,因此一直几乎不露声色地缩在那里,身上只穿着裤子。他现在走到门口,到了K的面前,跪在了地上,拽着K的胳膊低声说:"如果你无法劝导他饶恕我们俩,至少要设法把我解脱出来。威勒姆比我年纪大,无论怎么说都更比我经得起鞭打,况且他在几年前就挨过一次不算厉害的鞭打,可我还从来没有这样丢过脸。我的所作所为都是威勒姆带出来的,好也罢,坏也罢,反正他是我的师傅。我的未婚妻在楼下银行门前还等着结果呢,我简直羞得无地自容呀。"他的脸依在K的外衣上,抹去了汪汪的泪水。"我可不等啦。"鞭手说着两手抓起鞭子,朝弗兰茨甩去,威勒姆则吓得畏缩在角落里偷偷地看着,脑袋动也不敢动一下。这时,从弗兰茨的喉咙里迸发出了一声尖叫,一声连续不断无以复加的惨叫,好像不是一个人,而是一个遭受刑讯的工具发出来的,一下子充满走廊,让整个楼里都听得到。"别叫啦。"K吆喝道,他再也不能克制自己了;他一边神情紧张地朝着那两个办事员闻声准会赶来的方向看去,一边推了弗兰茨一把,虽然没很用劲,但足以使这个昏头昏脑的家伙倒下去,抽抽搭搭地伸开双手抓地。即使这样,他仍免不了挨打,那鞭子朝着倒在地上的他抽去,他在鞭下滚来滚去,鞭梢则随之富有节奏地一起一落。这时,远处已经出现了一个办事员的影子,另一个就跟在他身后几步远。K赶紧推上门,走向靠着庭院的一扇窗前,打开窗子。尖叫声完全停止了。为了不让那两个办事员走近,K大声说:"是我!""晚安,襄理先生!"他们大声回道,"出什么事了?""没有,没有,"K回答道,"院子里有一条狗在叫,没有别的事。"看到两个办事员依然站着不动,K又说了一句:"你们可以回去工作了。"说完,他把身子探出窗外,免得跟他们再说来说去。过了一会儿,他回过头来又朝走廊看去,他们都走开了。可是,K依然停留在窗前,不忍心再去仓房,也不愿回家去。他朝下望去:那是一个小四方庭院,四周围全是办公室,现在所有的窗户都黑洞洞的,惟有最上面的玻璃窗反射着蒙蒙的月光。他瞪着眼睛,极力企图朝庭院里一个黑洞洞的角落去看个究竟:那里堆放着几辆手推车。他为自己没有能阻止看守挨打的事而痛心。可话说回来,阻止不了也不能说是他的过失;如果弗兰茨不大声尖叫起来——不用说,他肯定被打得很痛,但是在这关键时刻,他得要控制自己——,如果他不大声尖叫的话,那么,K至少还会找到劝说鞭手的办法。既然整个最低层的官员都是些见钱眼开的小人,难道说恰恰这个干着最没有人性的差事的鞭手会成为一个例外吗?何况K也注意到了,他那对眼睛一看到钞票时闪闪发光的样子。他之所以声称什么秉公办事,显然只是为了抬高要价而已。K是不会吝啬几个钱的,他确实想把那两个看守解救出来。既然他现在已经开始了跟这腐败的法律机构搏斗,那么,不言而喻,他也要从这里打开缺口。可是,在弗兰茨开始尖叫起来的瞬间,一切便自然化为泡影。K不可能眼睁睁地看着那两个办事员,或许还有其他各类各样的人闻声赶来,当场发现他跟这一帮人挤在杂物仓库里搞什么名堂。谁都不能要求他做出这样的牺牲。如果他真打算做出这样的牺牲的话,那么,他就会自己脱光衣服,挺身而出,替这两个看守来挨打,这可以说更简单。再说,鞭手一定不会接受他来当替身。鞭手要那样做,非但得不到好处,反而会落个玩忽职守的罪名,而且可能背上双重的罪名。只要K有案在身,他一定不能受到法院任何职员的伤害。不过,在这里也可能有特殊的规定在起作用。无论怎么说,K除了随即推上门外,没有别的办法。即使如此,对他来说,到现在还绝对不能说一切危险都排除了。很遗憾,他最后还推了弗兰茨一把,都怪他当时太激动了。

远处,他听到了两个办事员的脚步声。为了不引起他们的注意,他关起窗,朝着主楼梯的方向走去。经过杂物仓库门前时,他停下来听了听。里面一点儿动静也没有了。也许那两个看守给打死了,他们完全落在了为所欲为的鞭手的手里。K把手已经伸到了门把手上,可又缩了回来。他这下可帮不了他们的忙喽,那两个办事员随时都会赶来的。但是他发誓,决不会就此罢手的,他要尽自己的一切力量,来对付那些真正的罪人,那些迄今不敢向他露面的高级官员,以眼还眼,以牙还牙。他走下银行门外的台阶,仔细地观察着所有的行人,可连周围较远的地方也看不到一个在等人的姑娘的影子。弗兰茨说什么他的未婚妻在门外等着他,看来他是在编造谎言了。这当然是一个可以谅解的谎言,无非就是为了博取更多一些同情而已。

到了第二天,那两个看守的影子始终还萦绕在K的脑子里;他工作心不在焉,为了赶完因此耽误的事儿,只好在办公室里呆得比前一天还晚些。他离开办公室准备回家,走到那仓库门前时,禁不住又打开了门。出现在他眼前的,不是预料中的漆黑一片,他简直难以自制,不知如何是好。屋里的一切依然照旧,跟他昨天晚上打开时看到的一模一样:那些印刷品和墨水瓶依然堆在门槛后面,鞭手手里持着鞭子,看守的衣服扒得光光的,架板上的烛光不停地闪烁。两个看守一看见K就抱怨起来,他们大声喊道:"先生!"K立刻砰地关上门,又用拳头狠劲地推了推,仿佛这样一来门关得就更严实了似的。他差点儿哭着跑到那两个在复制机旁全神贯注地工作着的办事员跟前。他们十分惊奇地停下活儿。"你们把这仓房全部清理干净!"他大声说道,"我们都快叫垃圾给埋了!"两个办事员答应第二天来清理。K点点头,现在已经太晚了,他不能再去强求他们立即去干。他本来倒有这样的打算。他坐了下来,想在近前看看这两个办事员是怎样工作的,翻了翻几张复制好的东西,好以此给他们留下一个他在检查工作的印象。然后,他发现两个办事员似乎不敢跟他一起离开,便拖着疲惫的身体,茫然若失地回家去了。

K的叔叔——莱尼

一天下午——K正忙得不可开交,赶着处理当天就要发走的函件——,他的叔叔卡尔,一个乡下的小地主从两个来送文件的办事员之间挤过去,急急忙忙地走进办公室。看到叔叔的到来,K并没有感到像他前些日子想象着叔叔要来时那么惶恐紧张。差不多一个月以前,K就断定叔叔肯定会来的。他常常在想象中看见他的模样儿,现在真的出现在眼前:微微驼着背,左手拿着那顶捏得塌下去的巴拿马帽,一进门老远就朝他伸来了手,接着莽莽撞撞急不可待地从写字台上递过去,凡是挡道的东西,都会给撞个乱七八糟。他的叔叔老是匆匆忙忙的样子,好像让那迂腐的想法追逐着似的:他要进城来,总是只呆一天,而且非得要在这一天里办完所有事先打算要办的一切事情不可。此外,他也不放过任何一个跟人寒暄、谈生意或者娱乐的机会。只要他一来,K就得全力以赴,帮他办好所有要办的事,还得把他留在家里过夜。他从前是K的监护人,K对他抱有特殊的感恩之心。"乡巴怪。"K总是这么称他。他打完招呼——K请他坐到椅子上再说,可他连这点空都没有——,就叫K跟他单独谈一谈。"我们很有必要来谈一谈,"他上气不接下气地说,"不谈我放心不下。"K立刻把两个办事员打发走,吩咐他们别让任何人进来。"约瑟夫,你可知道我听到了些什么吗?"他看到屋里只剩下他们两个人时,便大声说道,随之坐到办公桌上,顺手抓来各种文件纸,连看也不看就垫在座下,以便坐得舒服些。K缄默不语,他明白叔叔要问什么。但是，既然他已经突然脱开了这紧张的工作，索性就先舒舒服服地偷个闲。他透过窗户，望着马路对过。从他坐着的地方望出去，只能看到马路对过一个小小的三角地带，一道光秃秃的住宅墙夹在两家商店的橱窗之间。"你还有闲心往窗外看，"叔叔挥动着双臂大声说道，"天啦，约瑟夫，你回答我呀！是不是真的？难道说会是真的吗？""亲爱的叔叔，"K说着把自己从心不在焉的境地里拽了出来，"我一点儿也不明白，你要我说什么呢。""约瑟夫，"叔叔警告说，"就我所知，你从来不会说谎的。难道要我把你刚才说的话当作是不祥的兆头吗？""我当然猜得到你要问什么，"K顺从地说，"你大概听到了关于审判我的事吧。""是这么回事，"叔叔一边回答，一边半信半疑地点点头，"我是听到了关于审判你的事。""是从谁那儿听到的？"K问道。"爱尔纳写信告诉我的，"叔叔回答道，"她也难得见你的面，你也不大关心她，不是吗？尽管如此，她还是听说了。我今天收到了她的信，当然马上就乘车赶来了。没有别的原因，可这个原因已经足够了。我可以把信中提到你的一段话念给你听听。"他从小皮夹里拿出那封信。"就在这儿，她写道：'我已经好久没有看见约瑟夫了。上个星期，我去银行找过他一次，可是约瑟夫很忙，我没有见到他；我等了差不多一个钟头，然后不得不回家去，因为我还要上钢琴课。我真想跟他谈谈，也许不久会有机会见到他。我过生日时，他给我送来了一大盒巧克力。他真好，想得多周到。我上次写信时，竟忘了告诉你们这件事。现在你们写信问起我，我才想起来了。你们可要知道，巧克力到了寄宿公寓里，一下子就无影无踪了，还没有等你意识到有人送来了巧克力，就已经一扫而光了。可是关于约瑟夫，还有件事情我想告诉你们。如上所述，我到银行去无法见到他，他正在跟一个先生商量事。我耐着性子等了一会儿，然后问了一位办事员，他们是不是还要谈很久。他说或许要谈很久，因为谈话可能牵涉到对襄理先生提出诉讼的事。我问究竟是什么案子呢，他是不是搞错了，可是，他说他没有搞错，是有一个案子，而且还是一个严重的案子，不过，再多他就不知道了。他本人倒很愿意帮助襄理先生，说襄理心地良善，为人刚直。可是，他却不知道如何办是好，只好盼着某些很有影响的人物出面来帮他说话。他相信，肯定会有人出来帮忙的，事情终归会有一个圆满的结局。不过，他说眼下从襄理先生的情绪看得出，情况似乎不太妙。当然，我并没有把他的一番话当真，也设法去安慰那个头脑简单的办事员，叫他不要向任何人谈这事。我认为，他所说的这一切纯属无稽之谈。不管怎么说，亲爱的父亲，也许为了放心起见，你下一次进城的时候，最好应该过问一下这事。对你来说，可能容易打听到比较详细的情况。如果真有必要的话，也可以请你那些颇有影响的亲朋好友给通融一下。即使没有那个必要，这倒是很有可能的，那么，至少这不久会给你女儿带来一个拥抱你的机会，那会叫她多么高兴啊。'——真是一个好孩子。"叔叔念完这段信后一边说，一边抹去盈眶的泪水。K点了点头。他由于最近遇到了种种麻烦事，把爱尔纳彻底忘在脑后了，甚至连她的生日都忘掉了。她编造出送巧克力的故事，显然只是要替他在叔叔和婶婶面前保全面子。这实在感人至深。即使他打算从现在起定期送给她戏票，也肯定不足以回报她的一片心意。可是，去寄宿公寓看她，跟一个十八岁的女中学生聊天，他现在觉得也不合适。"那么你现在有什么要说的呢？"叔叔问道，这封信使他忘掉了一切焦急和不安，他好像又要把它念一遍。"是的，叔叔，"K说，"这是真的。""难道说这是真的？"叔叔大声喊道，"什么是真的呢？这怎么会是真的呢？一个什么样的案子呢？不会是一桩刑事案吧？""是一桩刑事案。"K回答道。"这么说你是安安稳稳地坐在这儿背着一桩刑事案子了？"叔叔大声喊道，他越叫声越大。"我越是镇静，越是对结果好，"K疲惫地说，"别担心。""这怎能叫我放下心呢?"叔叔大声说道,"约瑟夫,我亲爱的约瑟夫,想想你自己,想想你的亲人吧,再想想我们的声誉! 你一直是我们的骄傲,你可不能成为我们的耻辱啊。你的态度,"他歪着脑袋看着K,"好叫我伤心。一个无辜的被告,如果他还有理智的话,不会采取这样的态度。快快告诉我,到底是怎么回事,好让我来帮助你。准是跟银行有牵连吧?""不对,"K说着站起身来,"可是,你讲话声太大了,亲爱的叔叔,那个办事员肯定就站在门后听着呢,这叫我感到很别扭。我们最好另找个地方。我将尽量回答你提出的一切问题。我十分清楚,我有责任给全家人做出解释。""好,"叔叔大声喊道,"很好,别慢慢吞吞,约瑟夫,你快点!""我还有几件事要交代。"K说着拿起电话叫他的助手过来。不大一会儿,助手进来了。K的叔叔很激动,朝进门的助手挥挥手,示意是K唤他来。其实哪里用得着他这样做呢? K站在写字台前,一一地拿起各种文件,轻声地向这个年轻助手吩咐着他今天不在时还需要办的事情,助手冷静而专心地听着。K的叔叔站在旁边,起先眼睛瞪得圆圆的,神经质地咬着嘴唇,搅得K心神不定。他并没有听K的讲话,可是那副装作听的样子就够叫人闹心了。然后他在屋里踱来踱去,这儿停停,那儿站站,不是走到窗前,就是停在墙上挂的画前,嘴里不住地发出感慨,比如"这真叫我不可思议!"或者"天啦,这事将会是什么结果呢?"那年轻人装作好像对此丝毫也没有注意的样子,泰然自若地听完K的吩咐,随手记下几个要点,接着向K和K的叔叔鞠个躬就走开了。但是,K的叔叔这时正好背对着他望着窗外,伸开的双手把窗帘攥成一团。门刚一关上,K的叔叔就大声喊道:"这个俯首帖耳的家伙总算走了,现在我们也可以走了。终于可以走了。"他们到了前厅,那里闲站着几个官员和办事员,正好副经理也打前厅穿过。不幸的是,K实在没法子说动叔叔在前厅别再询问案子的事。"好吧,约瑟夫,"当K给那些站在前厅里向他鞠躬致意的人应付回礼时，叔叔却开口说道，"现在老老实实地告诉我，到底是一桩什么案子。"K含含糊糊地应付了几句，随便笑了笑，到了楼梯上，才向叔叔说明，他不愿意当那些人的面公开谈这事。"也好，"叔叔说，"不过现在可以说了吧。"他歪着脑袋，一口接一口地抽着雪茄，侧耳细听着。"叔叔，首先要说明的是，"K说，"这不是一桩普通法院受理的案子。""那就糟了。"叔叔说。"这话是什么意思？"K看着叔叔问道。"我说的意思是那就糟了。"叔叔又说了一遍。他们站在银行楼前通往街道的台阶上。那个看门人好像在听着他们的谈话，K拉着叔叔下了台阶，消失在街上熙熙攘攘的人群里。叔叔挎着K的胳膊跟着走，他不再那么急于打听案子的事了。他们默默不语地往前走了好一阵儿。"可是，这事是怎么发生的呢？"叔叔终于又问起来，他突然停住脚步，连走在他身后的人也吓得赶紧避开了。"这样的事情不可能是突然发生的，而是早就酝酿起来了，这期间肯定少不了出现兆头，你为什么不写信告诉我呢？你知道，我可以为你做任何事情，我毕竟还是你的监护人，直到现在，我都引以为自豪。我当然现在还会尽力帮助你的，只是事到如今，案子已经开始审理，那就很难帮得上忙了。无论怎么说，也许你最好是请假，到我们乡下来住一阵子。我现在才发现你这阵子消瘦了。在乡下，你会强健起来，这样会有好处的，你肯定还将面临让你劳心的事情。不过，除此之外，从某种意义上来说，你也因此可以避开法院的淫威。在这儿，他们拥有一切可能的强力手段，必要时会随心所欲地用来对付你；但是，如果你到了乡下，他们要找你时得先派人去，或者企图靠写信、拍电报、打电话给你施加影响。这么一来，那股劲儿自然就弱了。虽说这不能使你得到解脱，但可以让你有喘息的机会。""他们不可能让我离开这儿。"K说，叔叔的一番话把K拖进了那些人的思路里。"我不相信他们会禁止你离开，"他好像深思熟虑地说,"因为你离开不至于使他们的权力受到什么损失。""我还以为,"K一边说,一边挽起叔叔的胳膊,好让他别站着不走了,"你会比我更不在乎这一切,想不到你现在把事情看得这么严重。""约瑟夫,"他大声喊道,他想挣脱K的手原地站着不动,可是K不松开他,"你变了,你向来思想敏锐,头脑清醒,可是到了这个节骨眼儿上,你却变成稀里糊涂的样子了,难道你要输掉这场官司吗?难道你不明白这意味着什么吗?这意味着你彻底被毁掉。你的所有亲属也将无一幸免,或者至少是蒙受奇耻大辱。约瑟夫,振作起来吧。你这漠然置之的态度简直要使我发疯了。看看你的样子,禁不住会叫人相信起那句老话来:'这样的官司,不打便意味着输了。'"

"亲爱的叔叔,激动是没有用处的。无论是你激动,还是我激动都无济于事。凭着激动是打不赢官司的。我向来十分尊重你的亲身经验,即使你现在说的叫我很惊讶,我依然不改初衷。请你也要稍许考虑考虑我的亲身经验。你既然说全家都会因为这桩案子受到株连——其实要让我看,我绝对想不出会怎么样,不过这是题外的话了——,我心甘情愿,全听你的。只是按你的意思去乡下住一住这事,我则认为是不可取的。这似乎意味着逃罪,也等于承认自己有罪。再说,我在这里虽然受到更多的监控,但是我自己也可以更有力地促使这桩案子加速进行。""这话说得好,"叔叔说,听他的话音,仿佛他们俩的想法现在终于彼此更加接近了似的,"我之所以那样建议,不过是因为我看到你留在这儿,抱着无所谓的态度,对你的案子有损无益。我觉得最好由我来替你为这桩案子跑一跑。可是,如果你自己愿意全力以赴,推进案子加快审理,那就再好不过了。""在这一点上,我们的看法似乎是一致的,"K说道,"那么你现在说说看,我先应该怎么办呢?""这事我当然还得考虑一下,"叔叔说,"你要想一想,我在乡下已经住了二十年,几乎就没有间断过,对于这样的事情,嗅觉也越来越不像从前那么敏锐了。天长日久,各种重要的关系,跟许多有影响的人物的联系自然也都疏远了。他们办这样的事也许更在行些。在乡下,我就像与世隔绝了一样,这点你是知道的。只有当你遇上了这样的事情时,你才会觉察到这一点。你的案子多多少少也出乎我的意料。我打收到爱尔纳的信后,就莫名其妙地猜到了一些类似的情况,今天一见到你,几乎是确信无疑了。不过,这些都无关紧要了,最重要的是现在别再耽误时间。"他话还没说完,就踮起脚尖,顺手叫来了一辆出租车;他一边大声地告诉司机去什么地方,一边拽着身后的K钻进车里。"我们现在乘车去胡尔德律师那里,"他说,"他是我中学同学。想必你也知道这个名字吧?难道不知道?这真是不可思议。作为辩护人,作为穷人的律师,他远近闻名,很有声望。不过,我特别信赖他的为人。""我觉得你怎么办都行。"K说,虽然叔叔处理事情那匆匆忙忙、迫不及待的劲儿使他感到很不是滋味。身为被告,去一个穷人律师那儿,本来就不是什么体面的事情。"我还不知道,"他说,"遇上这样的案子,也可以请律师。""当然可以,"叔叔说,"这是不言而喻的。为什么不可以呢?你现在就把迄今所发生的事情一五一十地告诉我吧,好让我对案子心中有数。"K立刻讲起来,前前后后,一丝不落。他只能以绝对的坦率,来抗拒叔叔认为这桩案子是一件奇耻大辱的看法。毕尔斯泰纳小姐的名字他只是捎带提过一次,可是,这并不会损害他的坦率,因为毕尔斯泰纳小姐跟这桩案子毫无干系。K一边讲,一边望着车窗外,发现他们正好快驶进法院办公室所在的郊区了,便让叔叔留意这个地方。可是,叔叔对这偶然的巧合并没有觉得大惊小怪。出租汽车在一座黑乎乎的屋子前停了下来。K的叔叔随即按响了底层的第一家门铃;他们等着开门的时候,他笑着露出一口大板牙,低声说道:"现在是八点钟,还不是接待客人的时候。不过,胡尔德不会因此生我的气。"这时,大门观察孔后,出现了一双黑溜溜的眼睛,望了这两个客人几眼后又消失了,可是门依然关得紧紧的。K和叔叔彼此证实他们确实看到了一双眼睛。"也许是一个新来的女用人,害怕陌生人。"叔叔说着又敲敲门。那双眼睛又出现了,现在看上去好像很忧伤的样子,不过,这也许只是那盏没有加罩的煤气灯造成的幻觉;那灯就挂在他们头顶的上方咝咝吱吱地燃烧着,但只发出微弱的光来。"开门,"K的叔叔一边大声喊道,一边用拳头砸着门,"我们是律师先生的朋友!""律师先生病了。"一个低微的声音从他们身后传过来。在小过道的那一头,一个穿着睡衣的先生站在一扇打开的门口,拖着非常低的嗓门这样说。K的叔叔等了好久无人开门,气得直冒火;他猛地转过身去大声喊道:"病了?你说他病了?"说着咄咄逼人地冲着那人走去,好像他就是病根似的。"门已经打开了。"那先生一边说,一边指着律师家的门,然后就裹起睡衣进屋了。门真的打开了,一位年轻的姑娘——K又认出了那双黑溜溜的、有点凸出的眼睛——穿着白色的长围裙,站在前厅里,手里举着一支蜡烛。"下次开门要放快点!"K的叔叔招呼也不打就冲着姑娘这样说,姑娘则稍稍行了个屈膝礼。"跟我来,约瑟夫。"他然后对K说。K很不情愿地打姑娘身边挪过去。"律师先生病了。"看到K的叔叔径直朝着一扇门闯去,姑娘便说道。她已经转过身去关大门,K依然如痴如醉地盯着她:这姑娘长着一张布娃娃似的圆脸蛋,不仅那苍白的两颊和下巴,就连那太阳穴和额头都鼓得圆圆的。"约瑟夫。"叔叔又喊了一声,接着又问姑娘:"是心脏上的毛病吧?""我想是的。"姑娘回答道,她趁机举着蜡烛走到前面,把房门打开。在烛光还没有照到的一个角落里,一张蓄着长胡子的脸从床上抬起来。"莱尼,是谁呀?"律师问道,烛光照得他眼睛无法看清来客。"是你的老朋友阿尔贝特。"K的叔叔说。"噢,是阿尔贝特。"律师说着又倒在枕头上,好像面对这位客人,没有必要硬充好汉似的。"难道真的这么不好?" K 的叔叔一边问,一边坐到床边上。"我不相信会这么糟。这不过是你心脏病暂时发作而已,跟以前一样,很快就会过去的。""也许吧,"律师有气无力地说,"不过,从来还没有这么厉害过。我觉得呼吸都困难,简直无法睡觉,而且一天比一天打不起精神来。""原来是这样," K 的叔叔说,一只粗大的手把那顶巴拿马帽使劲地压到膝盖上,"真是不幸,你不是说有人好好照料吗?这屋子里如此冷冰冰的,黑洞洞的。我已经好久没有来过了,可还记得第一次来这儿时,觉得似乎比现在要欢快些。还有你身边这个小女佣看来不怎么活泼,或者是她故意装成这个样。"姑娘还一直举着蜡烛,站在门近旁;从她那模糊不清的眼神看去,她更留心的是 K,而不是他的叔叔,即使这人现在正在议论她。K 将一把椅子推到姑娘的近旁,身子靠了上去。"谁要病成我这个样子,"律师说,"就得有个安静的地方,我并不觉得这里冷冰冰的。"他稍微歇一歇后又补充道:"莱尼对我照料得很好,她是个好姑娘。"可是,这话说服不了 K 的叔叔,他显然对这个女佣抱有偏见。他并没有去反驳病人的话,而以严厉的目光注视着女佣。这时,她走到床前,把蜡烛放在床头柜上,朝病人俯下身去,一边整理着靠枕,一边跟他悄悄私语。K 的叔叔几乎忘记了顾及眼前的病人,站起身来,在女佣的背后踱来踱去。倘若他此刻从背后一把抓住女佣的裙子,把她从床上拽下来,K 也不会感到惊奇的。K 自己则处之泰然,旁观着眼前发生的一切。他甚至庆幸律师正好有病缠身;他无法阻止住叔叔对他这桩案子所表现出的越来越热切的关心。而现在,他用不着去插手,便眼看着叔叔那股热情劲渐渐消散了,心里感到乐滋滋的。这时,叔叔冲着女佣说,也许只是想捉弄她一下:"小姐,劳驾让我们单独呆一会好吧,我有事要跟我的朋友商量。"女佣俯着身,离病人好远,正在铺着靠墙一边的床单。她听到这话后,只是把头一扭,十分冷静地说:"你看,先生病得这么厉害,他无法跟人商量事。"她说话时心平气和,跟 K 的叔叔那狂躁不安讲话结结巴巴、唾沫飞溅的神气形成了鲜明的对比。她重复了 K 的叔叔的话,大概只是出于不假思索的缘故,可是,让一个不关痛痒的局外人来听,毕竟会把它看做是一种嘲弄。K 的叔叔自然顿时火冒三丈,痛如针刺。"你这个混蛋东西。"他气急败坏,一时连这话也咕噜不清楚。K 吓了一跳,尽管他已经预料到会发生类似的情况;他急忙冲到叔叔跟前,毫不犹豫地伸出两手堵住了他的嘴。然而,幸亏姑娘身后的病人欠起了身,K 的叔叔才板着阴沉沉的脸,仿佛吞下了什么令人作呕的东西似的。他然后平静些说:"当然,我们还不至于到失去理智的地步。我是不会去强人所难的。现在请你走吧!"女佣挺起身站在床边,脸直对着 K 的叔叔。K 似乎发现她一只手抚摩着律师的手。"当着莱尼的面,你可以跟我无所不谈,用不着有顾忌。"病人分明以迫切恳求的口气说。"说来也不是我的事,"K 的叔叔说,"也不是我的什么秘密。"说完他转过身去,仿佛他不想再牵扯进这件事情里去,可又借此给了自己一个回旋的机会似的。"那么是谁的事呢?"律师以缓解气氛的口气问道,接着又向后靠去。"我侄儿的事,"K 的叔叔说,"我也把他带来了。"接着他向律师介绍说:"银行襄理约瑟夫·K。""噢,"病人顿时大大振作起精神说,并且向 K 伸过手去,"请原谅,我竟没有看见你在这儿。去吧,莱尼。"他一边对女佣说,一边依依不舍地握住她的手,仿佛跟她要久别似的。莱尼这一次顺从地走了。K 的叔叔也消了气,随之走到床跟前。"这么说,"律师终于冲着 K 的叔叔说,"你不是来看病人的,你是无事不登门呀。"听他的话音,仿佛他刚才一直以为人家是来探病人,才弄得他在床上动弹不得。他现在看上去那么有精神,身子一直撑在一只胳膊肘上,这无疑就够费劲了,可手指还不住地捋着一绺胡须拈来拈去。"打那个女妖精走开以后,"K的叔叔说,"你的气色看来比刚才好多了。"他突然停了下来,低声说道:"我敢说她在偷听!"说着一下子冲到门口。可是门外连个影子也没有。他又走回来。女佣没有偷听,他感到的不是失望,而是觉得这意味着更大的恶意行为。可是他也许感到了无法启齿的苦涩,因为律师对他说道:"你错怪了她。"律师没有再去替女佣辩护;也许他要以此来表示她用不着人家替她辩护。不过,他又以比较关切的口气继续说下去:"关于你侄子的案子,如果我有力量能够胜任这项极其艰巨的任务的话,当然会感到非常荣幸。可我真担心我心有余而力不足。不管怎么说,我会竭尽全力想方设法来周旋。如果我爱莫能助,你还可以去另请高明。坦诚地说,这桩案子太牵动我的心了,我不会忍心放掉任何一个能够关照的机会。即使我的心脏不能支持下去,至少也可以说它找到了一个就是赔进去也完全值得的机会。"K似乎对这番话一句也摸不着头脑,他望了望叔叔,希望能从那里讨来个明白。可是,叔叔手里举着蜡烛,坐在床头柜上,那上面的一个药瓶早已滚到地毯上,无论律师说什么,他都点点头,好像什么都同意,而且还不时地看一看K,似乎敦促K也要同样表示赞同。难道叔叔在这以前已经把这案子的事告诉了律师?可这是不可能的,刚才所发生的一切,也没有任何可能的迹象。"我弄不明白——"K因此说道。"噢,也许是我误解了你的来意吧?"律师问道,他像K一样又惊奇又尴尬。"我也许操之过急了。你到底要跟我谈什么呢?我还以为是要谈你的案子的事呢。""当然就是这事了。"K的叔叔说,接着又问K:"你究竟想干什么呢?""是的,可是你怎么知道有关我和我的案子的情况呢?"K问道。"啊呵,原来是这么回事,"律师微笑着说,"你知道,我是个律师,就是跟法院这个圈子打交道的,各种各样的案子听得多了,引人注意的案子都印在了我的脑子里,更不用说是一桩涉及到朋友的侄子的案子了。

这不会有什么大惊小怪了吧?""你到底想干什么?"叔叔又问了 K 一遍,"你如此的神经过敏。""原来你打交道的就是法院这个圈子?"K 问道。"不错。"律师答道。"你问起问题来像个小孩子一样。"K 的叔叔说道。"我如果不跟我的同行打交道,你说该跟谁呢?"律师补充问了一句。这话听来是如此的无可非议,弄得 K 无言以对。"你肯定是效力于司法大楼里的那家法院,而不会跟设在阁楼里的那家法院打交道吧。"K 本想这么说,可忍着没有说出去。"你得想一想,"律师接着说下去,听他讲话的口气,好像是在多余地捎带解释着什么不言而喻的事情,"你得想一想,从这样的交往中,我也让我的当事人得到了很大的好处,而且是多方面的好处。这些事根本不能老挂在嘴上。诚然,我现在病魔缠身,行动有些不便了,可是,尽管这样,法院里的好朋友还时常来看我,我从他们那儿得到了不少情况。我所得到的情况,也许比有些身体健康、成天呆在法院里的人还要多。比如说,现在正好就有一个好朋友来看我。"说着,他伸手指向房间一个黑洞洞的角落。"在哪儿呢?"K 一瞬间吃惊得几乎出言不逊地问道。他半信半疑地四下张望。小蜡烛的光亮远远照不到对面的墙壁。在那边黑洞洞的角落里,果真有个影子在蠕动。这时,K 的叔叔举起了蜡烛;烛光下,他们看到一个老先生坐在一张小桌旁。他坐在那里,这么久居然没有叫人发觉,准是连气也不敢喘一下。他拖拖沓沓地站起来,显然不高兴大家注意上了他。一眼看去,他的两手像一对小小的翅膀一样摆动着,仿佛他要回绝任何形式的介绍和寒暄,无论如何也不愿意因为他在场而打扰别人;仿佛他在热切地请求着让他重新回到黑暗里去,让人们忘掉他的存在。可是现在,他无法再得到这一切了。"你们的到来,让我们好吃惊啊。"律师一边解释说,一边挥手招呼着那位先生走上前来。这人犹豫不决地四下张望着,慢慢地挪着步子走过来,然而却显得有几分风度。"法院书记官先生,噢,请原谅,我还没有把你们相互介绍一下——这是我的朋友阿尔贝特·K,这是他侄子约瑟夫·K襄理,这位是法院书记官先生——,承蒙法院书记官先生的深情厚谊,今天前来看我。其实,这种探望的价值只有内行人才能心领神会,因为他们知道,书记官先生的工作是何等的繁忙呀。尽管这样,他照样还来看我。我们谈得很投机,只要我的病体还能坚持得住,就一直会谈下去。我们虽然没有禁止莱尼放客人进来,也没有想到这个时候会有人来。但是我们的想法是,我们俩应该单独在一起,最好别有人来搅扰。可是,阿尔贝特,后来却响起了你猛烈的打门声,法院书记官先生便跟桌子和椅子一起搬到了那个角上。现在倒是个机会,也就是说,如果我们有这个愿望的话,我们似乎又可以亲密无间地靠拢在一起,来谈论一件共同关心的事情。请坐,书记官先生。"他一边指着床跟前的一把扶手椅说,一边点头献着殷勤,露出卑躬屈膝的笑脸。"很遗憾,我只能再呆几分钟,"书记官和蔼可亲地说,他慢条斯理地坐到扶手椅上看看表,"我有公事在身,得赶快回去。可不管怎么说,我也不会放过结识我的朋友的朋友的机会。"他向K的叔叔稍微点了点头。K的叔叔为结识了这样一个人而显得十分得意,但他天生就不善于表现谦恭的情感,只是尴尬而咪咪地大笑,用来回敬书记官的一番话。真是洋相百出!K可以安闲地观察着这里发生的一切,因为谁也没有理睬他。而被推出来的法院书记官却当仁不让,他侃侃而谈,好像习以为常了。律师起初装作病歪歪的样儿,也许只是为了赶走新来的客人;他现在竖起耳朵,全神贯注地听着。K的叔叔成了举蜡人——他把蜡烛放在自己的大腿上,律师很担心,不时望去——一会儿也没有了尴尬的神色。书记官轻轻地挥动着波浪起伏的手势,高谈阔论,振振有词;K的叔叔听得心醉神迷。K靠在床腿上,书记官把他完全冷落在一旁,也许是故意这样,他不过是这些老先生的一个听众而已。

再说,K几乎没有留意他们说些什么;他一会儿想着女佣以及他叔叔对她那粗暴的态度,一会儿又想着他是不是已经见过这个书记官,也许第一次审讯他的时候,他就在场。即使他可能弄错了,不过这个书记官要置身于那些坐在第一排的听众中,也就是那些胡子稀稀拉拉的老头子的行列里,倒是再也合适不过了。

这时,从前厅里突然传来一阵像打破瓷器的响声,大家都竖起了耳朵。"我去看看是怎么回事。"K说着慢悠悠地朝外走去,仿佛还要给在座的拦他回来的机会似的。他刚一跨进前厅,正要在黑暗中摸个清楚的时候,有一只比他的手小得多的手按在了他那只还扶着门的手上,轻轻地关上了门。原来是那个女佣,她一直就等在门外。"没有什么事,"她悄悄地说,"我往墙上扔了一只盘子,想把你引出来。"K羞怯地说:"我也正想着你呢。""这就更好啦,"女佣说,"来吧。"他们挪了没有几步,来到一扇玻璃门前,走在K前面的女佣打开门。"请进。"她说。这间屋子显然是律师的办公室。月光透过三扇高大的窗户,在地板上照下了三个小方块。月光下,可以看见房间里陈设着笨重的老式家具。"这边来。"女佣指着一把深色的雕花靠背椅子说。K一坐下来,就四面环顾起来。这间办公室又高又大,如果这个穷人律师的委托人一来到这里,肯定会感到茫然若失的。K的眼前顿时似乎浮现出了那些委托人迈着怯生生的步子,朝着这个庞然大物似的办公桌走来的情景。可是,他立刻又把这些置于脑后,眼睛直盯着女佣;她紧贴着他的身子坐在那儿,几乎要把他挤到一边的扶手上。"我心想,"她说,"用不着等我去叫,你自己会出来找我的。真奇怪,你一进门,就先盯着我不放,可后来却让我干干地等着你。再说,你管我叫莱尼吧。"她又匆匆地突然补充道,仿佛一刻说话的机会也不肯错过似的。"好吧,莱尼,"K说,"不过要说奇怪吧,这倒不难解释。首先,我得听那几个老头儿东拉西扯,不能无缘无故地走开啊。再说,我也不是厚颜无耻之徒,而且还有羞怯之感。而你呢,莱尼,说实在的,看样子也不像一个见面就会亲近的人。""你说得不对,"莱尼说着把胳膊搭在扶手上打量着K,"可是,如果你一开始就不喜欢我,说不定现在还不喜欢我。""说喜欢似乎不够分量。"K闪烁其词地说。"噢!"她微笑着说。K的话和这短促的怪叫使她赢得了某种优势。K一时也不说话了。这时,他已经习惯了屋子里的黑暗,可以看得清各种各样的陈设品。一幅挂在门右方的大油画特别引起了他的注意。他向前倾着身子,想看得清楚些。上面画的是一个穿着法衣的人,坐在一把高高的宝座上。那把镀金的宝座十分鲜明地突出在画面上。奇怪的是,法官坐在那里显得不那么严肃和庄重;他左臂紧紧地搭在椅背和扶手上,右臂则垂吊着,只是用手抓着扶手,仿佛他突然会变得怒不可遏,也许是气急败坏,随时会跳起来,要发表一通决定性的意见,甚或宣布判决。可以想象,被告准是站在他脚下的台阶上,从画面上可以看出,最上边的几级台阶掩盖在一块黄色的地毯下。"也许这就是我的法官。"K用手指着这幅画说。"我认识他,"莱尼说;她也抬头望着画,"他常常到这儿来。这幅画是他年轻时让人画的,但一点儿也不像他,永远也不会像他。他个子矮得像个侏儒。尽管如此,他却要让人把他画得这么高大。他跟这儿所有的人一样,爱虚荣都要发疯了。可话说回来,我也是一个爱虚荣的人,你一点也不喜欢我,叫我心里好不是滋味。"听了最后这句话,K只是默默地伸开两臂去抱住她,把她搂在身旁;她一声不响地把头倚在K的肩上。但是,K接着她谈法官,问道:"他担任什么职务?""他是一个预审法官。"她说完抓住K搂着她的那只手,抚弄起他的指头来。"只不过是一个预审法官而已,"K失望地说,"那些高级官员都躲起来了,而他却坐在宝座上高高在上。""这一切都是凭空臆想的,"莱尼一边说,一边把脸贴到K的手上,"他实际上坐在一张餐椅上,座上垫着一条折起来的旧马毯。可是,难道你非得老惦记着你的案子不可吗?"她慢条斯理地补充道。"不,绝对不是,"K回答说,"我甚至可能考虑得太少了。""这并不是你的过错,"莱尼说,"你太倔强了,我听人这样说。""这是谁告诉你的?"K问道;他感到她的身子贴近了他的胸部,便朝下看着她那浓密、乌黑、扎得紧紧的头发。"要是我都说给你的话,泄露出去的就太多了,"莱尼回答说,"请别问我是谁,叫什么名字。但是你要改掉自己的毛病,别再那么倔强;你抗不过这法院,必须认错。一有机会就认个错吧。你要不认错,就无法逃得出他们的掌心,只有认错才是上策。即使认了错,没有外援也是不行的。不过,你也不必为外援的事而伤脑筋,我愿意为你尽这份力。""你很熟悉这个法院和法院里必不可少的种种阴谋行径。"K说着便把她抱到自己的怀里,因为她紧紧地依偎着他。"这样就好啦。"她一边说,一边抚展裙子,拉挺上衣,好让自己舒舒服服地坐在他的怀里。接着,她两手搂住他的脖子,身子向后一仰,久久地端详着他。"这么说,如果我不认错,你就不会帮助我啦?"K试探着问道。"你好像在争取女人来帮忙,"他几乎吃惊地想道,"首先是毕尔斯泰纳小姐,再就是那个法院听差的老婆,现在又是这个小女佣。她好像对我怀有一种莫名其妙的要求。瞧她坐在我怀里的样子,仿佛这是她惟一中意的地方似的!""对,"莱尼一边回答,一边慢慢地抬起头,"那我就无法帮助你。可你一点也不愿意要我帮忙,对此丝毫也不在意,你固执得很,就是不听人的劝告。""你有情人吗?"她停了一会儿问道。"没有。"K说。"噢,不对,你有。"她说。"是的,我是有情人,"K说,"你想一想看,我不承认她是我的情人,可我把她的照片却揣在身上。"在她的恳求下,他把爱尔萨的照片拿给她看。她蜷缩在他的怀里,仔细地端详着照片。那是一张快照,是爱尔萨跳完旋转舞后的瞬间拍的。她很喜欢在酒吧里跳这种舞。瞧,她的裙子犹如旋转张开的折扇,围着她飘拂飞舞。她双手插在腰间,仰起脖子看着一旁发笑;她在跟谁笑,照片上看不到。"她的腰束得好紧,"莱尼说着指向她认为腰间紧束的地方,"我不喜欢她,她又粗又笨。不过,也许她对你既温柔又体贴,从照片上可以看得出来。像这么高大强壮的姑娘除了温柔和体贴别无选择。可是,她会为你而牺牲自己吗?""不会的,"K说,"她既不温柔,也不体贴,更不会为我而牺牲自己。到现在为止,我既没有要求她要温柔体贴,也没有要求她要为我做出牺牲。其实,我从来还没有像你这样仔细地看过她的照片。""这么说来,你对她并不太感兴趣,"莱尼说,"她根本就不是你的情人。""情人还是情人嘛,"K说,"我不食言。""好吧,就说她现在是你的情人,"莱尼说,"但是,如果你失去了她,或者换了另外的女朋友,比如说我吧,我看你不会太把她放在心上的。""当然啰,"K微笑着说,"这是可想而知的。不过她比起你来有一大优势,她对我的案子一无所知。即使她知道了,也不会去为这事费心。她不会设法来劝我逆来顺受。""这并不是什么优势呀,"莱尼说,"如果仅此一点的话,我就不会失去勇气。她有生理缺陷吗?""生理缺陷?"K问道。"对,"莱尼说,"我有这样一个小小的缺陷,你瞧。"她说着张开右手上的中指和无名指,其间连接着一层蹼状薄皮,几乎一直连到这两根短指头的关节上。黑暗中,K没有马上弄清楚她要他看什么,因此,她拉着他的手,让他去摸一摸。"一只多么奇异的手啊。"K说,他仔细地看了看整个手后又补充道:"一只多么美妙的手爪啊!"莱尼颇为自豪地观望着,K十分惊奇,一个劲儿地把她那两根指头扒开来,拢过去,最后轻轻地吻了吻才放开了。"噢!"她立刻大声喊道,"你吻了我!"她张大嘴巴,双膝急匆匆地攀到他的怀里。K抬起头来,几乎惊慌失措地看着她。此时此刻,她紧紧地依偎着K,身上散发出一股胡椒似的刺人的辣味道;她抱住他的头,俯在他的身上,在他的脖子上啃来吻去,直到咬着他的头发。"你已经吻了我啦!"她不时地喊道,"瞧,你现在已经吻了我啦!"这时,她的膝盖滑了下去。她短促地叫了一声,差点儿倒在地毯上,K一把抓住她,还想把她扶住,结果却被她拖倒在地上。"你现在属于我了。"她说。

"这是门上的钥匙,你什么时候想来都可以。"她最后这样说。就在他告别时,她还无目的地在他背上吻了一下。K走出大门,来到街上,外面正下着小雨。他正要朝街心走去,心想着还能看一眼也许正站在窗前的莱尼;他心不在焉,根本就没有注意到楼前停着一辆车。这时,叔叔从车里冲出来,抓住他的双臂,把他狠狠地推到门口,仿佛要把K钉在门上似的。"小东西,"他大声喊道,"你怎么能这样做呢?你的案子刚刚有了好兆头,让你给彻底弄糟了。你偷偷地跟一个下流的小娼妇躲在一起,居然一躲就是几个钟头。再说,她分明是律师的情人。你连个借口也不找,你一点儿也不遮掩,不,你简直是明目张胆地跑到她那里去,跟她混在一起。而在这期间,我们三个人一直坐在那里,一个是正在为你操劳奔走的叔叔,一个是应该尽力为你争取过来的律师,尤其是那个法院书记官,他是个举足轻重的人物,现阶段正好主管审理你的案子。我们打算商量着怎样来帮助你,我不得不小心翼翼地来对付那个律师,律师又得同样来和那个书记官周旋,怎么说你至少也该来助我一臂之力。你可好,反而溜得无影无踪。到头来,遮也无法遮了。当然,这两位先生都是彬彬有礼熟谙世故的人,他们看在我的情面上,没有提你不在的事。可是,到了最后,连他们也忍无可忍了,只是因为他们难于把这事说出口,所以才沉默不语。我们呆呆地坐在那儿好几分钟,谁也一声不吭,静静地听着,想等你回来。一切都白搭了。最后,书记官只好起身告别,因为他在这儿呆得太久了,远远超过了他本来打算要呆的时间。他没有能帮助我,显然替我感到遗憾;他怀着无与伦比的好意在门口站着还等了一会儿,然后才离去。他走开以后,我当然才松了一口气。在这之前,我几乎都喘不过气来了。这一切给那病病歪歪的律师的刺激就更厉害了。当我向他道别的时候,这个好心人居然一句话也说不出来。你这下子大概把他彻底搞垮了,加速了一个你所依赖的人的死亡。而我呢,你竟让你的叔叔在雨里——你摸摸,我浑身都湿透了——等了你好几个钟头,我真深感忧虑不安啊!"

律师——厂主——画家

一个冬天的上午——外面下着雪，一片灰蒙蒙的——，K坐在他的办公室里，早早就感到精疲力竭了。为了至少不让自己在那些下属面前丢面子，他吩咐办事员不许放任何人进来，借口说正忙着一件要事。但是，他并没有工作，而是坐在椅子里扭过身，懒洋洋地推开摊在办公桌上的几样东西，然后却不知不觉地伸开一只胳膊搁在桌面上，耷拉着脑袋，一动不动地坐着。

他现在一直牵挂着自己的案子。他时常想，如果写一份辩护书递给法院，也许不会有什么坏处。他想在辩护书里简述一下自己的生平，凡是他觉得比较关键的地方，都要加以说明，他当时为什么要那么做，现在看来该不该那么做，理由是什么。这样一份辩护书，跟律师那赤裸裸的辩护相比，毫无疑问会有好处。再说律师通常也并不是无懈可击。K根本不知道那律师为他的案子做了些什么。反正不会多，已经一个月了，他没有再招K去他那儿，而且从以前的谈话来看，没有一次使K觉得可以指望那三个人能帮他什么大忙。按理说，确实有许多情况需要问个清楚，可律师压根儿就不怎么提问题。至关要紧的就是能够提出问题来。K觉得他自己就能提出所有在这里必须提出的问题。然而，那律师却不闻不问，不是自己东拉西扯，就是面对着K一声不吭；他身子微微朝前倾屈在办公桌上，可能是听觉不灵的缘故，捋着一小绺胡子，目光朝下凝视着地毯，也许正好看着他和莱尼躺过的地方。他不时地给K提一些毫无意义的劝告，就像在劝说小孩子一样。那些话既无济于事,又无聊透顶,到最后结账时,K为此一个子儿都不打算付给他。律师觉得羞辱够了K以后,通常又会开始给他敷衍塞责地鼓鼓气。他然后总会说,他已经全部或者部分地打赢了许多类似的官司。这些打赢的官司,虽说实际上也许不像K的这场官司这么困难,但表面上则更显得没有打赢的希望。这些案例他都保存在这儿的抽屉里——他说着敲了敲办公桌上的一个抽屉——,只可惜他不能把案卷拿出来给K看,因为这是法院的秘密。不管怎么说,他从这些打过的官司中所取得的丰富经验现在当然对K很有益处。不用说,他立即就会着手为K的案子奔走,第一份辩护书已经差不多快要递上去了。这份辩护书非常重要,它所带来的第一印象往往会决定整个诉讼的进程。但是,他当然觉得有必要提醒K,最初的辩护书到了法庭上,有时会被置之不理,法院不问青红皂白就把它们塞到案卷里了之,并且说什么目前传讯和观察被告比任何书面的东西都重要。如果辩护律师催问得紧了,他们便补充说,在作出判决之前,只要全部证据齐备了,他们自然会结合起来审理所有的案卷,也包括这第一份辩护书在内。但是,不幸的是,即便是这样,大多数情况下也未必能办得到,第一份辩护书常常会被搁置到一旁,或者根本就不知去向;即使它最终保存了下来,正像律师哪怕只是道听途说来的也罢,也难得有人看过。这一切令人感到遗憾,但并非完全没有道理。K的确不可小看诉讼过程不公开这一点;如果法院认为有必要的话,诉讼过程才能公开,但法律上没有规定必须公开。因此,被告和辩护就不可能看得到法院的有关案卷,尤其是起诉书。这么一来,人们一般不知道,或者至少不能确切地知道,第一份辩护书应该针对什么。所以,即使第一份辩护书里可能会包含着对案子某些有意义的东西,可毕竟不过是偶然的巧合而已。只有当控告的细节及其依据在审理被告的过程中趋于明朗化,或者可能猜得出来的时候,辩护人才能拟定出真正切中要害和有说服力的辩护书。在这种情况下,辩护人自然处于一种非常不利和困难的境地。不过,这也不是偶然的。从根本上来说,法律并不宽容辩护,只是允许辩护而已,甚至连有关法律条文在至少可不可以理解成允许辩护这一点上也争执不休。因此,严格地说,根本就不存在为法院所承认的律师;事实上,所有作为律师出庭的人不过是被挤在角落里的无名小卒而已。这样便使得律师行当蒙受着莫大的耻辱。K 下次去法院的时候,可以看一看那间律师办公室,准会叫他大吃一惊。一帮律师挤在一间又小又矮的办公室里,这已经说明法院根本就不把他们放在眼里。整个房间里只靠着一扇小窗透进光来。小窗挂得高高的,你要想看看外边,就得请个同事把你架到背上,但扑鼻而来的是附近烟囱里冒出来的乌烟,会呛得你喘不过气来,把你的脸弄个污黑。只消再举一个例子,你就可以看看这样的状况到了何等地步:一年多以前,这房间地板上就穿了个洞,虽然没有大到能掉下一个人去,可也足够让人陷进一条腿去。律师办公室位于阁楼的上层,所以只要有人一跌进去,他的腿就会穿过洞悬吊在阁楼的下层,也就是说正好挂在当事人等候传讯的走廊上方。如果在律师圈里把这种情况看作是丢脸,这并非言过其实。任凭律师们怎么向法院管理部门反映,丝毫也没有结果,况且还严格禁止律师自己出钱对办公室进行任何形式的改变。但是,法院这样对待律师自有考虑,那就是尽量不让辩护律师插手,一切都应该由被告自己承担起来。这种立场固然不无道理,但如果由此得出被告在法庭上不需要辩护律师的结论的话,那似乎是大错特错了。相反,这个法庭比任何别的法庭都更需要有律师来插手。一般说来,诉讼过程不仅对公众保密,而且对被告亦是如此。当然,尽管说保密只是就可能的范围而言,但保密的范围实际上是非常大的。由于被告也无法了解法庭的案卷,要从审讯中推断出审讯所依据的材料谈何容易,尤其是被告有案在身,囿于各种各样使他分散精力的忧虑之中,于是,这里就需要有辩护律师来插手。审讯时一般不允许辩护人在场,因此,他们就得在审讯过后,也就是说,尽可能快地在审讯室的门口向被告询问审讯的情况,从那些往往乱作一团的谈话里梳理出对辩护有用的东西来。可是,这并不是最顶用的,通过这种方式不可能得到许多东西。当然,这儿同别处一样,有能耐的人会比别人多获得一些。尽管如此,最重要的还是律师的私人关系,辩护的主要价值就在于此。K现在肯定已经从亲身经历中发现,法院最底层的组织并不是十全十美的,玩忽职守的和贪图贿赂的大有人在,这个严密的司法制度因此出现了相当多的漏洞。于是,一大群律师就从这儿挤了进去,行贿受贿,打探虚实,甚至发生案卷被盗事件,至少从前有过这样的事。不可否认,对被告来说,这种方法,一时可以获得一些甚至令人惊叹的有利结果。那帮小律师因此四处自鸣得意,大肆吹嘘,吸引新的委托人。但是那些玩意儿对于案件的进一步发展不是无济于事,就是适得其反。惟独真诚的私人关系才具有真正的价值,也就是说跟较高级的官员的私人关系,这里当然指的只是低层里的较高级的官员。只有借着这种关系,才能对诉讼过程施加影响,即使开始难以觉察,但是往后会越来越明显。当然,能有这种关系的律师则寥寥无几,说来K的选择是很幸运的。不过也许就那么一两个律师能够夸口说他们有像胡尔德那样的关系。不用说,这些人不屑去理睬坐在律师办公室里的那一帮家伙,跟他们也毫无关系,相反跟法院官员的联系就更加密切。胡尔德博士甚至用不着每次都去法院,在预审法官的接待室里恭候着法官的偶然出现,看着他们的脸色取得一点大多只流于表面的收获,或者压根儿连这个也不是。不,他用不着这样,K已经亲眼看到了,那些官员们,其中不乏身居高位者,自己找到胡尔德博士门上了,自愿提供公开的或者至少不难解释的情况,跟他们商量案子下一步怎样进展,甚至在一些具体事件上,他们会被他说服并且乐意接受他的意见。然而,恰恰在这一方面,切不可过分地信赖他们。即使他们振振有词地发表一通有利于辩护的新意图,可他们也许会径直回到自己的办公室,为第二天作出恰恰与之相反的法院决议;虽然他们声称完全摆脱开了本来的意图,但对被告来说,新的决议也许会更加严厉。对此律师自然无能为力,因为跟他们私下里说的,也不过是私下说说而已,无法摆到桌面上来,更何况辩护人通常也要竭力去博得那些先生们的好感。从另一方面说,当然也有道理。那些先生们跟辩护律师,当然只跟内行的辩护律师拉关系,不仅仅是出于人情或友情,更确切地说,他们在某些方面也离不开辩护律师。这里正好露出了一个从一开始就坚持审讯要保密的司法机构的弊病。法官们高高在上,跟大众相脱离;他们对于一般的案子驾轻就熟,这类案子的审理有轨可依,几乎在自行运转,只需要时不时推一推就行;然而,如果碰到过于简单的案子,或者特别棘手的案子,他们往往就一筹莫展,因为他们一天到晚禁锢在自己那一套里,对人与人的关系没有正确的理解,而在审理这样的案件时,难能可贵的就是人际关系。于是,他们就来到律师这儿求教,身后跟着办事员,捧着那通常总是讳莫如深的案卷。谁会料到,就在这扇窗前,屡屡可以碰上他们,看着他们坐在那儿,无所适从地向外望着胡同,而这律师则坐在办公桌前,审理着案卷,帮他们出谋划策。再说吧,恰恰在这种场合,人们会看到那些先生何等严肃地对待他们的职业,看到他们遇到自身不可逾越的障碍时又会陷入多么沮丧的地步。他们的处境说来并不容易。如果把他们的处境看得很容易,那对他们就不公平了。法院的等级层层向上,漫无止境,甚至连内行也难以弄清楚。可法庭上的诉讼程序一般也对低一级官员保密,因此,他们连自己正在处理的案子也几乎难以全弄明白下一步怎样进行，也就是说要审理的案子出现在他们的案头上，而他们往往既不知道这案子来自何方，也不晓得将传到哪儿去。这么说来，那些官员错过了可以从研究诉讼的各个阶段、最后的裁决及其理由中吸取经验教训的机会。他们只能囿于审理法律限定给他们的诉讼部分，至于后来的情况怎样，也就是说他们自己办案的结果如何，往往比辩护律师知道得还少。辩护律师通常始终跟被告保持着联系，差不多一直到诉讼结束。那么，也就是在这一方面，他们可以从辩护律师那儿获取好些很有价值的情况。当K留心到这一切时，就不会再因为那些法官有时候会冲着当事人侮辱性地——谁都会有这种感受——发泄出神经过敏的脾气而感到大惊小怪了。所有的官员无不神经过敏，无论他们显得多么镇定自若。不用说，尤其是那些小律师首当其冲。比如说，流传着这样一个故事，很能披露这种真相：有一位年高资深、为人善良、心平气和的法官，他接手了一桩难办的案子，特别由于律师呈递了辩护书，案子变得错综复杂。他整整仔细琢磨了一天一夜，——那些法官办事确实孜孜不倦，没有人能比得上。就这样，他苦苦干了二十四个钟头，大概毫无成效。到了第二天清晨，他走到大门口，躲在门后，把要进来的律师一个个都推下阶梯去。那些律师们聚集在下面的楼梯口上，商量着该怎么办；一方面，他们没有真正的权利可以进去，因此，从法律上来说，他们几乎无法对这法官采取任何行动，而且，就像前面已经提过的，一定要谨慎行事，免得冒犯了法官们。但是，另一方面，他们一天进不了法院就意味着一天的损失，因此，他们又极力想挤进去。最后，他们一致认为，要对这老先生施以疲劳战。于是，律师们轮流一个接着一个冲上楼梯，尽量拉开不过于消极抵抗的架势，听凭法官又给推下来，落到站在楼梯口的同事们的怀抱里。这样持续了差不多一个钟头，那位由于通宵工作已经筋疲力尽的老先生便感到支持不住了，只好回到自己的办公室去。站在下面的律师开头还不敢相信,便指派了一个人上去看看门背后还有没有人。然后他们才走了进去。据说他们进去后连轻轻嘀咕一声都不敢。律师们——就连那些最不起眼的律师至少说也能够部分地看清法院的状况——绝不会自愿提出对法院实行或者实施什么样的改进。相反,几乎每个被告,即便是头脑非常简单的被告,只要一涉足到诉讼里,就开始考虑起改进的建议,因此往往耗费了可以更好地留作他用的时间和精力,这是十分普遍的。惟一理智的做法就是听凭现状。即使说改进细小问题有可能——不过这么想也是愚不可及的——,可取得的一点好处也至多不过是对以后的案子有利,而提出改进建议的人反而会给自己招惹来不可估量的损失,他因此惹起了那些始终蓄意报复的法官的特别注意。千万不能引起他们对你的注意!要安之若素,不管事情多么违背自己的意愿!要力图去认识,这个庞大的法院机构在某种程度上说永远处在一种微妙的状态中,人们虽然可以依靠自己的力量,在自己的位置上改变些什么,可因此也毁掉了自己的立脚之地,到头来会跌个粉身碎骨。相反,这个庞大的机构则会给自身在另外的地方——其实一切都是相互关联在一起的——为这个小小的扰动,轻而易举地寻求到补偿,从而保持平衡,甚至很可能变得更加封闭,更加严酷,更加残忍。既然你把事情托付给了律师,就不要去制造干扰。指责是没有多大用处的,尤其是在自己都不能让人理解自己指责的原因的全部意义所在时更是如此。但是,这里倒有必要指出,K对待法院书记官的无礼行为,对他的案子带来了多少损害。这位很有影响的人物差不多可以从那些多少有可能为K帮忙的人的名单上划掉了。就是有人顺便提起这桩案子,他显然有意听而不闻。在好多方面,法官们真的跟小孩子一般,他们往往会为区区小事——只可惜K的行为当然不属于这类小事——而大动肝火,甚至跟好朋友也反目,见了他们就扭头躲开,并且千方百计故意跟他们作对。可是,过后说不定什么时候,事情会来得出人意料,也没有什么特别的契因,只是因为开了一个小小的玩笑,就会引逗得他们开怀大笑,于是便跟你重归于好。你之所以孤注一掷开这种玩笑,无非是因为一切看来毫无希望了。要跟他们打交道既容易又困难,几乎没有什么准则可言。有时候也会让人感到吃惊。你一生孜孜不倦,就是为了掌握那么多的知识,从而使自己能够在这一行当里有所成就。当然,你也少不了有心灰意冷的时候,谁都一样。在这种时候,你会以为自己一无所获,你会觉得好像只有那些一开始就注定要成功的案子才有好的结局,似乎不用律师帮忙就成功了,而所有其他的案子,不管你怎么四处奔走,怎样费尽千辛万苦,怎样为一个个表面上的小成功欢乐,终归都要输掉的,无一例外。这样一来,你自然对什么都没有了把握,甚或人家说正是因为你插了手,使得本来进展顺利的案子走了岔道,而你连这样确切不过的作难都不敢去否定。这的确也是一个自信的问题。不过,到了这一步,除此而外,也没有别的什么可言了。这样的心理状态——这当然不过是心理状态而已——使得律师们苦不堪言,尤其是当他们正十分满意地把案子推向预期目的,不料突然被人从手里夺走了的时候则更甚。这无疑是律师碰到的最糟糕的事情。这并不是说被告从他们手里撤去了案子,这种事情从来还没有发生过。被告一旦选定了律师,无论发生什么情况,都得跟律师同心同德,信任到底。既然他已经请人帮忙,他若要独行其是,怎么能招架得住呢?因此,这种事情就不会发生。但是,有时候免不了发生这样的情况:案情起了变化,律师无法继续过问了。案子、被告和其他一切都一股脑儿从律师手里撤走了。这么一来,哪怕律师跟法官们的关系再好,也鞭长莫及,因为连法官自己也一无所知。案子正好发展到了不再允许任何干预的阶段,转到了谁也无法接近的法庭上去审理,律师也无法再跟被告联系。于是,哪一天你回到家里,会发现那一大摞你为之煞费苦心、满怀希望写成的辩护书全部堆放在你的桌子上;那些辩护书给退了回来,成了一堆废纸,因为审判的新阶段不再需要它们了。这里肯定还不能说官司已经打输了,绝对不能,至少没有确切的理由这么推论。你只是不能再了解案子的现状,也不会再得到案子进展的情况。值得庆幸的是,这种情况只是例外,即便说 K 的案子属于此类,那么眼下看来,还不至于很快就发展到这种阶段。而现在,还大有律师派上用场的机会,K 可以放心,这个机会是不会放过的。刚才已经说过了,第一份辩护书还没有呈递上去,不过这也不必着急;更重要的是跟有权威性的法官进行磋商,这些已经做了。坦率地说吧,成效不一。最好暂时别探问细节,这会给 K 带来不利的影响,要么会使他忘乎所以,要么会使他忧心忡忡。这里只说一说,有的法官谈得很投机,也表示十分乐意帮忙,而另一些谈得并不那么投机,可是绝对不能说他们不肯帮忙。总的说来,结果非常令人满意,可千万别就此得出超乎寻常的结论来。所有的预备谈判大都是这样开始的,只有在案子进一步发展过程中,才会显示出这些预备谈判的价值所在。不管怎么说,迄今一切进展顺利,没有失策的地方,要是还能够使法院书记官既往不咎,把他争取过来——为了达到这个目的,已经做了多方面的工作——,那么这整个案子——用外科医生的话来说——就变成了一个纯粹的伤口,人们就可以放心地期待着案子的下一步进展。

K 的律师一谈起这样或者类似的话题来,就会滔滔不绝,没完没了。每逢 K 去拜访他,他总要重弹一遍老调。每次都说有进展,可没有一次告诉他进展到底是什么。他一直忙于准备第一份辩护书,可总也写不完,而且下一次去拜访时,这反倒成了件好事,因为最近几天不适宜往上呈递辩护书,这是谁也无法预料到的。有时候,K 实在听厌了律师的讲话,便插上一句说,即使把所有的困难都考虑进去,说到底,事情也进展得太慢了。于是,律师就反驳道,事情进展得一点也不慢。不过话说回来,要是K能及早求助于律师的话,他的案子无疑已经大大地向前推进了。可遗憾的是K坐失了良机,这种疏忽还会带来其他的不利,不只是时间上的。

惟有莱尼的出现,才能打断这一次次的拜访讲话,这叫K打心底里感到求之不得。她总是有意趁着K在场的当儿给律师端上茶来。然后,站在K的身后,好像是在看着律师贪婪而深深地朝茶杯俯下身去,倒上茶呷起来,实际上却偷偷地让K握着她的手。屋子里寂静无声。律师在呷着茶,K在捏着莱尼的手,莱尼有时会壮起胆子,温情脉脉地抚摩K的头发。"你还站在这儿?"律师喝好茶后会这样问道。"我要等着把茶盘子端走。"莱尼总是这样回答;K最后又捏捏莱尼的手。律师抹抹嘴后,又乘兴对K振振有词地讲起来。

律师是在力图安慰他呢,还是要使他失望?K说不上来。但是,他认定自己找错了辩护人,肯定无疑。当然,律师所说的一切也许都是实情,尽管他想极力置自己于显赫地位的用意显而易见,大概从来还没有办过一件在他看来像K的案子这样重大的案子。然而,他口口声声吹嘘自己跟那些法官有私人交情,倒叫人好生疑窦。难道说他利用这些私人关系肯定都只是为了K的利益吗?律师从来不会忘记说,这些法官都是低一级的法官,也就是说,他们完全处于从属的地位,办案中出现的某些转机很可能会对他们的升迁起着举足轻重的作用。也许他们在利用律师,有意来制造这种当然永远不会对被告有利的转机吧?也许他们不是办每一件案子都这样做。毫无疑问,这是不大可能的。而在办一些案子时,他们准会给律师一些好处,有劳就有酬,维护律师的职业声誉无疑也符合他们的利益。如果事情果真是这样的话,他们会怎样插手K的案子呢?按律师的说法，这案子是很棘手的，因而也很重要，一开始就在法院里惹起了很大的注意。他们会做些什么，没有什么好怀疑的了，迹象已经可以看得出来：虽说这案子已经拖了好几个月，可第一份辩护书至今还没有呈上去，而且照律师的说法，一切都刚刚开始。这话当然是拿来迷惑被告的，使他处于无所适从的境地，以便后来不是突然下个判决使他措手不及，就是至少发个布告，说什么预审已经结束，结果对他不利，案子已移交上一级法院审理。

现在到了绝对需要 K 亲自过问的时候了。在这个冬天的一个上午，K 陷入精疲力竭的心境中，听凭千头万绪的念头在脑海里翻腾，这个要亲自过问的信念更加不容推卸地占据了他。往日对这案子的轻视也不复存在了。如果在这世上只有他一个人，他就会无牵无挂地对这案子嗤之以鼻。但是，如果真是那样的话，又怎么会发生这种事情呢？可是现在，叔叔把他拖到了律师那儿，家庭的顾虑一起搅和进来了。他的地位已经维系在这案子的进程中，不再完全超脱得了，他自己怀着某种无法解释的自鸣得意劲儿，在熟人面前轻率地提起案子的事，另外一些人不知道从哪里也晓得了这事。他跟毕尔斯泰纳小姐的关系似乎也随着案子而动摇不定，——一言以蔽之，他几乎再也没有选择接受或者拒绝审判的可能了；他身陷其中，就得保卫自己。如果他打不起精神来，后果是不堪设想的。

但是，眼下还没有过分忧虑的必要。在不太长的时间里，他有能力在银行里奋斗到他今天令人仰慕的职位上，而且在这个职位上左右逢源，赢得公众的认可；他现在只需要把那些能够使他有今天的才干稍稍用在这案子上，毫无疑问，结果一定会如愿以偿。如果要想有所得，首先必须立即摒弃任何自己可能犯有罪过的心理。根本就没有罪过可言。这种诉讼不过是一大交易而已，如同他为了给银行带来好处所做过的交易一样；在这个交易中，隐伏着各种各样的危险，正等待着你一定要去消灭掉,这就是交易的规律。为达此目的,你当然不能有犯罪的心理,而应该尽可能地抓住对自己有好处的考虑。从这个观点出发,下决心从胡尔德律师手里撤走委托便是不可避免的,而且越快越好,最好就在今天晚上。按照律师的说法,这样做是闻所未闻的行为,而且很可能要大伤人心。但是,叫 K 忍无可忍的是,他在这案子中所付出的努力,碰到的也许正是出自于他自己的律师一手制造的障碍。一旦摆脱掉律师,那就得立刻把辩护书递上去,而且尽可能天天去催法官来考虑它。要达此目的,K 当然不能像那帮人一样毕恭毕敬地坐在走廊里,把帽子塞在凳子下面,这样做远远不够。不管 K 本人,还是请那几个女人,或者派别的听差也好,必须天天有人去盯着那些法官,追着他们坐到自己的桌前去研究 K 的辩护书,别再透过木栅往走廊里张望。这样的努力一刻也不能松懈,一切都得有组织,有监督,要让法院领教一个懂得维护自己权益的被告。

然而,即使 K 有勇气去实施这一切,可起草辩护书的事真难住了他。以前,大约在一个星期前,他想到过有一天自己会被逼到起草这样一份辩护书的地步,竟然只能有一种丢脸的感觉。他压根儿就没有想到,这事也会难住人。他还记得,有一天上午,他正在埋头工作,突然把一切事情都推到一边,顺手抓来记事本,试图拟出这样一份辩护书的提纲来,也许拟好后可以提供给这个慢性子的律师用。但就在这时,经理办公室的门打开了,副经理哈哈大笑着走了进来。K 当时感到十分的不自在,尽管副经理自然不是在笑他写辩护书,他对这事一点儿也不知道;副经理笑个不停,因为他刚刚听来了一个交易所的笑话。为了让 K 明白这个笑话,需要画出图来示意。于是,副经理把身子俯到 K 的写字台上,从 K 手里拿过铅笔,在 K 准备草拟辩护书的记事本上画起图来。

今天,K 不再觉得有什么丢脸了,这辩护书非写不可。如果他在办公室里找不到时间——这是很可能的——,那就得晚上在家里写。如果晚上时间还不够,那就请假来写。无论如何也不能半途而废;不仅是做生意,就是干任何别的事情,半途而废是再愚蠢不过了。辩护书无疑意味着一项几乎没有止境的工作。不用说是一个瞻前顾后胆小怕事的人,就是一个意志坚强敢做敢为的人都很容易相信,要写成这份辩护书是不可能的。这倒不是因为有意偷懒或者存心拖延——只有那律师才会玩这种永远也写不完的鬼把戏——,而是他对现有的控告一无所知,更不知道由此会引申出什么样的指控。他必须老老实实地回顾整个一生,一五一十地说清楚自己经历过的哪怕是微不足道的行为和事件,从方方面面去检查一番。说来这事是多么无聊啊!也许他有朝一日退休以后,成了返归童心的老头子时再来做这事倒是挺合适的,那时可以借此来消磨难熬的日子。可是现在,K 需要集中全部精力去工作,每时每刻都在十分紧迫的境况中度过。他还处在蒸蒸日上的时期,已经威胁到了副经理;作为年轻人,他还要享受那短暂的夜晚。而现在,他却要坐下来写这个辩护书!他不禁又思潮起伏,怨天尤人,自怜自叹起来了。他不能再这样漫无边际地思来想去了,该到收场的时候了;他几乎不由自主地把手指伸向按钮,按响了接待室里的电铃。他按铃的时候,看了看表。已经十一点。两个钟头,一大块多么宝贵的时间就这样在胡思乱想中虚晃过去了。他当然比先前更加无精打采。然而,这段时间毕竟也没有完全白白浪费掉,他作出了可能对日后很有价值的决断。办事员送来了各种函件和两位在外面已经等了 K 好久的先生的名片。他们可都是银行非常重要的客户,按说根本就不应该让他们等那么久。他们为什么要凑得这么不是时候呢?而他们似乎又会在关着的门外问,为什么一向兢兢业业的 K 竟会让自己的私事占去大好的业务时光呢？K厌倦了刚才那浮想联翩的思绪,烦恼地等待着还要履行的业务。他站起身来,准备接待第一个客户。

　　第一个进来的客户是一个K很熟悉的工厂主。这人身材矮小,性情开朗。他一进门就表示抱歉,打扰了K的重要工作,K也向他道了歉,让他等了这么久。可是,就这道歉的话,他说得是那么的不自然,语气几乎让人听不出诚意来。如果这工厂主不是只顾着考虑自己业务上的事,就一定会有所觉察。工厂主并没有注意K的语气;他急急忙忙地掏出装在各个文件袋里的账目和表格,摊在K的面前,逐条逐项地向K解释,改正了一个他匆匆过目时都不会漏掉的小错,提醒K约摸一年前曾跟他做过一桩类似的生意,顺便还提到,这回另有一家银行愿意做出最大的牺牲来承揽这桩生意。他一气说完以后,便不声不响地期待着K的反应。一开始,K确实十分留心地听着工厂主的陈词,想到有这么一桩重要的生意可做,真也叫他动心,可是没过多久,他就走了神,再也听不进去了;工厂主慷慨激昂地说着,有那么一阵子他还时而点点头,可到后来索性连头也不点了,只是一边瞪着那俯在文件堆上的光秃秃的脑袋,一边心里自问,他什么时候才能明白他这一席话全都是白费唇舌。工厂主住口不讲了,K一时真以为他之所以停住讲话,是为了给他一个机会,好让他说明他现在不适于谈生意。但是,让他遗憾的是,他发现工厂主那凝神专注的目光显然是随时准备着对付任何反对意见,也意味着这桩生意非继续谈下去不可。于是,K像接到命令似的低下头,开始用铅笔在纸上漫不经心地画来画去,不时地停住笔,凝视着一个数字。工厂主猜度K会提出异议,也许那些数字真的站不住脚,也许它们无关紧要,不管怎么说,工厂主用手掩住那些文件,紧紧地凑到K的近前,重又开始总体描述这桩生意。"这很困难。"K说着噘了噘嘴,显得无所适从地倚靠在椅子扶手上,因为那些文件是他惟一可以当作依据的东西,现在给遮住了。这时,经理办公室的门打开了,K 甚至只是稍稍抬起眼看了看,只见副经理那模模糊糊的身影出现在门前,仿佛蒙在一层薄纱里。K 无心去考虑副经理的来意,而只是关注着副经理的出现带来了使他十分高兴的直接效应。工厂主立刻从椅子上跳了起来,径直朝副经理奔去,而 K 真巴不得他再快十倍;他惟恐副经理又会消失。他的担心是多余的,两位先生碰了面,握过手,接着一起向 K 的办公桌这边走来。工厂主一边抱怨说,这位襄理对谈生意漠然置之,一边指着 K;在副经理面前,K 又低头去看那些文件。然后,这两个人倚在他的办公桌旁,工厂主现在极力想把副经理争取到手。这时,K 仿佛觉得在他的头顶上,这两个他想象得过分高大的男人在拿他做交易。他小心翼翼地向上转动着眼睛,漫不经心地寻思着他们在头顶上干些什么。他从摊在办公桌上的那些文件中随意拿起一份,放在展开的手掌上,慢慢地捧给这两位先生看,自己也随之站起身来。此时此刻,他这么做,并没有任何确切的目的,他只是觉得,为了有朝一日写完这份可以使他彻底得到解脱的艰巨的辩护书,就非得这么做不可。副经理把全部注意力都集中在谈话上,只是草草地瞥了一眼那文件,上面写些什么根本视而不见;凡是襄理认为重要的东西,他都不屑一顾。他从 K 手里拿过文件说:"谢谢,我已经都知道了。"说着便从容不迫地把文件又放回桌上。K 愤愤不平地从一侧凝视着。然而,副经理一点儿也没有察觉,或者说,即使他注意到了,也只是借此来开开心而已;他不时地高声大笑着,一次机智而俏皮的反驳使工厂主陷入了无法掩饰的窘境,但是,他却来了个自我反驳,立刻又使工厂主摆脱了难堪,最后他请工厂主到自己的办公室里去谈完这桩生意。"这可不是一件非同小可的事情,"他对工厂主说,"我完全可以理解。至于襄理先生,"其实他说这话时,也只是对着工厂主,"我相信,如果我们把这桩事接过来,他是求之不得的。

这件事需要的是十分冷静的思考。可是,他今天好像应接不暇,有几个人在接待室里已经等他好几个钟头了。"K总算还有足够的克制力,转过脸去不理睬副经理,只是对着工厂主友好而呆滞地微笑了一下。除此而外,他根本不再去理睬,他两手支在办公桌上,身子微向前倾,好像一个站在柜台后的伙计,眼巴巴地看着这两位先生一边继续谈话,一边收拾起桌上的那些文件,最后消失在经理的办公室里。工厂主走到门口时,还转过身来说,他不会就这么走开的,自然还要把商谈的佳音告诉襄理先生;此外,他还另有一点小事要禀告。

K终于独自一人呆在办公室里了。他毫无心思再去会见任何顾客,而只是恍恍惚惚地寻思道:外面等的那些人以为他还在跟工厂主商谈,这多么叫人爽心呀!这样一来,任何人,就连那办事员都不会来打扰他了。他走到窗前,坐在窗台上,一只手抓着窗把手,望着窗外的广场。雪还在下,天还不见放晴。

他就这样坐了很久,弄不清到底是什么事情使自己心烦意乱,只是不时地扭过头,目光越过肩膀,惴惴不安地朝着接待室望去。他以为听到了响声,其实是幻觉。不过,看不到有人进来,他又镇定下来,走到洗脸池边,用冷水洗把脸,头脑清醒多了,然后又回到窗前,坐在窗台上。他决定自己为自己辩护,现在看来比原来估计的要严峻。他把辩护委托给律师的这段时间里,实际上就没有真正为案子操过多少心。他远远置身事外,观察着案子的进展,几乎跟案子没有过直接的接触。他兴头来了,会去问问案子的进展,可不高兴了,也会扭头扬长而去。而现在,如果他要承担为自己辩护的责任,就得完全听任法院的摆布,至少眼下必须如此。这样做,到头来是要为自己讨回一个完全彻底的无罪开释。可要达到这一点,他无论如何免不了要担当比迄今为止大得多的风险。要是他不把心思花在这上面的话,那么,今天跟副经理和那工厂主这样凑到一起,就足以能够使他相信,必须采取与之截然相反的精神状态来应酬。刚才他是多么一筹莫展呀,只为那么一个为自己辩护的决定就神魂颠倒到这般地步?以后又会成为什么样儿呢?等待着他的是什么样的日子呢?他会找到一条冲破重重困难最终如愿以偿的路子吗?要准备一场丝毫也疏忽不得的辩护——任何别的做法都是没有意义的——,同时不就意味着他必须尽可能地放弃其他所有的事情吗?他这样做能幸运地拖得过去吗?而他在银行里又怎样使之有效地付诸实施呢?想来想去,这不光是写一份辩护书的问题;要写一份辩护书也许请一段时间假就行了,尽管现在请假恰好要冒很大的风险;这牵涉到整个的案子,它要持续多久,那是遥遥无期的。一个什么样的障碍,突如其来地抛落在K的前程上!

而现在,难道他还要为银行工作吗?他望了望办公桌。难道现在他还要接待顾客,跟他们谈业务吗?难道说他的案子正在进行,法官们正在阁楼上琢磨他的案卷,而他在这里还能有心思料理银行的业务?这看起来不就是法院蓄意强加给他的一种苦刑吗?它跟这案子息息相关,又陪伴着他形影不离。难道说人们在银行里评价他的工作时,会考虑到他的特殊处境吗?永远也不会的,谁也不会这样做的。对他的案子,银行里并不是毫无所知,虽然到底谁知道,知道多少,还不十分清楚。不过,这话似乎还没有传到副经理的耳朵里。但愿如此,要不然,谁都不难看出,副经理会无视同事与人情关系,借机不择手段地给K大做文章。那么,经理呢?毋庸置疑,他对K有好感,一旦他知道案子的事,很可能会在他力所能及的范围内尽力给K减轻一些工作负担。但是,他的意图肯定是行不通的,因为随着K迄今所形成的抗衡力量开始日益衰弱,经理现在越来越受到副经理的牵制。除此之外,副经理也会充分借经理精神受挫之机来扩充自己的权力。这么说来,K还有什么指望呢?他这样想来思去,也许就削弱了他的抗争能力。不过,无论怎么说,千万不可自己抱有幻想,要就眼下之所能,凡事都得看个清白。

这时,他打开窗户,没有什么特别的动机,只是还不想回到办公桌前去。窗户可不那么容易打开,K不得不用双手去扭动把手。随后,一股弥漫着烟尘的雾气穿过敞开的窗口涌入房间里,室内顿时充满一股焦烟味。几片雪花也飘了进来。"一个多么可恨的秋天啊。"K的身后传来了那工厂主的说话声。他从副经理那里出来,神不知鬼不觉地进了K的办公室。K点点头,忐忑不安地看看工厂主的文件包,心想工厂主这会儿准会从包里拿出那些文件,把自己跟副经理谈判的结果告诉他。但是,工厂主却顺着K的目光看去,只是拍拍自己的文件包,并没有打开它,他说道:"你不是想知道结果?签订交易合同的事已经是十拿九稳了。你们的副经理,可是一个富有魅力的人,不过也是一个绝对不好对付的人。"他一边哈哈笑,一边摇摇K的手,也想让他笑起来。但是,K现在又觉得迷惑不解,工厂主为什么不愿意给他看那些文件,而且他从工厂主的话里觉得并没有什么要笑的。"襄理先生,"工厂主说,"你准是让这天气折腾得够呛吧?你今天看上去这么无精打采。""是的,"K说着把手按在太阳穴上,"头痛,家庭烦恼。""一点儿不错,"工厂主说,他是个急性子,从来不会安安静静地听人说完话,"谁都有一本难念的经。"K不由自主地朝门口跨了一步,好像要送工厂主出门似的,可工厂主却说道:"襄理先生,我还有一件小事要跟你说说。我就怕今天来跟你说,正好不是时候,也许会惹你讨厌,可是前些日子来过你这儿两次,都忘了跟你提。要是我再不提的话,以后很可能就没有提的必要了。这样未免有点可惜了。我要跟你说的,实际上对你也许不是没有用处。"K还未来得及回答,工厂主就走到他的近前,用手指节骨轻轻地敲了敲他的胸口,低声对他说:"你犯了一桩案子,是不是?"K十分吃惊地向后一退,立刻大声说道:"这准是副经理告诉你的!""噢,你弄错了,"工厂主说,"副经理哪里会知道这事呢?""那你是怎么知道的?"K极力地定定神问道。"我时不时会听到法院里的事,"工厂主说,"我今天要对你说的,也就是这么得来的。""居然有那么多的人跟法院串通一气!"K垂头丧气地说,拉着工厂主回到办公桌旁。他们又像先前那样坐下来,工厂主说:"只可惜我能提供给你的情况太少了。不过碰上这样的事情,千万不可有一丝一毫的疏忽。再说,我打心底里真想来帮帮你,尽管我帮不了你什么大忙。我们一向都是生意场上的好朋友,可不是吗?既然如此,也该为朋友尽绵薄之力。"K试图去为他今天谈话时的态度道歉,但工厂主容不得K打断他的话;他把文件包紧紧地夹到腋下,拉开急着要走的架势,接着说:"我是从一个叫梯托雷里的人那儿听到你案子的事。他是个画家,梯托雷里是他笔名,我根本不知道他的真名实姓。已经好些年了,他时不时来我办公室一趟,带些小幅画来,我总是收下画——他简直就像个乞丐——,施舍似的给他一些钱。那倒是些不错的画,画的都是荒原风光之类。这种买卖一拍即合,我们俩已经习惯了。可是有过一度,他来得太频繁了,我不高兴地说了他几句,于是我们谈了起来,我很想知道他完全靠画画怎么能维持生计。他的话叫我听了很吃惊,他主要靠给人家画肖像度日。他说,他在为法院工作。我问他为哪个法院。于是,他就把这个法院的事讲给我听。你准能想象得出,我听了他的话感到多么吃惊。从那以后,他每一次来,总会让我听到法院里的最新消息。这样,我就逐渐对法院里的事有所了解了。当然,梯托雷里爱多嘴,我常常不得不让他闭上嘴,这倒不是因为他肯定也在撒谎,而主要是因为像我这样一个生意人,连自己生意上头痛的事都难支撑得住,哪里还会有心思去管闲事呢?不过,这只是顺便说说而已。我心里这么想,说不定梯托雷里能帮你点什么忙。他认识许多法官,即使他本人不会有多大影响,但他起码可以给你出出主意,怎样来对付各种各样有权有势的人。再说,即使他出的主意本身不怎么重要,可照我看来,一旦到了你的手里,那可就非同小可了。我看你跟律师就不相上下。我常常在说:K襄理简直就是个律师。噢,哪里用得着我为你的案子操心呢?不过说说也好,你愿意去找找他吗?只要有我的介绍,他肯定会尽力帮你的忙。我确实在想,你应该去一趟。当然,不一定今天就去,什么时候找个机会都行。但是,我还要说一句,你别因为我劝你去,就觉得非去梯托雷里那里一趟不可,千万可别这样。如果你认为不用去找他也行,那当然最好就别把他扯进来,或许你自己已经成竹在胸,而梯托雷里一介入反倒会碍事。要是这样的话,你当然绝对不去的好!毫无疑问,要去跟这样一个家伙讨主意,未免也叫人勉为其难。不管怎么说,你爱怎么办就怎么办吧。这是我的介绍信,这是他的地址。"

K颓丧地接过信,塞进口袋里。即使在最有利的情况下,这封介绍信能给他带来的好处也远远抵不住他所遭受的损失。工厂主已经知道了这个案子,那个画家在四处宣扬着这个消息。这时,工厂主已经朝门口走去,K简直难以让自己说出几句感谢工厂主的话来。"我会去找画家的,"他在门口跟工厂主道别时说,"或者写信给他,让他上我这儿来,我眼下忙得不得了。""我知道,"工厂主说,"你会找到最好的解决办法的。不过,我倒觉得,你最好不要把像梯托雷里这样的人请到银行里来,别跟他在这儿谈案子的事。再说,让你的信落在这样的人手里,也总不大合适吧。不过,你肯定把什么都再三考虑过了,你知道该怎么办。"K点点头,又陪着工厂主穿过接待室。但是,他尽管表面上显得镇定自若,可内心对自己的茫然失态,不禁诚恐诚惶。他说要给梯托雷里写信,本来只不过是为了向工厂主表示一下,他会很珍重这份亲笔介绍信,马上就考虑怎样去跟梯托雷里联系。

不过，照他的本意，当他认为梯托雷里的帮助十分有用的时候，也会毫不犹豫，真的写信给他。而工厂主的一番话，才使他翻然醒悟，那样做会潜伏着危险。难道说他真的已经丧失了自己的判断能力吗？他居然有可能直言不讳地写信请一个来历不明的人到银行里来，在和副经理仅有一门之隔的地方，为了自己的案子向这个人讨教？难道他这样做就不会忽视其他的危险，或者糊里糊涂地陷入危险之中？难道说他简直可能这样做吗？而偏偏现在，正当他要全力以赴出面为自己辩护的时候，不禁这样怀疑起自己的警觉能力来了！他还从来没有过这样的疑虑。难道他在处理业务时所感受到的那些困难现在也开始出现在自己的案子里了？此时此刻，他思来想去，就是弄不明白，他居然会想到要写信给梯托雷里，请他到银行里来。

他对这件事依然大惑不解地摇着头。这时，办事员走到他跟前，提醒他坐在接待室长凳上的三位先生在等着他。他们要见K，已经等了好久。现在，他们一听到办事员向K通报，都立刻站了起来，谁也不甘坐失这个有利的机会，争先要凑到K的跟前。既然银行一方如此无所顾忌，让他们在接待室里白等着浪费时间，他们也就不想有所顾忌。"襄理先生。"其中一个已经开口说。然而，K却让办事员给他拿来了大衣，在办事员帮他穿大衣的时候，他对这三位先生说："请原谅，先生们，很遗憾，我眼下没有空接待你们。十分抱歉，我有一桩非常紧迫的业务要去处理，必须马上离开。你们自己也看到了，我刚才给拖去了多长时间。你们最好明天或者别的日子再来行吗？或者咱们可以在电话里商量？或者你们现在可以三言两语把要谈的事简单说说，我过后给你们一个详细的书面答复。不过，最好还是下次来再说吧。"听到K的一番建议，三位先生似乎现在才觉得他们全都白等了，惊愕得面面相觑，哑口无言。"咱们就这么办，好吗？"K问道，朝着正好已经给他拿来帽子的办事员转过身去。透过自己办公室敞开的门，K看见外面雪下得更大了。于是，他竖起大衣领子，一直扣到脖子上。

就在这时，副经理从旁边的办公室里走出来，笑眯眯地看了看穿着大衣正在跟几位客人商量事的K，问道："你要出去吗，襄理先生？""是的，"K说着挺起身子，"我得出去办事。"可是，副经理已经转向那三位先生。"那么，这几位先生怎么办呢？"他问道，"我想他们已经等了好久了吧。""我们已经说好了。"K回答道。然而，这三位先生却再也忍不住了，他们围住K，你一言我一语抱怨说，要是他们的事情不重要，哪会在这儿等上几个钟头呢，更别说他们来就是有重要的事情非得现在商量不可，而且要私下仔仔细细地谈。副经理听了他们一会儿，一边又注视着K把帽子拿在手上，不时地这儿或那儿弹着帽子上的灰尘，然后说："诸位先生，倒有一个很简单的解决办法。如果你们不嫌弃，我很愿意替襄理先生来代劳。你们的事情当然应该马上商议。我们跟你们一样，都是生意人，知道时间对生意人有多宝贵。你们愿意跟我来吗？"他说着打开通往自己接待室的门。

这位副经理多么善于钻空子，他把K现在不得不放弃的一切贪婪地据为己有！不过，难道K非得要放弃这么多吗？他要是怀着懵懵懂懂的、甚至连自己也不得不承认是十分渺茫的希望赶着去找一个素昧平生的画家，那么，他在银行里的声望便会遭受到无法医治的创伤。也许他现在最好再脱去大衣，至少应该把那两位肯定还在旁屋等待着的顾客再争取过来。K也许会去试一试。可就在这时，他看见副经理在他办公室的文档里翻来找去，仿佛这文档是他的。K非常愤慨地走到门口，副经理高声说道："啊，你还没有走！"他朝着K扭过脸去，满脸绷得紧紧的皱纹似乎不是年龄的标志，而是权力的象征。他立刻又翻起来。"我找一份合同书的副本，"他说，"那家公司的代理人说,副本就在你这儿。你愿不愿帮我找一找?"K向前挪了一步,但是副经理说:"谢谢,我已经找到了。"说完拿着一大叠文件,显然不只是那合同书的副本,肯定还有许多其他文件,又回到自己的办公室去了。

"现在我敌不过他,"K自言自语道,"不过有朝一日,等我个人的困境结束了,首当其冲的就是要叫他真正尝尝我的滋味,而且要叫他尝个够。"想到这里,心里多少感到有所安慰,于是他吩咐那个早已打开通往走廊的门而恭候着他的办事员,叫他抽空跟经理打个招呼,说他外出办事了,接着便离开了银行。他终于能够拿出一段时间全身心地投入到自己的案子里,心里感到几分欣慰。

他立刻驱车赶去找那个画家。画家住在另一个郊区,正好跟法院办公室所在的郊区遥遥相对。那个区更为贫穷,房屋更加灰暗,大街小巷污秽不堪,融化了的雪水夹带着泥污缓缓地流来流去。在画家住的那栋楼里,大门只开着一扇,可在另外一扇下面贴着墙的地方打开了一个缺口,K走到近前的时候,发现一股令人作呕、直冒热气的黄色液体从那缺口里喷发出来,有几只老鼠吓得钻进邻近的阴沟里。在楼梯口的下面,有一个小孩趴在地上哭叫,可是谁也难以听见他的哭叫声,因为在大门的另一侧有一家铁匠铺,里面发出震耳欲聋的响声。铁匠铺的门敞开着,三个学徒站成半圆形,手抡榔头,锤打着一个要加工的东西。一大张挂在墙上的白铁皮闪现出苍白的光芒,射在两个学徒身上,映照着他们的面孔和围裙。K对这一切不过是匆匆地扫了一眼,他巴不得尽快离开这个地方,只想跟那画家说几句话打探一下情况,然后马上回银行去。如果他来这儿哪怕有一丁点儿的收获,对他今天最后结束银行的工作也会带来好处的。他上到四层,喘得上气不接下气,不得不放慢脚步。楼梯和楼层一样,都高得出奇,而那画家又说是住在顶层的一间阁楼里。况且这里的空气令人窒息,楼梯层没有回廊,狭窄的楼梯死死地夹在两道高墙中间,偶尔才看得到几乎开在墙顶端的小窗。正当 K 停下来歇口气的时候,有几个小姑娘从一户人家里跑了出来,嘻嘻哈哈地顺着楼梯奔上去。K 慢慢地跟着她们走,赶上了其中的一个姑娘。她准是绊了一跤才落在了后面。K 和这姑娘一起上楼时问她说:"有个名叫梯托雷里的画家住在这里吗?"这姑娘看上去还不满十三岁,稍稍驼着背;她随之用胳膊捅了捅 K,打一侧盯着他。她虽然年纪小小,身体畸形,但一副水性杨花的样儿却叫人不堪入目。她脸上无一丝笑容,投去富有刺激性的挑逗的目光,正儿八经地注视着 K。K 假装没有留意她的神情,只是问道:"你认识画家梯托雷里吗?"她点点头,反过来问道:"你找他干什么?"K 觉得趁机快快了解一点关于梯托雷里的情况很有必要:"我想请他给我画像。"他说道。"给你画像?"姑娘照问了一遍,嘴张得老大,用手轻轻地拍了拍 K,仿佛他说了什么特别出人意料或者愚不可及的话。接着,她用双手提起她那本来就短得可怜的裙子,拼命地奔去追赶其他姑娘。她们的喧闹声已经模模糊糊地消失在楼上了。然而,等 K 再上到楼梯的一个拐弯处时,又跟姑娘们撞上了。她们显然从那个驼背姑娘嘴里知道了 K 的意图,所以都在这儿等着他。姑娘们站在楼梯两侧,身子贴着墙,而且用手抚弄着自己的裙子,好让 K 舒舒畅畅地从她们中间走过。一张张面孔,连同这夹道排队,无不混合着天真幼稚与放荡不羁。现在,姑娘们聚拢在一起,嘻嘻哈哈地跟在 K 的后面,为首的便是驼背姑娘,她充当起了向导。多亏有了她,K 才很快找对了路。他本来打算一直顺着楼梯走上去,而她指给他走旁边的一道小楼梯,就可以找到梯托雷里。通往画家房间的楼梯特别狭长,也没有拐弯,一眼就可以看到顶。梯托雷里的房门就在楼梯的尽头。门的斜上方,装着一扇透光的小天窗,跟这道楼梯的其他部分相比,这里显得相当明亮。这扇门是用没有油漆过的木板做成的,上面用红颜色龙飞凤舞地画着梯托雷里的名字。K和随来的姑娘还没有上到半楼梯,显然这嘈杂的脚步声惊动了楼上的人,那扇门随之开了一条缝,一个好像只穿着睡衣的男人出现在门后。"啊!"他看到一群人走上来时喊了一声,顿时又消失了。驼背姑娘高兴得直拍手,其他的则簇拥在K的身后,要推着他快快上去。

但是,当他们还正在往上爬着的时候,画家已经霍地把房门打开,深深鞠了个躬致意,请K进去。而那群姑娘,他全部拒之门外,一个也不让进,无论她们苦苦央求也好,还是她们不听画家的阻拦,硬是往里冲也罢。只有驼背姑娘乘着他伸开两臂的当口溜了进去,可画家连忙追了过去,一把抓住她的裙子,拽着她打了一个转转,然后把她托到门外,让她回到那群姑娘中间。可当画家离开门口的时候,她们却不敢擅自跨越过门槛。K一点也摸不清这到底是怎么回事。从表面上看,似乎彼此友好默契,一切入情入理。站在门外的姑娘们,一个个伸着脖子,冲着画家高声嚷着各种各样打诨卖俏的话;K听不懂她们在说些什么,而画家却哈哈大笑,驼背姑娘在他的手上几乎飞了起来。然后他关上门,又向K躬身致意,跟他握握手后自我介绍说:"我是画家梯托雷里。"姑娘们在门外窃窃私语。K指着门说:"看来你在这里人缘非常好。""啊哈,这群野丫头!"画家一边说,一边试图去扣上睡衣的领子扣,可就是没能扣住。另外,他光着脚,仅仅穿着一条黄色的麻布宽腿裤,束着一条腰带,长长的带梢摆来晃去。"这群野丫头真让人头疼,"他接着说下去,不再抚弄睡衣了,最上边的那个扣子正好掉了,他搬来一把椅子,请K坐下,"我曾经给她们当中的一个画过像——这姑娘今天没有来——,从那以后,她们就缠住我不放。我自己在家的时候,她们必须得到我的许可才能进来;可是,只要我一走开,至少总会有一个溜进屋里。她们专门让人配了一把开我房门的钥匙,相互转来借去。你简直难以想象,这有多么讨厌。比如说,我带着一位要画像的女士回家来,掏出我的钥匙打开门一看,就发现驼背姑娘坐在小桌旁边,用我的画笔,往她的嘴唇上涂红,而她照看的小妹妹在屋里翻来捣去,弄得一片狼藉。或者是,这也是昨天才发生的事,我很晚才回家来——请别见怪,我现在这副狼狈相,屋子里乱七八糟的,全都是她们给搞的——,接着说吧,我昨天回到家里,已经很晚了,正准备上床时,忽然有什么东西拧住我的腿。我往床底下一看,就又拽出这么一个野丫头来。她们干吗要这样缠着我呢,我也弄不明白。我又没有企图去引她们过来,想必你刚才也看到了。自然啰,这也打扰了我画画。要不是这画室是免费提供给我的,我早就搬走了。"正在这时,门外传来了一个纤细的声音,听来像是温情脉脉,也像是焦急不安:"梯托雷里,我们现在可以进来吗?""不许进来。"画家回答道。"就我一个也不行吗?"她又问道。"不行。"画家说着走到门口,把门锁上。

这期间,K四下扫视了一番房间,怎么也想不到,居然会把这样一个可怜巴巴的小洞窟叫做画室。整个房间里,从东到西,由南向北,几乎不足两步长。屋里的地板、墙壁和天花板都是由木板拼凑成的,木板之间处处是缝隙。对着K的墙边摆着一张床,上面铺着五颜六色的被褥。房间中央有一个画架,上面放着一张被一件衬衫遮盖着的画,衣袖一直拖到地板上。K的身后是一扇窗户,透过窗户望出去,一片雾蒙蒙的,除了能看见邻近白雪覆盖的屋顶外,远近什么也看不见。

钥匙在锁孔里转动的响声提醒了K;他本来就没有打算在这里久呆。于是,他从口袋里掏出工厂主的信,交给画家,并且说:"我是从这位先生,也就是说你的熟人嘴里听说你的,我照他说的来这儿找你。"画家草草地看了看信,随手就把它扔到床上。要不是工厂主十分肯定地说起梯托雷里是他的熟人,是一个靠着他施舍的穷汉子,那么,谁现在还真的会相信梯托雷里认识那工厂主,或者至少说还能记得起他呢?此外,画家居然问道:"你是想来买画呢,还是来让我画像?"K十分诧异地看着画家。信里究竟是怎么写的呢?K理所当然地以为,工厂主一定是在信中对梯托雷里说,K来这里别无所求,只是为了打听一下自己的案子的情况。只怪他操之过急了,匆匆忙忙就跑到这儿来了!但是,他现在不管怎么说,得应酬一下。他看着画架说:"你正在画像吗?""是的,"画家说着就把那件衬衫从画架上拉下来,顺手扔到那封信上,"这是一张肖像。一幅佳作,不过还没有最后完工。"真是天赐良机呀,K觉得现在真的来了谈论法院话题的机会,因为这画上显然画的是一位法官。另外,它跟那幅挂在律师办公室里的画惊人地相似。这里虽说画的完全是另外一个法官:此人身躯肥胖,一大把乌黑浓密的络腮胡子一直伸延到面颊上;再说,那幅是油画,这幅则是用水粉颜色轻描淡写地勾勒出来的。但是,其他各个方面却十分相似:这幅画里的法官也是正要从那高脚宝座上站起来,两手紧紧地按着扶手,一派咄咄逼人的气势。"这准是个法官吧。"K差点儿脱口说了出来。可是,他暂时却还按捺住自己,走到画前,好像要来仔细地琢磨一下这幅画的细节。K看不明白,一个站在高脚宝座靠背中间的高大人物是什么人,他因此问起画家。"这个人物还得再三加工。"画家回答道,随手从小画桌上拿来一支彩笔,在这个人物的轮廓上稍稍勾了几笔。可是,他这样做依然使K摸不着头脑。"这是正义女神。"画家终于开口说道。"这下子我认出来了,"K说,"这儿是遮眼罩,那儿是天平。可是,她的脚后跟上不是长着翅膀吗?她不是会飞吗?""是的,"画家说,"我得遵照嘱托来画成这个样子。其实这是正义女神与胜利女神的结合。""这可不是理想的结合,"K笑着说,"正义女神应该巍然屹立,要不天平就会摇晃起来,这样也就没有了公正的判决可言。""我只听凭于我的委托人的意图。"画家说。"当然啰,一点儿不错,"K说,他这样评头论足,无意去伤害任何人,"你画的这个人物,站在宝座上,就跟实际中一样。""不,"画家说,"我既没有见过这样的人物,也没有见过这样的宝座,这些全都是虚构的。不过,人家叫我怎么画,我就得怎么画。""这是什么意思?"K问道。他故意装作好像没有完全听懂画家的意思,"那不就是一个坐在法官椅上的法官吗?""是的,"画家说,"可他不是一个高级法官,他从来就没有坐过这样的宝座。""这么说他是有意让人家画得如此威风凛凛了?他坐在那里俨然一派法院院长的神气。""是的,那帮先生们就是好虚荣,"画家说,"不过,他们有尚方宝剑,可以这么画像。每个人都有明确的规定,应该画成什么样儿。遗憾的是,你正好不能拿这幅画来分辨服饰和座椅的细节,用水粉颜色不适宜于表现这样的题材。""是的,"K说,"很奇怪,这幅画是用水粉颜色画的。""那个法官要我这么画,"画家说,"他要把这幅画送给一位女士。"他看着这幅画,一时似乎产生了作画的兴致,便挽起袖子,顺手抓来几支彩笔挥舞起来。K在观看着,只见那沙沙震颤的彩笔尖下,那个法官的脑袋四边形成了一道淡红色的光圈,似一束束光芒愈来愈暗淡地射向四方。这道逐渐围绕住法官脑袋的光圈,是富丽堂皇的象征,又像是崇高称颂的标志。可是,在这正义女神的周围,除了有一点不易为人察觉的色调外,画面显得十分鲜明,也正是在这种十分鲜明的画面上,正义女神的形象似乎特别地突现了出来。她不再使人联想到什么正义女神,也不用再说什么胜利女神,更确切地说,她现在看起来活像一个狩猎女神。K没有料到,看画家作画居然会使他不知不觉地入了迷。可是,他最后却又责备起自己来,来了这么久,居然连自己的正题还一字未提。"这位法官叫什么名字?"K突然问道。"这我不能告诉你。"画家回答道,深深地倾着身子,俯在画上，明显地冷落了这位他一开始那么彬彬有礼地接待过的客人。K觉得画家的脾气喜怒无常，这使他感到恼火，因为这样白白浪费了他的时间。"你肯定是法院信得过的人吧？"他问道。画家立刻放下彩笔，挺起身子，搓搓两手，笑眯眯地看着K。"你就干脆实话实说吧，"他说，"你想探听有关法院的事，介绍信里也是这么写的，你首先跟我聊起我的画，好把我争取到手。可是，我并不生你的气，你也许不知道，在我这里不兴来这一套。噢，你用不着来解释！"K正想要说明一下，却被画家断然拒绝了。然后他接着说："另外，你说的一点儿不错，我是法院信得过的人。"他停顿了片刻，好像要留给K时间，让他甘心去接受这个事实。这时，他们又听到姑娘们在门外发出的响动。她们似乎都拥挤在钥匙孔跟前，说不定可以透过门缝看进屋子里来。K打消了任何解释的念头，不想让画家再转移话题，也不愿意助长画家的威风，叫他得寸进尺，盛气凌人，以致使人难以接近。于是，他问道："你这可是官方认可的位子吗？""不是。"画家简短地回答道，仿佛K的问题使他无话可说了。可是K急于要让他说下去，便又说道："也是，这种非官方的职务往往比官方的职务更有影响力。""我的情况正是这样，"画家一边说，一边皱起眉尖，频频地点着头，"我昨天跟那工厂主谈起了你的案子，他问我愿不愿意帮你的忙，我对他说：'什么时候让那人来我这里谈谈，'我很高兴，这么快就在这儿见到了你。看来你很关心这桩案子。我觉得，这当然一点儿也不奇怪。或许你把大衣脱掉，好吗？"虽然K并不打算在这儿久呆，不过他倒十分乐意接受画家的请求。他渐渐觉得屋子里的空气闷得难受，好几次诧异地望着墙角上一个显然没有生火的小铁炉子，屋子里的闷热无法解释。当他脱下大衣，正解着上衣扣子的时候，画家抱歉地说："我就需要暖和。这儿还是很舒适的，不是吗？就这一点而言，这房间的位置十分理想。"K听了这话，一声不吭。实际上,使他感到难受的并不是太热,而更多是那污浊霉腐、几乎令人窒息的空气。这屋子大概已经好久没有通风了。画家请他坐到床上,自己却坐到这屋里仅有的一把放在画架前的椅子上,K越发感到心里不是滋味。此外,画家似乎也不理解K为什么只是坐在床沿上。确切地说,他请K坐得舒服些,见他蛮不情愿的样子,干脆自己走上前去,把K深深地推到床里头的靠枕上。然后他又坐回到自己的椅子上,终于向K提出了第一个实质性的问题,使得K把其他一切全都置之脑后。"你是清白无辜的吗?"他问道。"是的。"K说。他回答这个问题,简直是脱口而出,尤其是他跟人私下这么说,也就用不着去顾忌承担任何责任。直到今天还没有人如此坦率地问过他。为了品尝这心头的喜悦,他又补充了一句:"我完完全全是清白无辜的。""噢,我明白了。"画家说,他低下头,似乎陷入了沉思。突然,他又抬起头说道:"如果你是清白无辜的,那么事情就很简单。"K听了这话后眼前一阵发黑,这个自称为法院信得过的人,说起话来竟像一个无知的孩子。"我的清白无辜,并没有使事情变得简单些。"K说。尽管如此,他不得不赔着笑脸,慢慢地摇摇头。"事情取决于许许多多的微妙关系,法院就沉醉于这微妙的关系网中。可是,到头来,法院不知从哪儿便会拽出一个完全无中生有的大罪名来加在你的身上。""对,对,一点儿不错,"画家说,仿佛K毫无必要地打断了他的思路,"不过,你毕竟是清白无辜的吧?""那当然啰,这还用问。"K说。"这是最主要的。"画家说。他是不会受反面看法影响的。不过,尽管他讲得非常果断,却叫K弄不清楚,他这么说到底是出于深信不疑呢,还是敷衍塞责。K首先要摸准这一点,于是便说道:"毫无疑问,你对法院的了解要比我多得多,我所知道的不外乎是从各种各样的人那里道听途说来的。不过,他们都一致认为,起诉不是随随便便提出来的,法院一旦提出起诉,就会认定被告有罪。要想使法院改变这种信念,那可是难上加难呀。""难上加难?"画家问道,一只手向空中一挥,"法院从来不会改变这样的信念。如果我在这儿把所有的法官依次画在一幅画布上,你站在这幅画布前为自己申辩,那么,你将会得到比在真正的法庭上还要多的成效。""果不其然。"K自言自语道,竟忘了他只是想刺探一下画家。

门外又传来一个姑娘的喊叫声:"梯托雷里,他还要呆很久吗?""别吵吵嚷嚷了!"画家大声朝门口喊去,"你们没看见我在跟这位先生商量事吗?"可这姑娘并不甘休,又问道:"你要给他画像吗?"画家没有理睬,于是她又说:"请别给他画了,这么一个丑家伙。"话音未落,就响起了一阵唧唧喳喳乱作一团的起哄声。画家一步跨到门口,打开一条小缝,只见姑娘们那一双双伸开合拢的手在哀求着。他冲着姑娘们说:"你们再要吵闹的话,我就把你们全都扔下楼去。坐到楼梯上去,放规矩些。"也许她们没有立即听从,因此画家不得不厉声吼道:"全都坐到楼梯上去!"这样一来,门外才安静了下来。

"对不起。"画家再回到K跟前时说。K几乎没有朝门口看一眼,他完全听任画家的摆布,随他愿不愿或者怎样保护他。即使现在,当画家朝他俯下身子说话时,他也几乎无动于衷;为了不让门外的姑娘们听见,画家有意凑到K的耳边悄声说:"这群姑娘也是法院子弟。""什么?"K问道,脑袋扭向一旁,注视着画家。可是,梯托雷里又坐到自己的椅子上,半开玩笑半解释地说:"你不想想,一切都是属于法院的。""这一点我还没有注意到。"K简短地说了一句;画家这句概括性的议论打消了他刚才讲到姑娘们时的那句话给K所带来的一切不安。尽管这样,K还是朝门口看了好一会儿。门外边,姑娘们现在安安静静地坐在楼梯上。有一个姑娘从门缝里穿进一根吸管来,慢慢地移上移下。

"看来你对法院的事还不太了解,"画家说,他朝前叉开两腿,脚尖不住地点在地板上,"不过,你既然是清白无辜的,那也就没有必要知道了。要把你解脱出来,有我一个就行了。""你怎样来解脱我呢?"K问道,"你自己刚刚还说过,法院对证据完全是充耳不闻。""充耳不闻的只是在法庭上对质的证据,"画家一边说,一边跷起食指,好像K没有意识到一个微妙的差别,"然而,在这一方面,如果在幕后活动,那就是另一码事了。也就是说,在顾问室里,在法院的走廊上,或者,比如说,就在这画室里。"K似乎觉得,画家现在所说的不再是那么不可信了。其实,他的话跟他从别的人那里听来的如出一辙。是这么回事,他所说的,甚至充满着希望。如果像律师所说的,法官们都会那么轻而易举地受私人关系的左右,那么画家跟那些好虚荣的法官的关系显得尤其重要了,无论如何也决不可低估。这么一来,画家也就当之无愧地加入了K逐渐搜罗聚拢在自己周围的帮忙人的圈子。曾有一度,K的组织才能在银行里有口皆碑。而现在,他只有凭借自己的力量左右应付,这便给他提供了一个充分考验这种才能的良机。画家注意到了他的一席话使K动心了,于是有点不安地说:"你就不觉得我讲起话来几乎像是一个法学家吗?老跟法院那帮人打交道,久而久之,潜移默化,就变成了这样。当然,我从中受益匪浅。可是,一个艺术家的激情也快要荡然无存了。""你当初是怎样跟那帮法官拉上关系的?"K问道,他企图先取得画家的信任,然后才把他纳入为自己服务的行列。"那很简单,"画家说,"这关系是我继承来的。我父亲本来就是法院的画家。这个位子向来就是祖传的。新手也顶不了用。要画不同头衔的法官,就得有各种各样、五花八门,特别是秘不可宣的规则。可除了一定的世家外,谁也不会知晓这些规则。比如说,在那边的抽屉里,我保存着我父亲的所有绘画,从来不给任何人看。可是,只有懂得这些画的人,才有能力为法官画像。不过,即使我失去了这些画,也没有人动摇得了我的位子,那许许多多的规则都深深地扎在了我的脑袋里。确实也是,哪个法官不想让人家把自己画得跟以前那些大法官一模一样呢?这就非我莫属了。""你这位子真让人羡慕,"K说,他不禁想起了自己在银行的位子,"这么说来,你的位子是不可动摇的?""当然是,谁也抢不去,"画家得意地耸耸肩说,"正因为如此,我才敢不时地帮助可怜的人打官司。""那么,你是怎样来帮人家忙的呢?"K问道,好像画家刚才所说的可怜的人不包括他似的。可是,画家不让他打岔,接着说下去:"比如说你的案子吧,你完全是清白无辜的,那么,我的做法如下所述。"画家一再提起K清白无辜,已经使K厌烦了。有时候他觉得,好像画家这样说来说去,无非是想把判定这案子必然有好的结果作为他要提供帮助的前提,而这样的帮助自然而然也就毫无意义了。尽管K心里有这样的疑虑,但他还是极力克制自己,不去打断画家讲话。他不想放弃争取画家的帮助,这一点他已打定了主意。而且在他看来,这种帮助绝对要比那律师的帮助可信。在这二者之间,他甚至宁可选择画家的帮助,因为他显得更善良,更直率。

画家把他的椅子拉到床跟前,压低嗓门继续说道:"我忘了先问你,你希望获得哪一种开释。有三种可能性,那就是:真正开释,假释和拖延审理。真正开释当然是最理想的,只是我对这种解决方式无力施加丝毫影响,一点儿法子也没有。照我看,根本没有任何一个人说了就能够达到真正开释。在这里,也许惟有被告的清白无辜会起决定作用。然而你是清白无辜的,那你单凭着这一点似乎就真有可能。不过,这样一来,你便不需要我和别的任何人的帮助了。"

这番井井有条的议论开初惊得K目瞪口呆,可是,到了后来,他也像画家一样低声说道:"我觉得你说的自相矛盾。""你说怎样自相矛盾呢?"画家非常坦然地问道,笑眯眯地把身子往后一靠。画家的笑容唤起了K的感觉,仿佛他现在要着手揭穿的不是画家言语上的矛盾,而是法庭审讯之中的矛盾。尽管如此,他没有踟蹰不前,而是直言相对:"你开头说道,法庭不管证据不证据,过后你把这话又仅限于公开的法庭上,而你现在甚至说,一个无罪的人在法庭上是不需要任何帮助的,这其中就包含着矛盾。再说,你开头说过,法官会受到私人关系的左右,而你现在却否认,你所称道的真正开释从来都不会通过个人施加影响获得。这便是矛盾之二。""这些矛盾都是不难解释明白的,"画家说,"这里所说的是截然不同的两回事儿:一个说的是法律中所规定的,一个说的是我亲身体验的,你不能把二者混为一谈。在法律中——不过我也没看过——,一方面自然有无罪者应无罪开释的规定。可另一方面,却不会写上法官可以受人左右的条款。那么,我所经历的恰恰与之相反。我没有见过一个真正开释的案子,可我经过许多靠着人际关系了结的案子。当然,也可能在我所知道的案子里,没有一个被告是无罪的。可是,这真的可能吗?在那么多的案子中,难道就没有一个是无罪的吗?我小的时候,每当父亲在家里谈到案子的事,总是听得很仔细;还有那些到他画室里来的法官们也总是谈法院的事,在我们这个圈子里,这简直就是惟一的话题了。等到我有了自己上法院的机会,我总是充分利用这些机会去关注那些处于关键阶段的案子,而且,只要案子不是遥遥无期,就关注到底。可是,我得承认,我连一次真正开释的案子都没有碰到过。""这么说来,一个无罪开释的都不会有了,"K说,仿佛他在对自己,对着自己的希望在说话,"不过,这倒证实了我对这个法院业已存在的看法。由此可见,就是从这方面来看,法院也是一个名存实亡的躯壳。一个刽子手就可以包办整个法院。""你可不能这样一概而论,"画家不高兴地说,"我不过是谈谈经验而已。""这就够了,"K说,"或者你还听到过更早以前有过无罪开释的案例呢?""这样的无罪开释,"画家回答道,"应该说肯定是有过的,只是十分难以断定。法院的最终裁决是不会公布的,连法官们都无法摸得透。因此,要说过去的案例,不过是存在于传闻之中。可以肯定,这些传闻甚至大多数都说的是真正的无罪开释,而且可以使人相信,可就是无法查证。尽管如此,这些传闻可不能完全置之不顾,因为其中无疑包含着某些真实的东西。再说,它们也非常优美动听,我自己就拿这样的传闻当题材,画过几幅画。""光是传闻可改变不了我的看法,"K 说,"到了法庭上,总归不能拿这些传闻当依据吧?"画家笑了起来。"不能,当然不能这么做。"他说。"那么,现在谈论这个就没有什么用处了。"K 说,他打算暂且接受画家的所有看法,即使他认为那些看法是难以置信的,而且跟别的说法相矛盾,那也无妨了。他现在没有时间去追究画家所说的到底有多少是真的,更没有时间去反驳他;他最迫切希望的就是打动画家来帮他的忙,无论怎样都行,哪怕帮不到点子上也行。因此,他说:"那么,我们就撇开这个真正开释的话题吧。你刚才不是还提到另外两个可能性吗?""假释和拖延审理。就剩下这两个可能性了,"画家说,"不过,你要不要先脱掉上衣呢?然后我们再谈这些。我看你好像很热。""好吧。"K 说,他一直只顾听着画家没完没了的解释,竟什么都忘了。可是现在,画家一提起热,他的额头不禁汗珠滚滚。"简直受不了。"画家点点头,好像十分理解 K 不舒服的感觉。"可不可以打开窗户呢?"K 问道。"不行,"画家说,"那不过是一片固定在上面的玻璃,打不开。"K 现在明白了。他一直在盼着画家或者自己突然走上前去打开窗户,即使是吸进去尘雾也不在乎了。在这里,跟空气彻底隔绝的感觉不禁使他头晕目眩。他把手轻轻地搭在自己身旁的羽绒被上,有气无力地说:"这样真的不舒服,也不健康。""噢,不对,"画家替自己的窗子辩护说,"这窗户固定在上面,虽说只是单层玻璃,却比双层窗更能保暖。我要想通通风,只要打开一扇门,或者两扇门就行了。其实通气也没有太大的必要,到处都有空气从这些缝隙钻进来。"听了这番解释，K 心里稍微平静了一些。他四下看看，想找出第二扇门来。画家注意到了他在干什么，便说道："门就在你背后，床放在那儿，只好把它堵住了。"K 这才发现墙上那扇小门。"这地方做画室用实在小得可怜，"画家说，好像有意抢先说出来，要堵住 K 挑剔的嘴似的，"我得想方设法来布置。床挡在门前，当然摆得不是地方。就说现在正让我给画像的那个法官吧，他总是打床边这道门进来，我也给了他一把开这道门的钥匙。万一我不在家时，他便可以开门进来在里面等我。可是，他一般都是一大早就来，我还在睡觉呢。当然，不管我睡得多么熟，只要床边的门一开，我总会被惊醒。当他从我的床上爬过去时，欢迎他的就是我不绝的叫骂声了。你要是能听得到的话，任何对法官的崇敬之意顿时就会烟消云散。我当然可以从他手里收回钥匙，不过，这么一来，只会把事情弄得更糟。要弄开这两扇门，根本用不着费吹灰之力。"画家讲这番话时，K 一直在考虑要不要把上衣脱掉。然而，他最后意识到，如果不脱去上衣，就无法继续在这儿呆下去了。于是他脱下上衣，把它搁在膝盖上，以便谈话一结束，马上就能再穿上。他刚一脱下上衣，门外就有个姑娘大声叫道："他把上衣都脱了！"随后便听到姑娘们一个个挤到门缝跟前，想亲眼看看里面的洋相。"姑娘们以为，"画家说，"我要给你画像了，所以你脱去了衣服。""是这么回事儿。"K 并不怎么感兴趣地说。他现在虽然只穿着衬衫坐在这儿，可觉得比先前好不了多少。他几乎闷闷不乐地问道："另外那两种可能性怎么说？"他连这两个名称都忘掉了。"假释和拖延审理，"画家回答道，"这两种怎么选择就在于你了。反正我都可以帮你实现，当然不会一帆风顺，得费一番艰辛。而在这一方面，两者的区别在于：假释要求短时间内集中力量使足劲，拖延审理则要求持续性地使使劲就行了。那么就先谈谈假释吧。如果你要选择这一种的话，我就拿张纸来,为你写一份无罪证明书。这样一个证明书的文本是我父亲传给我的,那可是无懈可击的。然后,我就带着这份证明书,把我所认识的法官都跑一跑。那么我想先从现在正让我画像的这位法官开始;我今天晚上等他来开会时就把这个证明书递给他。我把证明书交给他,向他申明你是无罪的,并且我自己担保你是无罪的。但是,这可不只是一种形式上的担保,而是一个名副其实的、负有责任的担保。"在画家的目光里,似乎隐含着一丝责怪的神情:K居然要把这么一个担保的重任放在他的身上。"你真是太好了,"K说,"法官是会相信你的。尽管如此,他真的会无罪开释我吗?""就像我刚才说的,"画家回答道,"再说,谁也不敢完全肯定,每个法官都会相信我。比如说,有些法官会要求我领着你去让他们见一见。这样一来,你就得跟我跑一趟。可是,一旦出现了这样的情况,那就意味着事情已经成功了一半,我事先自然会详细告诉你,见什么样的法官,要采取什么样的态度。但糟糕的是那些一见就把你拒之门外的法官,这样的事也难免不发生。要是碰到这样的法官,我们也只好作罢了。但是,我当然不会轻易放弃多方的努力。不过,我们甩开他们也无妨,因为法院里不可能是一个人说了算。现在说来,等我争取到足够数量的法官在这份证明书上签了字,马上就带着它去见正好审理你这案子的那位法官。我也可能得到他的签字。这么一来,一切事情就比平常进展得要迅速些。一般说来,案子办到这一步,就不会再出现太多的障碍了。对被告来说,这就是他感到充满信心的高潮时刻。人们在这个时候要比真的无罪开释后更充满信心,似乎不可思议,但实实在在如此。他们用不着再特别费心了。主审法官手头上握着由一些法官签名担保的证明书,也可以放心地判你无罪开释了。毫无疑问,尽管还有各种各样的手续需要履行,但他看在我和他自己一些朋友的面上会这么做的。而你就能走出法院,获得自由。""这么说来,我到时候就自由了。"K将信将疑地说。"是的,"画家说,"不过只是表面上自由了,或者说得更确切些,是暂时自由了。我的熟人都属于最低一级法官,他们没有最终判决无罪开释的权力,这种权力只由最高法院掌握,而最高法院是你、我和大家都无法接近的。那儿的情况怎么样,我们无从得知,再说,我们也不想知道。说到底,我们的法官没有最终判处无罪开释那么大的权力,但是他们无疑有权力暂时解除你被控告的罪责。这就是说,如果你这样开释了,便暂时摆脱了控告。但是它依然继续盘旋在你的头上,只要上面一来命令,立刻就会再加在你的身上。我跟法院的关系如此密切,因此我也能够告诉你,在法院各项办事规章中,真正开释与假释的区别纯粹流于形式。宣判无罪开释时,诉讼案件应该全部封存,从审理程序中彻底消失,不仅是起诉书,还有审理程序文件,甚至也包括判决书都从审理程序中销毁,一切都从审理程序中销毁。而假释时就不是这样:案卷本身只是加了无罪证明书,无罪判决书和判决说明书,别无其他。此外,案卷依然辗转于审理程序之中,依照法院那持续周转的办事原则,呈转到高一级的法院,又退回低一级的来,呈上递下,紧一阵儿、慢一阵儿;这儿停停,那儿歇歇,就这样转来转去,案卷的辗转旅程是无法计算的。从局外看,人们会得到一个假象,以为一切早已被忘却,案卷丢失了,无罪开释已成为彻底的无罪开释了。可是,了解内情的人都不会这么想。其实,案卷安然无恙,法院里根本没有忘记这一说法。有朝一日——谁也无法预料——,哪位法官忽然拿起案卷来琢磨出了味道,觉得这个案子的起诉依然有效,立即就会下个逮捕令。我这么说,因为我相信从假释到重新逮捕隔着很长一段时间,这是可能的,我就听说过这样的情况。但是,同样也会有这样的可能:被无罪开释的人从法院回到家,却发现已经有人奉命等着又要逮捕他。于是,他刚获得的自由又化成了泡影。""那么,这桩案子又得从头审理吗?"K简直难以置信地问道。"当然啦,"画家回答说,"这桩案子是得从头审理起。不过,又会像前一次一样,有可能再次争取到无罪开释。人们又得全力以赴从头做起,千万不能泄气。"他讲出最后这句话,也许是冲着K的,他发现K垂头丧气的样子。"可是,"K说,仿佛他现在有意要抢先在画家吐露说法前似的,"第二次争取获得无罪开释岂不是比第一次更困难吗?""在这一点上,"画家回答道,"谁也不敢断言。我看你的意思是,第二次逮捕会影响到法官们作出不利于被告的判决,对吗?情况并不是这样。法官们在第一次宣判无罪开释时,就已经预见到可能再次逮捕。因此可以说,这种情况没有什么影响。但是,也许由于种种别的原因,诸如法官们的情绪以及他们对案件的司法判断等等,也会发生根本性的变化,争取第二次无罪开释的努力必须顺应业已变化的情况。一般说来,也必须像争取第一次无罪开释时那样想方设法,顽强不屈。""可是,第二次无罪开释依然还不是最终判决。"K说着不以为然地转过头去。"当然不是,"画家说,"有第二次无罪开释,就会有第三次逮捕,跟着第三次无罪开释,还会有第四次逮捕,依此类推,没有穷尽。这就是假释的本质所在。"K不置可否。"很显然,你好像觉得假释不可取,"画家说,"也许拖延审理更合你的心意。要不要我给你说说拖延审理是怎么回事?"K点点头。画家满不在乎地往他的椅子上一靠,睡衣大敞了开来。他伸进一只手,抚摩着胸部和两肋。"拖延审理,"画家说,他向前方看了一会儿,好像在寻思着一个完全贴切的解释似的,"拖延审理就是让案子始终徘徊在最初的诉讼阶段。要想取得拖延审理,就需要被告和帮忙的人,尤其是帮忙的人,始终跟法院保持直接联系。我不妨再说一次,这么做并不需要像争取假释那样耗费精力,但是却需要保持高度警觉。你得时时密切关注案子的情况,定期去找找主办法官。要是碰到紧急情况,还得专门跑跑,而且要想方设法跟他拉好关系。如果你本人不认识这个法官,那就应该通过你所认识的法官去给他施加影响,但万万不可因此而放弃争取直接跟他面谈的努力。如果你把这些事都办得妥妥帖帖,那你就可以满有把握地断定这桩案子出不了它的第一阶段。虽然诉讼并没有停止,但是被告几乎逍遥法外,就像一个自由人一样。跟假释比起来,拖延审理好在被告的前程不是那么虚无缥缈,他不会遭受突然逮捕的惊恐,用不着提心吊胆,也免得在种种特别不适宜的时候承受紧张和惊恐的刺激,而这些在获得假释后则是不可避免的。当然,对被告来说,拖延审理也有某些不利之处,这是不可忽视的。我这么说,考虑的并不是被告在拖延审理中永远不会获得真正的自由。其实,从根本上说,得到假释后,也不是真正自由了。我这里说的是另一面的不利。要想拖住案子,起码得找些掩人耳目的理由。因此,对外得做做样子,让人觉得案子没有停下来。这就是说,必须时不时做出各种安排,传讯被告,进行调查等等。尽管案子人为地限定在一个小圈子里,但它恰恰必须持续不断地运作。这当然会带来一些让被告感到不愉快的事情,可你别把这事想得太严重了。说实在的,这一切仅仅是走走过场而已,比如说,传讯只是简短了事;如果你有时候没有空或者不想去,就可以找个托词不去;你甚至可以跟有些法官事先商量好一个长时间的安排。说来道去,归结为一句话:因为你是被告,所以就要时时去找一找你的主办法官。"画家讲最后几句话的时候,K已经把上衣搭在胳膊上站了起来。"他已经站起来了!"门外立刻有人喊道。"肯定是这儿的空气让你呆不下去了。实在很抱歉。我还有话要对你说。我不得不长话短说了。但愿我所说的你都听明白了。""是啊。"K说,他由于极力强迫自己去听画家讲话,有些头昏脑涨。尽管K已经表明画家讲得很清楚,可画家把他所说的一切又总结了一遍,好像要给踏上归程的K送去一份安慰:"这两种方法的共同之处在于使被告免受宣判。""可是它们也不能使被告真正获得无罪开释。"K低声说,仿佛他不好意思说出自己认识到这一点。"你一语点破了事情的本质。"画家连忙说道。K把手搁在大衣上,却连穿上衣的决心也下不了。他恨不得把大衣和上衣卷成一团,拎上就奔到外面去呼吸新鲜空气。门外的姑娘也不可能打动他去穿上衣服,尽管她们已经过早地嚷嚷起他在穿衣服。画家极力想猜度出K的心境,因此说道:"你大概对我的建议还没有做出抉择吧。这是合情合理的。你真要立即做出了决定,我还要劝你三思而后行呢。现在利弊分明,一切都得仔细权衡。当然,事情也得抓紧,不宜拖得太久。""我很快会再来的。"K说道,他突然下了决心,穿好上衣,随手把大衣往肩上一搭,匆匆朝门口走去;门外那群姑娘一下子尖叫起来。K觉得自己透过那扇门看见了她们在尖叫。"你说话可要算数啊,"画家说,他没有去陪着K,"要不然我就自己去银行里找你过问了。""你们把门打开好吗?"K说着去拉了一下门把手,发觉姑娘们在门外死死地拉住不放。"难道你想叫那帮姑娘给缠住吗?"画家问道。"我看你最好还是从这边出去吧。"他指着床后的那扇门说道。K照着画家的指点,转身回到床跟前。可是,画家却没有去打开那扇门,而是钻到床底下问道:"且再等一会吧,你想不想再看看一两幅画?也许你有兴趣买它呢。"K不想失礼,画家对他的确够热心了,而且答应继续帮他的忙,更何况由于K的疏忽,还根本没有提起帮忙付报酬的事。因此,K现在无法拒绝他,只好让他拿出画来看看,尽管他急得浑身打战,恨不得立即离开这间画室。画家从床底下拉出一叠没有镶框的画来,上面盖着一层灰尘。他试图吹去最上一层画上的灰尘,顿时尘埃在K的眼前飞飞扬扬,呛得K好久喘不过气来。"一幅荒野风光。"画家一边说,一边把画递到K的手里。上面画着两棵弱不禁风的枯树,彼此隔得老远,孤零零地立于苍苍茫茫的草地上,背景是绚丽多彩的落日。"漂亮,"K 说,"我买下了。"K 不假思索,如此简短地敷衍了事。他看到画家并没有在意他说的,而是从地板上又捡起一幅画来,心里不免高兴起来。"这幅跟那幅是姊妹画。"画家说。这幅或许是打算画成姊妹画的,可是却让人看不出跟那一幅有一丝一毫的不同;这里也是两棵树,也是一片草地,也是一轮落日。然而,K 心不在此。"两幅优美的风景画,"他说,"我都买下了,我将把它们挂在我的办公室里。""你看来好喜欢这个题材,"画家说着又拿起一幅画来,"很凑巧,我这儿还有一幅类似的画。"又是一幅荒野风景,与其说是类似,倒不如说是彻头彻尾的雷同。画家不遗余力地利用这个机会,要把一堆推不出去的老画都塞给 K。"这幅我也要了,"K 说,"这三幅一共多少钱?""下次再说吧,"画家说,"你现在急着要走,我们反正来日方长啊。再说,你喜欢这些画,叫我好高兴,我要把床底下所有的画一起送给你。全都画的是荒野风景,我已经画了许多荒野风景画。有一些人就是不喜欢这样的画,说什么气氛太忧郁。可是,另有一些人,比如像你吧,偏偏就爱的是忧郁的格调。"然而,K 现在毫无心思去听这位乞丐画家的职业经验之谈。"你把这几张画包起来吧,"K 大声说,打断了画家的唠叨,"明天我让办事员来取。""大可不必,"画家说,"我想,我可以找一个人跟你把画送去。"说完,他终于身子俯在床上,把门打开了。"不要紧,你就踩着床过吧,"画家说,"谁进来都要打床上过。"其实,就是画家不这么请,K 也会毫不顾忌地这么做,甚至已经把一只脚踩到了弹簧床的中间,从敞开的门往外一看,跨出去的脚不禁又收了回来。"这是怎么回事?"他问画家。"你这么大惊小怪什么呢?"画家反问道,自己也觉得奇怪了,"这儿是法院的办公室。难道你不知道这儿是法院的办公室吗?法院的办公室几乎遍布于栋栋楼房的阁楼上,为什么偏偏这栋楼里会少了呢?我的画室本来也是法院的办公室,不过法院把它让给我用了。"K并不太吃惊在这里也发现了法院的办公室,他在为自己对法院的事一无所知而大为吃惊。在他看来,一个被告行为的基本准则就是时时事事有备无患,永远不会使自己感到出乎意料,决不能当法官出现在你的左面时,你依然稀里糊涂地看着右面,——他偏偏一次又一次地违反了这个基本准则。在他的面前,伸展出一条长长的走廊,一股气流冲面而来。相比之下,画室的空气倒还新鲜。走廊两边摆着长凳,跟审理K一案的法院办公室的走廊里一模一样。看来法院办公室的布置都有统一明确的规定。眼下走廊里来来往往也没有多少办事的。一个男人欠着身子靠在长凳上,脸趴在胳膊上,似乎在睡觉;另一个男人站在走廊半明半暗的尽头。这时,K从床上踩过去,画家拿着画跟在他后面。他们一出门就碰上了一个法院听差——K现在已经从金纽扣上辨认得出所有的法院听差;他们身穿便服,上面除了普通的纽扣外,都有一枚金扣子——,画家吩咐他,陪着K把这些画送去。K掏出手帕,捂在嘴上,跟跟跄跄地往前晃去,哪里像在走路。他们快到出口时,那帮姑娘朝他们蜂拥过来,K终归还是未能避开她们。姑娘们显然是看见画室的第二扇门打开了,便急忙绕个圈子赶了过来,想打这边冲进去。"我不能再送你啦!"画家哈哈笑着大声说道,他被姑娘们团团围在中间。"再见吧!别考虑得太久啦!"K连头也不朝他回一下。到了马路上,他立即叫住了迎面而来的第一辆出租马车。他急于要甩脱这个听差,那枚金扣子直刺得K惶惶不安,尽管它平常很可能不会引起任何人的注意。殷勤的听差上了车,还要坐在车夫的身旁,K却把他赶了下去。K回到银行时,早已过了中午。他真想把这些画都扔在车里,可又怕哪一天画家来让拿出来看看。因此,他让把画拿进办公室,锁在自己办公桌最下边的抽屉里,至少在往后的日子里,免得让副经理看到。

商人布洛克——解聘律师

　　K终于下定了决心,不让那律师代理办案了。这么做是否合适,他依然疑虑重重,可是,他深信非得这么做不可。在要去见律师的那天,为了下这个决心,K耗去了很多精力;他办起事来特别缓慢,不得不在办公室里待了很久,直到十点钟,才好不容易来到律师的门前。在按门铃前,他还在思考着是不是打电话或者写封信给律师谈解聘的事要好些。当面谈这样的事,未免让人太难堪了。尽管这样,K还是不愿意放弃面谈;换个别的方式来解聘,律师要么无声无息地默认,要么冠冕堂皇地回几句话接受,而K除非可能从莱尼那儿探听到一点情况,否则就永远不会知道,律师对解聘有什么反应。照律师的看法,K这么做又会对自己招来什么样的后果呢。律师的意见,不可小看啊。然而,如果律师跟K面对面谈起来,他会对解聘的事感到诧异,即使他藏而不露,K观其神色和举止,也能够轻而易举地琢磨出他想要说的一切。甚至也不排除:他会被说服,还是觉得委托律师辩护为好,再把解聘收回来。

　　跟往常一样,K第一次按响律师的门铃后,里面没有反应。"莱尼不应该这么拖拖沓沓。"他心想着。不过,如果没有第二个人插进来,这可是好事。平常总有人爱管闲事,无论是那个穿睡衣的男人,还是别的什么人,跟着凑上来,挺扫兴的。K第二次按响门铃时,扭头朝另外一扇门瞥了一眼。这一回,那扇门却依然关得严严实实。终于有两只眼睛出现在律师门上的观察孔前,但不是莱尼的眼睛。

有人打开了门上的锁,却用身子暂时还堵着门,朝里屋喊了一声:"是他来啦!"然后才敞开了门。K逼到门前,已经听到在那人身后,有钥匙在另一间房门上的锁孔里匆匆旋动的响声。门一打开,他便冲到了前厅,正好瞥见莱尼穿着睡衣穿过房间的通道溜走了。开门人刚才的警告声就是传给她的。他盯着莱尼的背影看了一会儿,然后回过头来,打量起开门人。他身材矮小,瘦骨嶙峋,蓄着一把络腮胡子,手里举着一支蜡烛。"你在这里做事吗?"K问道。"不是,"这人回答道,"我不是这儿的人,律师是我的代理人,我是为一桩诉讼案子来找他的。""来这里连外衣都不用穿吗?"K一边问,一边打着手势,指着他那洋相百出的衣着。"啊哈,请别见怪!"这人说,他打着烛光照了照自己,仿佛压根儿就不知道自己是这副样儿似的。"莱尼是你的情人吧?"K直率地问道。他稍稍叉开两腿,双手背在背后,拿着一顶帽子。面对这个干瘪的矮家伙,一件裹在身上的厚实大衣已经给了他居高临下的感觉。"噢,天啦,"这人说着举起一只手遮在面前,十分吃惊地予以否认,"不,不是,你到底在想些什么呢?""你看来像是个老实人,"K微笑着说,"不管怎么说,——走吧。"K挥着帽子向他示意,让他走在前面。"你叫什么名字?"他们往里走去时,K问道。"布洛克,商人布洛克。"矮个子转过身来自我介绍说,K却不让他停住步子。"这是你的真名吗?"K接着问道。"当然是,"对方答道,"你为什么不相信呢?""我是在想,你可能会有隐姓埋名的原因吧。"K说。他现在觉得是如此的自由自在,就像一个人到了异国他乡,和一伙卑贱的人讲话时才会这样;对于自己的一切可以藏而不露,却一味泰然自若地谈论着他们的轶闻趣事,以此在自己面前抬高他们,但也可以随心所欲地弃之于不顾。当他们走到律师书房门口时,K停了下来,打开门,叫住老老实实往前走着的布洛克:"别那么急着往前走!过来照一照这儿!"K心想莱尼可能会躲在这儿,他让商人照遍了每个角落,可是,办公室里连个人影也没有。K 走到那幅法官画像前时,从背后拉住商人的背带,把他拽了回来。"你知道这人是谁吗?"K 用食指指向高处问道。商人举起蜡烛,眼睛一眨一眨地朝上看去,随之说道:"是一位法官。""一位高级法官吗?"K 问道,他闪到商人一旁,想看看他对这幅画有什么反应。商人毕恭毕敬地仰头看去。"是一位高级法官。"他说。"你的眼力不大好啊,"K 说,"他是低级预审法官中最低一级的。""噢,我想起来了,"商人把举着烛火的手放下来说,"我也听到人家这么说过。""那当然啦,"K 大声说道,"我居然会忘记,你当然一定听说过了。""可是,到底为什么呢?为什么说我一定听说过了呢?"商人问道,这时,他被 K 用手推着朝门口挪去。走到外面过道上时,K 说:"想必你知道莱尼躲在什么地方吧?""什么躲不躲?"商人说,"不,她可能在厨房里给律师做汤呢。""你为什么不一开始就告诉我呢?"K 问道。"我本来想带你去那儿,而你却把我叫了回来。"商人回答道,似乎给这矛盾重重的要求弄得摸不着头脑。"你大概以为自己很会玩把戏,"K 说,"那么你就带我去吧!"K 从来还没有到过厨房,里面大得惊人,陈设富丽堂皇。就说那炉灶,有普通炉灶三个那么大;其他东西不可能看得仔细,因为只有一盏小灯,挂在厨房进门的地方。像往常一样,莱尼穿着白围裙,站在灶台旁边,正往放在一个酒精炉上的锅里打鸡蛋。"晚上好,约瑟夫。"她扭过脸来,瞥了一眼说。"晚上好。"K 说,他摆摆手叫商人坐到旁边的一把椅子上去,他顺从地坐了过去。但是,K 却走上前去,紧贴在莱尼的背后,附在她的肩膀上问道:"这人是谁?"莱尼一只手搅着汤,另一只手搂住 K,把他拢到自己面前说:"他是个可怜巴巴的家伙,一个不幸的商人,名叫布洛克。你只消瞧瞧他那副样子就明白了。"他们俩都回过头去看了看。商人坐在 K 指给他的椅子上,吹灭了手上的蜡烛,现在也没有必要再点着它了,他又用手捏灭烛芯,免得冒起烛烟。"你就这样穿着睡衣。"K说着把莱尼的脑袋又扭回到灶台上。她一声不吭。"他是你的情人吧?"K问道。她正要伸手去端汤锅,可是K却抓住她的两手说:"回答我!"她说:"去书房里,我把一切都告诉你。""不行,"K说,"我就要你在这里说给我听。"她依偎在他的身上想去吻他,却让K挡开了,并且对她说:"我不想让你现在来吻我。""约瑟夫,"莱尼说,她用央求而坦率的目光正视着K,"我想你不会去猜忌布洛克先生吧。——卢迪,"她然后转身对商人说,"你倒帮我一把呀,你不看看他怀疑起我了,把蜡烛放下。"人们或许会以为这商人心不在焉,可是,他对莱尼的话却心领神会。"我也弄不明白,你有什么好猜忌的呢。"他平平淡淡地说道。"说实在的,连我自己也说不清呢。"K说,他看看商人笑了笑。莱尼顿时哈哈大笑,趁着K一时不在意,挽住他的胳膊悄悄地说:"现在别再提他,好吧!你不看看他是什么样的人吗?我对他客客气气,因为他是律师的一个主要委托人,没有任何别的原因。可你怎么样呢?你今天晚上还打算跟律师谈吗?他今天身体很糟糕。不过,你要谈的话,我就去告诉他。可你今晚一定要留在我这儿。你可是好久没有来我们这儿了,连律师也问起了你。千万别耽搁了你的案子!我也听到了各种风言风语,有些话要对你说。不过,你先把大衣脱掉再说吧!"莱尼帮他脱下大衣,接过他手里的帽子,拿去挂在前厅里,然后又跑回来看看煮在锅里的汤。"我是先去说你来了,还是先把汤给他送去?""你先去告诉他吧。"K说。他气鼓鼓的样子;他本来打算跟莱尼认认真真地谈谈自己的事,尤其是解聘律师这个伤脑筋的事,可是,商人出现在这儿,使他要谈的兴致一扫而光。但是,他忽然又觉得自己的事太重要了,怎么能受一个小小的商人的干扰呢?于是他又把已经走到过道里的莱尼叫了回来。"你还是先给他送汤去吧,"他说,"喝了汤,他才会有精神跟我谈话,他也需要这样。""原来你也是律师的一个委托人。"商人坐在角落里低声说道,好像得到了证实似的。可是,他的话却惹得对方很不高兴。"这关你什么事?"K说。莱尼随之插了一句:"你别多嘴好不好。"接着她又对K说:"好吧,我这就先给他送汤去,"说着她把汤盛在碗里,"只怕他一会儿睡着了,他总是吃完饭后很快就睡觉。""我要对他说的,会叫他睡不着觉的。"K说,他始终有意装作要让人家看出他打算跟律师商量什么重要的事,期盼莱尼先来询问是怎么回事,到时候才向她问主意。可是,莱尼只是一丝不苟地按照他的吩咐去做。她端着汤从他身边走过的时候,故意含情脉脉地推推他,悄悄地说:"他一喝完汤,我马上就告诉他说你来了,好让你尽快地回到我身边来。""去吧,"K说,"快去吧。""亲切一点好不好。"她说道。莱尼端着汤走到门口时,又一次完全转过身来。

K望着她的背影。现在,他要解聘律师的事最终成了定局,事先再没可能跟莱尼谈了,这样也许要好些。她对整个案子哪里会有足够的了解呢?但她一定会来劝阻他,说不定也会使K这一回真的放弃解聘的打算。那么,他就会继续遭受重重疑虑和寝食不安的折磨,而过不了多长时间,他的决心最终还得付诸实施。这个决心实在不可抗拒。而这个决心实施得越早,他就越少遭受痛苦。再说,或许商人对这事会有什么真知灼见。

商人一发现K转过身来,立刻好像要站起来。"坐着吧。"K说着拽去一把椅子坐到他的身旁。"你是这个律师的老委托人了,是吗?"K问道。"是的,"商人说,"委托关系由来已久了。""他当你代理人到底有多久了?"K问道。"我不明白你指的是什么事情,"商人说,"我是做谷物生意的,开了一家谷物商行。在商务上,打我接手这个商行以来,律师就一直代理我的法律事务,算来有二十个年头了。要说我的案子吧,这大概就是你所指的,他也是从一开始就是我的律师,到现在已经五年多了。噢,远远超过五年了,"他接着补充说道,并且掏出一个旧笔记本来,"我把一切全都记在这里。如果你需要的话,我可以把确切的日期告诉你。这些要全部记在脑子里可不那么容易。我的案子可能还早得多,是在我妻子死后不久就开始的,已经五年多了。"K挪动椅子凑近他。"这么说来,这律师也接受一般的诉讼案件?"K问道。他觉得法院与法学的这种结合对他是极大的安慰。"当然啰。"商人说;接着他又对K悄声说了一句:"人们甚至说,他办起这样的诉讼案子来,比办别的案子还要来劲。"但是,他似乎马上后悔不该扯得太远,于是一只手搭到K的肩膀上说:"请手下留情,可别把我卖出去。"K拍拍他的大腿安慰:"不会的,我可不是那号人。""你不知道他就爱报复人。"商人说。"我想他肯定不会得罪像你这样一个忠实的委托人。"K说。"噢,可别这么说,"商人说,"他要是给惹火了,还分什么青红皂白。再说,我其实对他也并不忠实。""为什么这么说呢?"K问道。"难道要我透露给你吗?"商人疑惑地问道。"我想你说出来也无妨。"K说。"好吧,"商人说,"我可以把我的秘密透露给你一些,可是,你也得让我知道你的一个秘密,这样我们就可以在律师面前彼此不存戒心。""你可真小心,"K说,"不过,我会讲给你一个秘密听的,也好让你彻底放下心来。你说说,你哪里对律师不忠实?""怎么说呢,"商人吞吞吐吐地说,仿佛他在招认什么见不得人的事,"除了他以外,我还有别的律师。""这有什么大不了的。"K说,他略显失望的样子。"可是,他要是知道了,事情就糟了,"商人说,他从一敞开心扉,就直紧张得喘不过气来;可是K这么一说,才鼓起了他的信心,"这样做是不允许的。名义上有这样一个律师,还去找别的小律师,那就更加不允许了。而我偏偏在这么做。除了他以外,我还有五个小律师。""五个!"K不禁叫了起来,一听这个数字,他大吃一惊,"除了这位,还有五个律师?"商人点点头接着说道:"我还正在跟第六个谈着呢。""可是,你要这么多律师干什么用呢?"K问道。"个个对我都有用。"商人说。"你愿不愿意给我说说为什么呢?"K问道。"当然愿意,"商人说,"首先,我就不想输掉这场官司,这无疑是不言而喻的事。正因为这样,我岂敢放过任何可能对我有用的机会;无论在什么情况下,哪怕只有一线可以带来好处的希望,我也决不放弃。因此,我为这桩案子倾注了我所有的一切。比如说,我把做生意的钱全部搭进去了。过去,我的商行办公室差不多就占了整整一层楼,现在我和一个伙计在背街的楼上只需要小小一间房子就够了。当然,我的生意之所以每况愈下,并不仅仅因为是我把钱都抽了出来,而更重要的是因为我把精力都花在了案子上。当你想方设法为自己的案子奔走时,哪里还有精力顾得上其他事情呢?""这么说来,你自己也是在法院里跑来跑去了?"K打岔说,"我正好想听你讲讲这方面的情况。""要听这个,我可没有什么多说的,"商人说,"开始的时候,我确实也试图去法院里看看,可是过了不久,我便又放弃了。那样做太耗费精力了,而且徒劳无益。即使你想在那儿做做工作,找人谈谈,也根本没有可能办到,至少对我来说是如此。不说别的,只让你坐在那儿等着就已经使你够受了,何况你自己也知道那儿的空气是多么沉闷。""你怎么知道我上那儿去过呢?"K问道。"那天你经过走廊的时候,我正好在那儿。""这么巧!"K不禁喊了一声,完全愣住了,把商人先前那可笑的行径也忘得一干二净。"这么说,你看见我了!我打走廊经过的时候,你在那儿。不错,我是从那儿走过一次。""这也算不上什么凑巧,"商人说,"我差不多天天都上那儿去。""很可能从今以后,我也得经常上那儿去,"K说,"只是我肯定不会受到像上次那样体面的接待。大家都站了起来,准是把我当成法官了。""不是,"商人说,"我们当时是因为看到那个法院听差才站起来的。我们都知道你是一个被告。像这样的消息早就不胫而走了。""你那会儿已经知道了,"K说,"那么,你们也许觉得我的举止盛气凌人,有人会说三道四吧?""没有,"商人说,"他们所说的,完全相反。不过,全是胡说八道。""怎么是胡说八道呢?"K问道。"你干吗要刨根问底呢?"商人气呼呼地说,"看来你还不了解那里的人,你也许对他们会产生误解的。你要想一想,在这种诉讼中,一再有许多事情扯过来扯过去,弄得人晕头转向,难以招架。人人都极度疲惫,谁还能有心思去想那么多,于是转而求助于迷信。我在说其他人,可我自己跟他们也毫无两样。比如说,有这样一种迷信:他们中有许多人企图从被告的脸上,尤其是从嘴唇的斑纹上,看出案子的结局会怎样。因此,那些人便断言说,从你的嘴唇斑纹看来,你肯定会被判罪,而且就在不久的将来。我重申一遍,这是一种荒唐可笑的迷信,大都让事实驳得一无是处。但是,如果你处在这些人中间,就难免不受这种看法的影响。你想一想,这种迷信会产生多么大的影响啊。你在那儿跟一个人说过话,对吗?可他对你几乎无言以对。他当时给搞糊涂了,原因当然很多,但其中之一也就是他看到你的嘴唇后怔得说不出话来。他后来说,他似乎从你的嘴唇上看到了他自己要被判罪的征兆。""从我的嘴唇上?"K一边问,一边掏出一面小镜子,仔细地照了照,"我在我的嘴唇上可看不出任何特别的迹象来。你看呢?""我也看不出什么,"商人说,"一点也看不出。""这帮人多迷信呀!"K大声说道。"我不是对你说过了吗?"商人反问道。"那么,他们经常彼此碰面,相互交换看法吧?"K说,"我迄今置身事外,从来没有和他们打过任何交道。""他们一般不大来往,"商人说,"那么多的人,怎么可能经常来往呢。再说,他们也没有什么共同的利益可言。即使偶尔有些人以为他们找到了共同的利益,但不久就会发现这是个错觉。任何共同对付法院的行动都是徒劳无益的。每桩案子都单独审理,法院在这方面慎之又慎。因此,人们共同行动便不可能达到任何目的,惟有某个人有时候暗地里会取得一些好处,但别的人也是到事后才能知道;谁都摸不透这是怎样取得的。所以说,他们之间没有什么共通之点。他们虽然在走廊里频频相遇,彼此却很少交谈。那些迷信的看法由来已久了,而且自然而然地与日俱增。""我看到那帮先生等在过道里,"K说,"我就觉得他们等来等去是多么无用啊。""等待并非没有用处,"商人说,"只有独立行动才是徒劳无益的。我已经对你说过,我现在除了这位以外,还有五位律师。你也许会以为——我自己当初就这么想——我可以放心地把案子撒手交给他们去办了。但是这么想就大错特错了。我能够把案子少许委托给他们,又要叫他们觉得,似乎我只有一个律师。我想你不明白我说的意思吧?""是的,"K说,他伸出手,安抚似的放在对方的手上,好让他别说得那么快,"我只想请你说得稍微慢一点,这些事情对我来说都很重要,你讲得这么快,我无法跟得上。""很好,你提醒了我,"商人说,"不用说,你是个新手,初次涉足案子,尚无经验。你的案子才六个月,不是吗?没错儿,我听说过了。一桩刚刚才起步的案子!而我把这种事情已经想来想去,不知想过多少遍了。对我来说,经验成了这世上最理所当然的依托。""我想,你的案子已经进展到这一步,你大概很高兴吧?"K问道,他不想直接去打听商人的案情目前怎样。但是,他也没有得到直接的回答。"是的,我背着这桩案子,滚爬了五年之久,"商人说着低下了头,"艰难跋涉,谈何容易。"然后,他沉默了一会儿。K竖耳静听,莱尼是不是该回来了。一方面,他不希望莱尼这时候回来,他还有许多问题要问,而且也不愿意让莱尼看见他正在跟这位商人促膝交谈;可是另一方面,他又十分气恼:莱尼不顾他在这儿,去了律师那儿迟迟不归,送一碗汤,哪里用得了这么久呢?"我还清清楚楚地记得那个时候,"商人又开始说起来,K立刻全神贯注地听着,"我的案子大概就处于你的案子现在所处的阶段吧。那时我只有这个律师,可我对他并不太满意。""我从他的嘴里不就可以得到自己想要知道的一切吗?"K心想,频频点着头,好像这样就能够激励起商人把他必须知道的情况和盘托出来似的。"我的案子,"商人接着说,"并没有任何进展,尽管已经屡次审理,我每次都到场,我搜集证据,连所有的账簿都交给了法庭。我后来才知道,根本就没有必要这么做。我一再来到律师这里,他也呈递了各式各样的辩护书。""各式各样的辩护书?"K问道。"是的,当然是这样。"商人回答道。"这对我来说太重要了,"K说,"为我的案子,他始终还磨蹭在第一份辩护书上。他还没有做过任何事情呢。我现在算看透了,他卑鄙无耻地冷落了我的案子。""这辩护书还没有写好,可能会有各种说道吧,"商人说,"再说,给我写的那些辩护书,后来证明全是废纸一堆。多亏了一位法官的好意,我甚至亲眼看见过其中的一份。它虽然写得深奥莫测,但是言之无物。首先是满纸我看不懂的拉丁语,再就是长篇累牍地向法院进行一般性的申诉,接着把某些法官吹捧奉承一番,虽然没有指名道姓,但是让行家一看肯定就知道是谁,然后是律师自我吹嘘一通。与此同时,又低三下四地拜倒在法院的门下,最后才分析提出过去几桩他认为与我的案情类似的案例来。后来,就我所能了解的,那些分析倒是十分周密的。说来道去,你别以为我有意在评判这位律师的工作。我所看到的那份辩护书也不过是许许多多中的一份而已。但是,无论怎么说,我当时就看不到我的案子有什么进展,这就是我现在想要说的。""你到底希望要看到什么样的进展呢?"K问道。"你问得好极了,"商人笑着说,"这样的诉讼难得能指望有什么进展。可是我当时却不明白这一点。我是商人,而且我当时是一个比今天更为地道的商人,我盼望着案子得到看得见的进展,整个事情总得有个结局,或者至少得合情合理地向前发展。然而事与愿违,接踵而来的是一次次内容几乎千篇一律的传讯;我则像念连祷文似的走过场作答。一个星期里,法院的信差总要屡屡登门,不是上商行里去,就是到家里来,或者任何可以找到我的地方,这当然搅得人不得安宁(现在起码在这方面要好过多了,电话传唤省去了很多烦恼)。再说,关于我的案子的谣言也在我的商界朋友中间流传开来,特别是在我的亲戚中间,我四处蒙辱,八方遭殃,但是却看不到法院有一丝一毫的迹象,会在不久的将来举行哪怕只是第一次审理。于是我便到律师这里来发泄了我的牢骚。他给我高谈阔论解释了很久,可是断然拒绝按照我的意思行事,他说谁都无法去影响法院确定审理的日期,在辩护书里催促法院这么做——我要求他这么做——简直是闻所未闻,只会毁了我,也毁了他。我心想:这位律师不想或者不能做的,别的律师也许愿意或者能够做。于是,我便四处去寻求其他的律师。我索性就先告诉你:这些律师,谁都没有要求过或者设法争取过法院确定审理我的案子的日期。这实际上是不可能的,——说这话,当然有一点保留,过后还要再谈。因此,在这一点上,这位律师并没有蒙骗我。但是,我怎么说也不觉得因为找了其他的律师而有什么懊悔。你一定也听说过胡尔德博士说起那帮小律师的一些事情了,他大概当着你的面把他们贬得一文不值吧。而他们也确实如此。不过,他在谈起他们时,在拿自己以及他的同僚跟他们相比时,总犯着一个小小的错误,我顺便要提醒你注意这一点。他总要把自己那个圈子里的律师称做'大律师',以区别于他人。其实并不是那么回事。当然啦,这样一个'大'字,谁要高兴,都可以加在自己的头上,但是,这种事只能由法院的习惯来决定。也就是说,按照法院的习惯,除了无名小律师以外,其他律师还有大小之分。而这个律师及其同僚只不过属于小律师而已。他们把自己凌驾于那些被瞧不起的无名小律师之上,可那些我只听说过而从来也见不上的大律师则又无与伦比地高踞于他们之上。""那些大律师?"K问道,"他们到底是些什么人?怎么去找他们呢?""这么说,你从来还没有听说过他们,"商人说,"差不多每个被告一听说到他们,就会有那么一阵子,朝思暮想,连做梦都想见见他们,你可不要上这个当。我不知道那些大律师是谁,也根本不相信谁能够找到他们。我从来没有听到过哪一桩可以肯定说他们干预过的案子。那些大律师为一些人辩护,但这不是凭着个人的意愿能够办得到的事;他们只是为他们愿意辩护的人辩护。但依我看,他们所要干预的案子,一定得经过低级法院审理以后才可受理。再说,最好不要去想着那些人,不然的话,你会觉得和其他律师的谈话,他们出的主意,他们给予的帮助是那么的令人作呕,那么的一钱不值。我可是有过亲身的体会,当时恨不得要把一切通通抛弃,躲在家里蒙起头来睡大觉,什么都不愿意再听到。但是,这种做法自然更是愚不可及了。即使你躺在床上,你也难以安宁。""这么说,你当时就没有想着去找那些大律师?"K问道。"有过一阵子,"商人说,又笑了笑,"不幸的是你无法彻底忘掉他们,尤其到了夜间,那种念头更是乘虚而入。不过,我当时急于一蹴而就,便去找那些无名小律师了。"

"你们俩在这儿凑得多热乎呀!"莱尼端着汤碗回来后,站在门口大声喊道。他们确实彼此靠得很近,只要稍微一动,准会把头撞在一起。商人本来个头就小,又伛偻着背,K不愿意放过他说的每一句话,只好深深地俯下身去。"再等一会儿!"他冲着莱尼大声说,让她走开,那只始终还搁在商人手上的手不耐烦地匆匆移动了一下。"他要我讲讲我的案子给他听。"商人对莱尼说。"讲吧,愿意听就尽管讲下去吧。"她说。听她的话音,亲切中却也显出轻蔑的神气,这叫K觉得很不是滋味。他现在才发现,这个人毕竟还有一定的用处,至少他富有经验,而且很会向别人介绍这些经验。莱尼大概错看了他。K眼睁睁地看着莱尼过来拿开商人一直捏在手里的蜡烛,用她的围裙替他擦了擦手,又跪下去刮掉滴在他裤子上的烛泪,心里越发不悦。"你正要给我讲那些无名小律师呢。"K说,二话不说推开了莱尼的手。"你这是干什么呢?"莱尼一边问,一边轻轻地拍了拍K,接着又刮起来。"是的,是要讲那些无名小律师。"商人说,用手摸摸额头,好像在思索似的。K想帮他接上话茬,于是说:"你急于一蹴而就,便去找那些无名小律师了。""一点不错。"商人说,但没有接着说下去。"也许他不愿意当着莱尼的面谈这事。"K想道;他按捺住自己现在迫不及待要听下文的心情,不再催他说下去了。

"你告诉律师说我来了?"K转而问莱尼。"当然啰,"她说,"他在等着你呢。现在别再跟布洛克谈了,过后有的是机会,他就住在这儿。"K依然犹犹豫豫的样子。"你就住在这儿吗?"他问商人;他要这人自己说,不愿意叫莱尼替他说话,好像他不在场似的。今天莱尼使他窝了一肚子的火。可是,又是莱尼开了腔:"他常常睡在这儿。""睡在这儿?"K大声叫道;他原以为这商人在这儿只是等到他跟律师三言两语谈完事,然后他们会一起离开,找个僻静的地方,把整个事情谈个透。"是的,"莱尼说,"不是人人都能跟你一样,约瑟夫,想什么时候来见律师就让你什么时候见。律师不顾自己有病缠身,都晚上十一点了还接待你,你看来对此一点也不感到惊奇。事实上,你把你的朋友们为你所做的一切简直看得太理所当然了。不错,你的朋友们,或者说至少是我,愿意为你尽心尽力。我不图别的回报,也不需要别的回报,我只希望你喜欢我。""喜欢你?"他瞬间心里想,一转念才又想道:"可不就是这样吗?我喜欢她。"可是,他却不理会她讲的话,说道:"他之所以答应见我,因为我是他的委托人。即使事情或许还需要其他人帮忙,可我每动一步,总得求来拜去。""他今天多么不好说话,你说不是吗?"莱尼问商人。"我现在居然被他冷落到一旁。"K心想,他甚至恼怒起这商人来,因为他学着莱尼没有礼貌的样儿说:"律师之所以答应见他,也还有其他理由。这就是说,他的案子才处于开始阶段,说穿了,可能还不到不可收拾的地步,因此律师还愿意过问它。以后可就不是这么回事了。""是的,是的,"莱尼说,她看着商人,笑了笑,"他那嘴多碎呀!他讲的话,"这时,她转而对K说,"你一句也不能相信。他是多么的讨人喜欢,又是多么的碎嘴多舌。律师也许就是因为这个缘故受不了他。无论怎么说,律师如果没有情绪,是决不肯见他的。我想方设法尽力去改变这种局面,可是毫无用处。你只要想一想,有多少次,我对律师说,布洛克来求见,他一推就是两三天才见他。如果律师要召见布洛克,而他正好不在跟前时,便就此失去了机会,只好再等着下一次通知了。因此,我让布洛克睡在这儿,因为已经发生过律师深更半夜按铃叫他的事。布洛克现在不分白天黑夜,随时恭候召见。但是,现在却又出现了这样的情况:律师有时候一发现布洛克确实在这儿,便改变了主意,拒绝见他。"K向商人投去了一瞥疑惑的目光。这人点点头,像刚才跟K谈话时一样坦率地说,也许是出于自惭形秽的缘故,显得局促不安:"是的,案子到了一定的时期,人们就无法离开自己的律师。""他发牢骚只不过是假的,"莱尼说,"他很喜欢睡在这儿,他经常这么对我说。"她走到一小扇门跟前,把门推开。"你想看看他睡的地方吗?"她问道。K走过去,站在门槛前朝里面扫了一眼:这间屋子又矮又小,没有窗户,一张狭窄的床占去了整个空间。要上床还得打床架上面爬过去。靠床头那边的墙上有一个凹洞,里面整整齐齐地放着一根蜡烛,一瓶墨水和笔,还有一叠文件纸,也许就是打官司的文件。"你就睡在女佣的房间里?"K转身问商人。"是莱尼把这房间让给我住的,"商人回答道,"这样很方便。"K久久地注视着他。他对这个人的第一印象也许就没错;他是有经验,因为他的案子已经拖了好久，但是他为这些经验却付出了昂贵的代价。突然间，K对这商人再也看不下去了。"叫他睡觉去！"K对莱尼大声说，她似乎一点也弄不明白他的意思。然而，K自己一心只想着去律师那儿，解聘律师，不仅要就此摆脱掉律师，而且不愿意再见到莱尼和这商人。但是，还没等到他走到律师门口，商人便轻声地对他说："襄理先生。"K怒容满面地转过身来。"你忘了自己的诺言，"商人一边说，一边从自己的座位上央求似的朝K伸出手去，"你还要讲给我一个秘密呢。""不错，"K说，他瞥了一眼正在全神贯注地看着他的莱尼，"那么你就听着：这当然几乎已经成了公开的秘密。我现在去律师那里，是要解聘他。""他要解聘律师了！"商人大声喊着，从椅子上跳了起来，举起双臂，在厨房里奔来奔去，嘴里不住地嚷道："他要解聘律师了！"莱尼立刻要向K扑去，却让商人给拦住了，于是她攥起拳头给了他两下。她依然握着双拳，赶紧去追K，可是K却赶在她的前面。她刚要追上时，K已经踏进了律师的房间，随手就要把门关上，不料莱尼从门缝中插进一只脚来，一把抓住他的胳膊，想把他拽回去。但是，K使劲地捏着她的手腕，疼得她呻吟一声，不得不松开手。她不敢立刻硬闯进去，可是K把钥匙一转，门锁住了。

"我等了你好久啦。"律师在床上说，把一份正借着烛光在看的文件放到床头柜上，戴上眼镜，严厉地注视起K。K没有表示歉意，反而说："我不会耽搁你很久。"这句话，并不是什么道歉，律师听了也没有理会，说道："下次再这样晚，我就不会让你来见的。""这也正中我意。"K说道。律师疑惑地看了K一眼。"你坐下，"K说着把椅子拉到床头柜旁边，坐了下来。"我好像听到你把门锁上了。"律师说。"是的，"K说，"这是因为莱尼的缘故。"他不想姑息任何人。可是律师问道："她又缠着你啦？""缠着我？"K反问道。"是呀，"律师说着嘻嘻地笑了起来，笑得咳嗽着喘不过气来，咳嗽一停，又嘻嘻地笑起来,"我想,你总不会觉察不到她在缠着你吧?"律师一边问,一边轻轻拍着K刚才一时心烦意乱而放在床头柜上的手。这时,K赶紧把手缩了回去。"你不怎么在乎这事,"律师见K缄默不语便说道,"这就更好说了。要不然,我也许还得向你赔礼道歉呢。这是莱尼的一个怪癖,再说我早就原谅了她的这种怪癖。要不是你刚才锁了门,我也不会提起这件事。她的这种怪癖,说实在的,我当然最不愿意跟你解释。可是,你如此大惑不解地凝视着我,所以我觉得非解释一下不可。她的这种怪癖是,她觉得几乎所有的被告都是颇有魅力的。她依恋他们每个人,爱他们每个人,看样子自然也被他们每个人所爱。只要我允许,她有时候也把这种事讲给我听,叫我开心。我可不像你的样子,对这种事那么大惊小怪。如果你对此有眼力的话,你会发现,那些被告确实常常是很有魅力的。这无疑是一个值得注意的现象,在某种程度上说是一个自然科学现象。毫无疑问,一个被控告的人,他的相貌并不会发生明显的、一目了然的变化。这跟审理一般的刑事案件不同,大多数被告都照常从事着自己的日常活动;如果有好律师关照的话,案子也不会给他们带来什么不方便。但是,那些深谙此道的人却能够从芸芸众生中一一地辨认出被告来。凭什么呢?你会这么问。我的回答怕不会使你满意的。那些被告恰恰是最具有魅力的。不能说是负罪使他们具有了那种魅力,因为——起码我作为一个律师应该这么说——他们不全都是有罪的。也不能说是尔后那无可辩驳的惩罚事先已经赋予了他们那种魅力,因为他们并非都会受到惩罚。说到底,他们的魅力只是来自于对他们提出的、使他们无论怎样也无法摆脱的诉讼。然而,在那些富有魅力的被告中,也不乏特别有魅力的。不过他们都颇有魅力,甚至连布洛克那个可怜虫也不例外。"

等到律师结束了这番振振有词的高谈阔论,K已经完全平静下来了,他甚至对律师最后讲的话异乎寻常地频频点头。他这样做,是在向自己证实他一向持有的看法,那就是说,这律师总是企图拿一些与案子毫不相干的、言之无物的空洞的大道理来搪塞他,来分散他的注意力,而他为 K 的案子到底做了什么实际工作,却避而不谈这个主要问题,今天又是老调重弹。律师好像已觉察到,K 今天一反常态,更显得咄咄逼人,因此他住了嘴,有意给 K 一个讲话的机会。但是,他看到 K 仍旧一言不发,便问道:"你今晚登门来见,必有用意吧?""是的,"K 说,他伸手稍微遮住烛光,意在把律师看得更清楚些,"我想告诉你,从今天起,你不用再过问我的案子了。""我没听错你的话吧?"律师问,他从床上欠起身来,一只手撑在枕头上。"我想你没有听错。"K 说,他坐在那儿,身子挺得笔直,仿佛严阵以待的样子。"好吧,我们倒可以来说说这个打算。"律师停了一会儿说。"这不再是什么打算,而是事实。"K 说。"也许吧,"律师说,"可是,不管怎么说,我们可别操之过急呀。"他用了"我们"这个字眼,似乎他不想让 K 离去,即使不能做他的代理人,起码还要留做他的顾问。"这不是匆忙行事,"K 一边说,一边慢慢地站起来,退到椅子后,"我再三考虑过了,也许考虑得太久了。这是我最后的决定。""既然这样,请允许我再说几句。"律师说,他掀开鸭绒被,坐在床沿上,那两条长满白毛、裸露在外面的腿冻得直发抖。他请 K 把沙发上的毯子递给他。K 拿起毯子说:"你大可不必这么冻着。""这个理由就足够了,"律师一边说,一边把鸭绒被围在身上,然后用毯子裹住两腿,"你的叔叔是我的朋友,而且我也渐渐地喜欢上了你。我这样直言不讳地说出来,一点儿也没有什么好难为情的。"K 很不情愿听到老头子这一番动情的话,这样一来势必使他不得不把话讲得更明白一些,这正是他想尽量避免的。另外,他自己也承认,尽管律师的这番话丝毫也不会改变他的初衷,却使他一时惶惑不安。"我感谢你对我的好意,"K说,"我也承认,你十分关心我的案子。凡是你觉得对我有利的事,你都那么竭尽全力。不过,近来我越来越深深地明白了,凭你的努力是不够的。我当然丝毫不想把自己的看法强加给像你这样一个比我年长得多、经验比我丰富得多的人;如果我有时候不由自主地这样做了,那就请你原谅。不过这桩案子,用你的话来说,就足以驱使我这样去做了。我相信,我的案子必须采取比迄今为止要强有力多的措施来干预。""我理解你的心情,"律师说,"可你操之过急。""我并不是操之过急,"K说,他有点被激怒了,因此不再那么考虑措辞,"我第一次跟我叔叔一起来这儿拜访你的时候,你或许就注意到了,我那时把我的案子并不怎么当回事。可以说,要不是别人强行向我提醒这事,我早把它忘得一干二净了。但是,我叔叔执意要我把案子委托给你办理,我不愿伤他的心,便请你做了我的代理人。于是,我自然希望,从此以后,这桩压在我身上的案子会比以往更加轻松些,因为请了律师做代理人,多少就是要来分担这副担子。但是,事情恰恰其反。自从你做了我的代理人以后,这桩案子使我背上了前所未有的苦恼。以前我独自承担案子时,我什么也不去做,反而几乎感觉不到有案在身;可现在却截然相反,我守着一个代理人,万事俱备,等着有所行动;我夜以继日,越来越心急如焚地期待你的干预,可盼来盼去,盼得个无动于衷。诚然,我从你这里了解得到许许多多有关法院的情况,这些情况也许在别处是得不到的。但是,这对我来说是远远不够的。你要知道,这桩案子现在越来越逼近我,无声无息地折磨着我。"K把椅子推到一边,双手插在上衣口袋里,直挺挺地站在那儿。"从案子办到一定的阶段起,"律师心平气和地说,"就不会再出现什么实质性的新东西。我的委托人不知有多少看到案子发展到这样的阶段时,便怀着像你一样的心情站在我的面前,说出同样的话来!""这么说来,"K说,"所有那些同病相怜的委托人都跟我一样不无道理。你这么说根本不是在反驳我。""我并不想借此来反驳你,"律师说,"而我还要补充一句,我本来期望着你比其他人更有判断力,尤其是我把通常不告诉其他委托人的事都告诉了你,有法院的内幕活动,也有我自己工作的秘密。可我现在不得不看到,尽管这样,你还是对我不够信任,这叫我好伤心啊。"面对K,律师显出一副多么低声下气的可怜相!在这职业尊严恰恰最容易受到伤害的时候,他却根本置职业尊严于不顾。他为什么要这样呢?看样子,他作为律师门庭若市,阔绰富有,对他来说,无论是失去一个委托人,还是丢掉一笔律师费,又算得了什么呢?再说,他拖着个病身子,自己就应该想到越少操劳越好。可他却这么死死地缠住K不放!为什么呢?是因为他跟K的叔叔有私人交情,还是因为他真的认为K的案子那么特殊,希望在法庭上或者为K或者——这种可能性是绝对不可排除的——为朋友辩护,来赢得声望呢?任凭K怎样无所顾忌地端详他,可从他的神态里却看不出一丝一毫的迹象,这不免让人认为,他故意装出一副不露声色的神态,是在等着K对他一番话的反应。然而,律师显然把K的沉默看得太向着有利于自己的一面了,他又说下去:"你或者已经看到了,我的事务所虽然不小,可我连一个助手也没有雇。以前并不是这样,有一个时期,我手下有好几个年轻的法律研究者当助手,而今我只身干了。这种转变,一方面跟我的业务活动的变化息息相关,因为我越来越限于受理像你这样的案子;另一方面,离不开我在办理这些案子中所获得的越来越深刻的信念。我发现,我不许把这种委托的案子再交给任何别的人去办。否则,那就是我对自己的委托人的犯罪,对自己所承接的工作的亵渎。但是,我决定亲自受理每个接手的案子,自然就带来了这样的后果:我不得不回绝大部分要委托给我办的案子,只能接受那些使我特别深感痛心的案子。不过,等在后面捡案子的可怜虫可谓比比皆是,甚至就在我的周围,无论我扔给他们什么饵料,都一个个地被抢了去。我这样干,由于工作过度紧张,身体也搞垮了。然而,我并不为自己的决定后悔,也许我应该回绝更多的案子。但是,我全力以赴,专心致志地办理了我所接受的每一个案子。事实证明,我这样做是绝对必要的,并且收到了令人瞩目的成效。我曾经读过这样一篇文章,文中卓有见地地阐述了普通案件的代理与像你这种案子的代理的区别。文中说:一类律师是用一根细线牵着他的委托人走,一直到作出判决为止;而另一类律师则是从一开始就把他的委托人扛在肩上,从不间断地背着他走,直背到作出判决,甚至在判决以后还要背着他。事情确实如此。但是,如果我说我倾注了全部心血来从事这项重要工作,从来也不后悔,那也不完全符合事实。当我的努力完全被误解埋没的时候,就像你的案子这样,那么这时候,只有在这时候,我便会感到有些后悔。"这番话非但没有说服K,反而使他更加不耐烦了。不管怎么说,他似乎从律师的话音里听出,要是他退让的话,将会面临着什么:律师又会搬出那老一套规劝来敷衍塞责,不是高谈什么申辩书正在进行之中,就是阔论什么法官的态度有所改变,但也念念不忘强调阻碍辩护进程的巨大困难,——总之,那一套令人厌倦的陈词滥调统统又会端出来,不是用虚幻无影的希望来哄骗他,就是用捉摸不透的威胁来折磨他,这样的事情让它一去绝对不能再复返了。于是他说道:"如果我继续让你当我的代理人,你准备对我的案子采取什么样的措施呢?"律师甚至对这个侮辱性的问题都逆来顺受,他回答道:"我将继续实施我已经为你所做的努力。""果然不出我的所料,"K说,"好啦,不必再多说了。""我要再试一试,"律师说,仿佛这件使K恼怒的事不是发生在K的身上,而是在他的身上似的,"我有这样一种猜想,你跌入了歧途,不仅错误地判断了我当律师的能力,而且你的行为也不近人情,这都怪人们待你太好了。你要知道自己是一个被告。或者更确切地说,人们对你并不介意,表面上是不介意。自然,不介意也有不介意的道理;被看管起来往往要胜过逍遥法外。不过,我倒要你见识一下,别的被告会受到什么样的对待,也许你可以从中学到点东西。也就是说,我现在就召布洛克来见:你去打开门,然后坐在床头柜那里!""好吧。"K一边说,一边遵照律师的吩咐去做了;他随时准备着学点什么。但是,为了有备无患,他再次问道:"你可知道,我已经不需要你当代理人了吗?""知道了,"律师说,"不过你今天要改变主意还来得及。"他又躺回到床上,拉起鸭绒被,直盖到下巴上,转身面朝墙躺着。然后,他按了按铃。

铃声一响,莱尼立刻就出现在跟前,匆匆地投过目光来,急于想要弄明白发生了什么事;她看到K泰然自若地坐在律师的床边,似乎才放下了心。莱尼微笑着朝K点点头,K却木然地凝视着她。"去把布洛克叫来。"律师说。可是,她没有去带布洛克来,而是走到门口,大声喊道:"布洛克!律师有请!"然后,她可能趁律师面朝墙躺着什么都不注意,便悄悄地溜到K坐椅的背后,以此搅得K神游思离;她把身子伏在他的椅背上,一会儿用手温情脉脉、小心翼翼地掠过他的头发,一会儿柔情绵绵地抚摸着他的脸颊。最后,K抓住了她的一只手,不想让她摸来摸去。她几次挣脱不成,便也就屈从了。

布洛克应声赶到。但他一走到门口,就又停住了脚步,似乎犹犹豫豫,不知道该不该进来。他扬起眉头,歪着脑袋,仿佛要听着律师再次呼唤他。K本来可以鼓励他进来,但是他已下定决心,不仅跟这个律师,而且跟这个屋里所有的一切彻底决裂,因此他无动于衷。莱尼也一声不响。布洛克看到至少没有人会撵他走,便蹑手蹑脚地进了屋,神色焦灼,两手拘束地拢在背后。他没有关上门,以便随时可以退出去。他连K也顾不上看一眼,只是一个劲儿地盯着那隆起的鸭绒被,裹在被里的律师紧靠墙躺着,根本就看不到他的影子。不过,这时从床上传来了一声呼唤:"布洛克来了吗?"听到这一声问话,已经向前挪了好几步的布洛克如同胸前挨了一拳,背后又遭到一击,他踉踉跄跄,深深地弓着身子停住步说:"遵命!""你想要干什么?"律师问,"你来得不是时候。""不是您唤我来吗?"布洛克与其说是在问律师,倒不如说是在问自己,他无可奈何地伸开双手,好像要保护自己似的,并且随时准备着拔腿跑开。"是我叫你来,"律师说,"可是你来得却不是时候。"自从律师开口讲话以后,布洛克不再看着床上;他反而呆滞地盯着某个角落,只是侧耳静听,仿佛这讲话人的目光太刺眼,使他不堪忍受。不过,就是侧耳静听也难听个明白,因为律师在对着墙讲话,而且声音很小,说得又快。"您希望我走开吗?"布洛克问道。"既然你已经来了,"律师说,"那就呆着吧!"布洛克顿时浑身开始哆嗦起来,人们真会以为,律师并不是满足了布洛克的愿望,而是用某种鞭挞来威胁他。"昨天,"律师说,"我去我的朋友——第三法官那里,我谈着谈着就把话题扯到了你的案子上。你想听听他是怎么说的吗?""噢,怎么会不想听呢!"布洛克说。而律师没有立即回答,布洛克又央求了一次,仿佛就要拜倒在地上似的。可就在这时,K气得大声痛斥道:"你这在干什么?"莱尼正要去堵住他的嘴不让他高声叫嚷,K一把又抓住了她的第二只手。K这样抓住莱尼的手,并非是情爱的驱使。她不时哎哟哎哟地呻吟着,竭力想挣脱两手。K的高声叫喊却叫布洛克吃上了苦头。律师突然厉声问他:"到底谁是你的律师?""是您呀。"布洛克说。"除了我呢?"律师又问道。"除了您,再没有了。"布洛克说。"那么,你可别再去找任何人了。"律师说。布洛克毕恭毕敬地认可了律师的话;他恶狠狠地瞪着K,气得使劲地摇着头。如果把这种举止转化成语言,那必然是一顿狗血喷头的谩骂。而K居然打算跟这种人亲密无间地商谈自己的案子!"我不会再多管闲事了,"K说着在座椅上往后一靠,

"你要下跪就跪吧,你想当奴才就当吧,一切随你的便,我不会去管闲事的。"然而,布洛克毕竟还有点自尊心,至少在 K 面前是这样,他挥舞着拳头,一边向着 K 逼过去,一边叫得那么响,好像他只有当着律师的面才敢这么叫似的:"不许你这样跟我说话,是可忍,孰不可忍。你说说为什么要侮辱我?居然还当着律师先生的面?他只是出于怜悯之心才容忍了我们俩,那就是你和我。你并不比我好多少,你也不过是一个被告,也牵扯着案子。但是,如果你认为自己还是一个绅士的话,那我就要告诉你,我也是像你这样一个绅士,尽管不在你之上。我也需要别人对我讲话时以礼相待,尤其是你。然而,如果你以为容许你坐在这儿,安之若素地旁听是占上风,而我正像你说的极尽阿谀逢迎之能事的话,那么,我要提醒你一句古训:对于一个嫌疑犯来说,动胜于静,因为谁静而不动,谁往往就会不知不觉地坐上了天平,从而一同称定了他的罪孽。"K 一言不发,只是惊奇地瞪着这个神魂颠倒的家伙,眼睛一眨也不眨。仅仅一个钟头,这家伙居然发生了如此让人琢磨不透的变化!难道是他的案子弄得他迷迷糊糊,连青红皂白都分不清了吗?难道说他没有看出律师在故意作践他,而这一回也无非是借机在 K 的面前显显自己的威风,或许以此迫使 K 对他俯首帖耳吗?然而,如果布洛克不能看出这一点,或者他怕律师怕得要命,觉得就是自己看出来也丝毫无济于事,那么,他怎么又会如此狡猾,或者如此贸然地来欺骗律师,当着律师面矢口否认他还请了别的律师来过问他的案子呢?他明知 K 会立即揭穿他的秘密,却怎么胆敢去冒犯 K 呢?然而,他得寸进尺,越来越狂妄,居然走到律师的床前,又开始发泄对 K 的怨恨。"律师先生,"他说,"您可听到了这个人怎么对我讲话吗?他涉足于案子里,连钟头都屈指可数,居然大言不惭地要给一个打了五年官司的人出什么主意。他甚至还对我出言不逊。他自己对什么都一窍不通,却还骂人,骂起像我这样一个竭尽全力仔细研究过礼仪、义务和传统道德的人来。""别理睬任何人,"律师说,"你觉得怎么对就怎么做。""一定照办。"布洛克说,他好像在为自己鼓气,接着朝旁边冷冷地瞥了一眼,便赶紧在床跟前跪了下来。"我已经跪下了,尊敬的律师。"他说。律师却一声不吭。布洛克伸出一只手,小心翼翼地抚摩着鸭绒被。在一片寂静中,莱尼挣脱了K的两手说:"你捏得我好疼。放开我。我去跟布洛克在一起。"她走过去,坐在床沿上,布洛克一见她走过来,禁不住喜上心头;他立刻频频打着鲜明而无声的信号,请莱尼替他在律师面前说情。他显然迫不及待地需要从律师口里得到应该得到的信息。但是,他或许只想着把这些信息转手给他的其他律师利用。莱尼显然精通怎样来对付律师,套他的话;她指着律师的手,噘起嘴巴,做出吻手的样子。布洛克立刻去吻律师的手,并在莱尼的敦促下,他又吻了两次。可是,律师依然缄默不语。于是,莱尼朝律师俯下身去,伸展开四肢,显现出她那娇美的身材,深深地凑近律师的脸,抚摩着他那长长的白发。这样终于引出了他的话来。"该不该说给他听,我还犹豫不决呢。"律师说;看他那微微摇着头的样子,似乎是为了想更多地享有莱尼的抚摩。布洛克低着头洗耳恭听,仿佛他这样听人讲话触犯了什么戒律似的。"那你到底为什么踌躇不决呢?"莱尼问道。K觉得,他似乎是在听着一场演练得滚瓜烂熟的对话,这种对话已经一演再演了,将来还会无休无止地继续演下去。而只有对布洛克来说,它永远也不会失去新鲜感。"他今天表现怎么样?"律师并没有回答,反而问道。莱尼开口回答律师前,先是低下眼睛,朝着布洛克注视了一会儿,只见他向她伸着双手,搓来搓去,苦苦哀求。最后,她一本正经地点点头,转向律师说:"他既安分,又勤勉。"一个上了年纪的商人,一个苍髯的男人竟乞求一个年轻女子来为他求情说好话!即使他别有用意,可是在旁人的眼里,他是无法为自己做任何辩解的。K弄不明白,律师怎么会想出采用这种卑劣的表演来争取他。他要不是及早地解聘了律师的话,律师也许会通过这一幕表演而如愿以偿。他对人的侮辱简直让旁观者无地自容。这么看来,律师的这种手段居然可以使委托人最终忘却整个世界,一个劲儿希望沿着这条迷途,拖着沉重的步子,艰难跋涉,直到有一天,看到案子的结局。值得庆幸的是,K对这种手段领教的时间还不够长。这样,委托人不再是委托人了,而成了律师的一条狗。如果律师命令他像钻进狗窝里一样爬到床下去,在那里汪汪地学狗叫,他准会兴致勃勃地照办。K洗耳恭听着,显得审慎从容的样子,仿佛他是受命来把这里所谈论的一切,一字不漏地吸收进去,以便向某一更高当局汇报,并且写成书面报告。"他整天都干些什么?"律师问道。"我把他关在女佣的房间里,"莱尼说,"不让他妨碍我做事。他通常一直呆在里面。我随时都可以透过通气孔看看他在干什么。他总是跪在床上,把你借给他的那些文件摊在窗台上,看来看去。他给我留下的印象很不错。窗户对着天井,透不进多少光线来,尽管这样,布洛克还是专心致志地读;我看得出来,他是一心一意的,人家要他怎么做,他就怎么做。""听你这么说,真叫我高兴。"律师说。"可是,他都能读懂吗?"在这两人谈话时,布洛克一刻不停地嚅动着嘴唇,显然是在默默地构思着希望能从莱尼嘴里说出自己的回答。"对这个问题,"莱尼说,"我当然不可能确切地说出来。不管怎么说,我可是亲眼看见的,他读得很仔细。他整天摊在一页上琢磨,而且用手指一字一行地划着读。每当我去看他时,他便吁吁叹气,好像读得很费劲。你让他看的那些文件可能很不好懂。""是的,"律师说,"那些玩意儿当然是不好懂的。我也不相信他真的能懂。叫他读那些东西,无非想要使他有所了解,我为他进行辩护是一场多么艰辛的战斗。我是在为谁进行这场艰辛的战斗呢?为了布洛克,说出来简直可笑得很。这意味着什么,他应该学得明白些。他是一刻不停地读吗?""几乎是一刻不停,"莱尼回答道,"只有一次,他向我要水喝,我从通气孔里送他一杯水。然后到了八点钟的时候,我放他出来,给了些吃的。"布洛克随之向K瞥了一眼,仿佛他们在讲述着赞美他的故事,一定也会使K为之震惊似的。他现在满怀着希望的样子,动作也变得自在了,双膝在地上挪来挪去。可是,他听着律师继续讲下去的时候,顿时又吓得呆若木鸡,越发亮出了他的本色。"你在夸赞他,"律师说,"可是,这恰恰使得我难以启齿,那法官所说的,对布洛克本人和他的案子都是不利的。""不利?"莱尼问,"这怎么可能呢?"布洛克心急如焚地望着她,仿佛他相信莱尼现在能够扭转乾坤,把法官早已说出对自己不利的话化为有利。"不利就是不利,"律师说,"甚至我一提起布洛克,他就感到讨厌。'别提布洛克。'他说。'他是我的委托人呀。'我说。'你叫人给利用了。'他说。'我认为他的案子不是没有希望的。'我说。'你叫人给利用了。'他又说了一遍。'我不相信,'我说,'布洛克对诉讼可是一丝不苟,而且始终把全部心思都投入到他的案子里。他为了随时了解案子的进展情况,几乎就住在我这儿。他这样满腔热情,实在也难得呀。但是,他这个人确实也叫你反感,与人相处,俗不可耐,而且不修边幅。但是在诉讼方面,他是无可指责的。'我说'是无可指责的',当然是有意夸大其词。法官听了后说:'布洛克只是狡猾而已。他积累了不少经验,懂得怎样来拖延诉讼。不过,他的小聪明远远甚于他的狡猾。如果他得知自己的案子压根儿还没有开始审理,如果有人告诉他,连开庭审理的铃声还没有摇响呢,你想他会说些什么呢?'——别激动,布洛克。"律师说;布洛克正好两腿抖抖颤颤地要站起身来,显然想求律师让他解释一下。这是律师第一次比较详细地直接对布洛克谈话。律师那双黯然无光的眼睛朝下望去,似漫不经意,又似看着布洛克。布洛克看见这样的目光,又慢慢地跪了下去。"法官的这番话对你根本无关紧要,"律师说,"别听到每一句话都心惊胆战。如果你再这样,我就什么也不对你说了。我每说一句话,你都紧紧地盯着我,好像我现在就要宣布对你的最终判决似的。难道你当着委托人的面不感到难为情吗?你也在动摇他对我的信任。你到底是怎么啦?你还活着哩,你还在我的保护之下。你担惊受怕,岂有此理!你不知在哪儿看到过,在某些案子中,最终判决会突如其来,随便什么时候,随便出自于哪个人之口。这当然可以说是事实,但也有许多保留。不过,你的恐惧令我反感,这显然是你对我缺乏必要的信任,这同样也是事实。我到底说了些什么呢?我不过是重复了一个法官说过的话而已。你也很清楚,围绕着每一次诉讼,总是意见纷纭,众口难一,甚至让人捉摸不透。比如说,我认为诉讼要在这个时候开始,而那个法官却认为要在另外一个时候开始。意见不同,仅此而已。按照古老的传统,诉讼进行到一定阶段时,就得摇铃。照这法官的意见,随着摇铃,诉讼才算正式开始。我现在不能把所有跟他相反的意见都说给你听,说了你也弄不明白的,你只要知道还存在着许多跟他不同的意见就够了。"布洛克窘迫地跪在床前,手指在床前的小地毯上划来划去,他听到了法官讲的那些话后吓得魂不附体,一时竟把对律师的恭顺置于九霄云外,满脑子只转着他自己;他翻来覆去,从方方面面琢磨着法官的那些话。"布洛克,"莱尼一边用警告的口气说,一边拽着他的衣领,把他轻轻地向上一提,"别动地毯了,听律师怎么说。"

在大教堂里

有一位意大利业务伙伴初次来到这个城市,他是这家银行举足轻重的老主顾了,K受委托陪他去参观城里一些艺术珍宝和名胜古迹。这种差事,要是在以往,K准会当作是一种荣幸。可是现在,当他正需要竭尽全力才勉强保持住自己在银行里的声望的时刻,他是很不情愿接受这个差事的。他在办公室之外消磨的每一个钟头都会给他带来苦恼。他虽然远远不能再像以前那样,充分利用上班时间,只是在敷衍应付实际工作的幌子下白白地消磨去不少时间,但是,如果他不呆在办公室里,就会越发惴惴不安。于是,他似乎看到,那个总在暗中窥伺着他的副经理不时地溜进他的办公室,坐到他的办公桌前,翻腾他的案卷,接待那些多年来简直跟K成了老朋友的客户,离间他们跟K的关系,甚至有意声张他工作上的差错。K已经觉得,工作上的差错不断地从四面八方威胁着自己,而他再也无法避免出差错了。因此,如果派他去外面办事,哪怕是出头露面的差事,或者甚至出一趟短差——不知道为什么这样的差事最近接踵而来——他自然不免就会猜疑,人们是故意把他打发开,以便审查他的工作,或者至少以为,人们把他当作办公室里可有可无的人了。这些差事,他本来大都可以轻而易举地推掉,可是,他不敢这样做;即使他的担心并没有可以站得住脚的理由,可拒绝这种差事则意味着承认自己心里有鬼。出于这个原因,他无可奈何地接受了这样一个个差事,表面上却装得泰然自若。而且有一次,人家派他出两天很辛苦的差,他正患着重感冒，甚至对此都一字不提，生怕人家说他借口秋雨连绵的天气而推卸不去。等他出差回来，头痛得简直要炸开了，却得知人家又挑他第二天去陪那位意大利客人。至少这一次，他实在想干脆拒绝不去了，尤其是交给他的这件事跟业务并没有什么直接的联系。然而，为业务伙伴尽这份社交义务，无疑是很重要的，只是对 K 来说无关紧要罢了。他自己心里很明白，只有工作上出成绩才能保持自己的地位；如果做不到这一点，无论他怎样出色地使这个意大利人心醉神迷，都是毫无用处的。他一天都不愿意离开自己的工作范围，太害怕一去再不让他回来了。他明明知道自己怕得过了分，却陷入其中而不能自拔。可碰到这种情况，要找一个说得过去的借口谈何容易。K 虽说对意大利语不很精通，可怎么说也足以应付了。而最根本的是，K 还有点艺术史知识，以前曾经学过，加上出于业务的缘故，一度曾担任过拯救城市艺术古迹委员会的会员，因此在银行里的名声大噪。据说那个意大利人是一个艺术爱好者。这么说来，挑选 K 去当陪同，便是理所当然的了。

这天早晨，淫雨霏霏，大风怒号。K 七点钟就来到办公室，想着在没有被客人占去之前，起码要处理几件事。一想到即将面临的这一天，他心头不禁火冒三丈。他觉得很疲倦；为了准备陪同的事，他花了半夜工夫来看意大利语法。近来，他太习惯于倚在窗口凝望，窗口对他产生了比写字台更大的诱惑。可是，他抵抗住了这种诱惑，还是在写字台前坐了下来。不巧的是，办事员这时进来报告说，经理先生派他来看看襄理先生是否已经来了；如果已经来了，就劳驾他去会客室一趟，那位从意大利来的客人在等着呢。"我马上就到。"K 说道。他把一本小字典塞进口袋里，将他特意为客人准备好的该城游览画册夹在腋下，穿过副经理办公室，进了经理办公室。他庆幸自己这么早就来到了办公室，能随叫随到。真是没有人会料到这一点。

副经理的办公室自然还是空荡荡的,就像沉浸在深夜里一样。那个办事员很可能也奉命去叫过副经理来会客室,却白跑了一趟。K一走进会客室,两位先生便从软椅上立起身来。经理满面笑容,和蔼可亲,显然看见 K 进来时很高兴,立刻介绍一番。那个意大利人非常热情地跟 K 握手,笑嘻嘻地称道着什么人是一个习惯早起的人。K不很听得明白他指的是什么人,另外那个词也很乖僻,他一下子也弄不清楚含义,便三言两语,搪塞过去了。这个意大利人也一笑了之,他那犯神经似的手,一再抒着那把浓密的、铁灰色的大胡子。他的胡子上显然喷过香水,几乎会惹人想凑过去闻一闻。他们就座以后,略微寒暄了一会儿。K发现,他只能断断续续地听懂这个意大利人的话,心里很不是滋味。当他从容不迫地讲话时,K 差不多都听得懂,可是这种机会实在太少了。他一讲起话来,简直口若悬河,一边还摇头晃脑,好像在欣赏着自己滔滔不绝的口才。而且他这样讲话时,又总是夹进方言,K 觉得不再是听意大利语。不过,经理不仅听得懂,而且也会说。当然喽,这也是 K 应该能够料到的;这个意大利人出身于南意大利,经理在那儿呆过好几年。不管怎么说,K 意识到,他几乎没有跟这个意大利人沟通的可能了,这人的法语同样很难听得懂,况且那把大胡子也遮住了那让人看着也许有助于理解的嘴唇动作。K 开始感到将会碰到许多伤脑筋的事,眼下放弃了试图去听懂这个意大利人的念头——有经理在场,完全可以听懂他说的话,何必再去费那个劲呢——,只是闷闷不乐地望着他舒适自在地坐在软椅里,不时地扯着那线条分明又短又小的外衣,并且有一次,这人抬起双肩,轻浮地在腕关节上鼓弄着两手,试图比划着什么。K 虽然向前倾着身子,眼睛不离对方的手势,但还是弄不懂是什么意思。K 冷冷地坐在一旁插不上话,只是漠然地看着他们俩你一言我一语谈来谈去。早先的倦意终于使他不知不觉地堕入朦胧之中,他恍恍惚惚地想站起来转身离去,幸亏及时如梦惊醒,吓了一大跳。客人终于看了看表,猛地跳了起来。他跟经理话别后,紧紧地挤到K的跟前,挤得K不得不把坐椅往后挪了挪,以便给自己留出活动的余地来。经理无疑从K的眼神里看得出来,他面对这个意大利人,听不懂他说的话,处境非常狼狈,便巧妙而委婉地插进话来,看来好像只是给K随口出点小主意,其实是把客人刚才那滔滔不绝的插话全部简明扼要地给K说个明白。K从经理的嘴里知道这个意大利人眼下还有几件业务要办理,可惜挤不出多少时间来,因此根本不打算走马看花,把所有的名胜古迹都匆匆过一遍,只想去——当然要求得K的同意,一切由K决定——看看大教堂,而且要看个仔细。他感到非常高兴,有幸能在一位博学多识、热情好客的先生陪同下参观大教堂——这话是说给K听的——,K根本不去理睬客人是怎么说的,只是尽快地琢磨出经理说这番话的用意。这个意大利人请求K,如果方便的话,两个钟头后,约摸十点左右在大教堂里碰面。他自己希望一定能准时赶到那儿,K顺着应酬了几句。这位客人先跟经理握手,又跟K握手,然后又跟经理握了一次手,接着在经理和K的陪送下朝门口走去;他半侧转着身子,面向K和经理,依然滔滔不绝地说个没完。客人走了以后,K和经理一起又呆了一会儿。经理今天看上去是一脸愁容。他觉得怎么也得向K讲明原委,便说道——他们亲密地站在一起——,本来他打算亲自去陪这个意大利人,可是后来——他没有说出确切的缘由——转而决定,还是让K去好。如果K觉得乍一开始就听不懂客人的话,大可不必因此而手足无措,要不了多久,自然就听得懂了。即使他有不少的话一点儿也听不明白,那也没什么大不了,这个意大利人并不那么在乎人家听懂听不懂。再说,K的意大利语很出色,他准会应付自如。经理说完后,K便告辞回到办公室里。他利用空下的这段时间,从字典里抄出参观大教堂时所需要的一些古怪的词汇来。这是一件特别令人厌烦的事。这时,办事员送来各种各样的函件;职员们前来要问这问那,一看见K正在忙着,便都站在门口,他不发话,他们就不肯离去;副经理也不放过这个机会故意打扰K,接二连三地跑进来,从他手里拿去那本字典,显然漫不经心地翻来翻去;甚至只要门一打开,顾客们便出现在半明半暗的前厅里,踌躇不决地躬身致意——他们希望以此引起K的注意,但又摸不准被看到了没有——这一切都是围绕着K进行的,仿佛他成了整个活动的中心。与此同时,他又收集着自己所需要的词语,一会儿查字典,一会儿抄写,一会儿又练习发音,最后还得想方设法去背熟。但是,他以前那惊人的记忆力似乎完全遗弃了他。他时而禁不住对这个意大利人冒火,都怪他招来了这样的麻烦,便狠狠地把字典塞到文件下面,决意不再准备了。然而,他即刻又意识到,自己总不能陪着客人,在大教堂里的艺术珍品前走来走去而哑口无言。于是,他几乎气急败坏地又拿出那本字典来。

九点半钟,他正准备离开办公室的时候,电话铃响了;莱尼问他早安,又问他怎么样。K匆匆谢了一声,说他现在没有时间跟她拉呱儿,得上大教堂去。"上大教堂?"莱尼问道。"是的,上大教堂去。""为什么要去大教堂呢?"莱尼又问道。K试图给她简短地解释一下,可是还没有等他开口,莱尼就突然说道:"他们逼人太甚。"这种既不是他惹起的,也不是他所期望的怜悯是K无法受得了的,他说了两声再见。可是当他挂上话筒的时候,却像是对着自己,又像是对着远方那个再也听不到他的声音的姑娘嘀咕说:"是的,他们是逼人太甚了。"

可是,现在时候已经不早了,他恐怕来不及赶到约会的地方了。他叫了一辆出租车。在临走的最后时刻,他才想起了那本旅游画册,一大早没能找到机会把它送掉,现在要带着去。他把画册搁在膝盖上,一路上烦躁不安地在上面敲个不停。雨放慢了,但是天气阴冷潮湿,灰蒙蒙的,大教堂里不会看得怎么清楚。可久久地站在那冷冰冰的石板地上,准会大大地加重K的感冒。大教堂广场上空荡荡的,K禁不住回忆起:当他还是孩童时,这个狭小的广场周围的房子就给他留下了不可磨灭的印象;几乎所有的窗户总是垂挂着帘子。当然像今天这样的天气,拉上窗帘则比以往更理所当然了。大教堂里面看来也是空荡荡的。这个时候,自然谁都不会想到来这儿。K走过两个厢堂,只看见一个包着头巾的老妇人跪在圣母像前,两眼虔诚地望着圣母。然后,他还远远地看见一个教堂司事一瘸一拐地消失在一扇侧门的后面。K准时赶到了。他进来时,时钟正好敲响十点,但是客人还没有来。K又回到大门口,犹豫不决地在那里站了一阵子,然后冒雨绕着教堂走了一圈,想看看客人会不会在哪个侧门旁等着他。可是,哪儿也不见他的人影儿。难道说经理把时间搞错了?谁能听得懂这种人讲话呢?但是,不管怎么样,至少也得等他半个钟头。K已经很累了,想坐下来歇歇,因此他又回到教堂里,在一级踏阶上发现了一小块地毯似的破布,用脚把它踢到近旁的一条长凳前,然后把身上的大衣裹了裹,竖起领子,坐了下来。为了消磨时间,他打开旅游画册,随便翻了翻。可是他不大会儿又停下来。教堂里变得昏暗起来,他抬头望去,连就近前厢堂里的东西也几乎分辨不清了。

远处,高高的主圣坛上,排列成一个大三角形的烛光闪闪烁烁。K难以断言,他先前是否看到过这烛光,或许这烛光是刚刚才点燃的。那些教堂司事出于职业习惯,个个都步态轻盈,人们难以觉察到他们来去的脚步。K偶然回过头去,看见在他身后不远的廊柱上,点燃着一支又高又大的蜡烛。那烛光虽然挺迷人的,但要照亮那些大都挂在昏暗的厢堂小神坛里的画,则是远远不够的,反倒使那儿更暗了。客人失约不来,既有些失礼,同时也是明智的;即使他来了,什么也不会看到,至多也只能借着 K 的手电筒一点一点地搜索着看几幅画。K 好奇地要试试用手电筒能够看到些什么,便走到近旁的一个小神堂里,登上了几级台阶,来到一道低矮的大理石围栏前,探过身去,用手电筒照着圣坛上的画。那持续不断的光亮在画前故意扰乱似的晃来晃去。K 首先看到的,而且部分是猜出来的东西,是一位画在这幅画最边缘的骑士。他身材魁梧,披挂盔甲,倚着一把长剑,剑头插在面前光秃秃的地上,那上面只稀稀拉拉地长着几棵草。他似乎出神地注视着一个正发生在自己眼前的事件。叫人惊奇的是,他竟守在那儿,一动也不动。或许他是派在那儿担任守卫的。K 已经好久没有看过画了,他依依不舍地端详着这位骑士,尽管他无法忍受那手电筒的绿光,眼睛眨个不停。然后,他移动着手电筒,照亮这幅画的其他部分,才发现这是一幅传统风格的基督入墓图。但这幅画是新时期的作品。K 把手电筒放进口袋里,又回到刚才的座位上。

现在看来用不着再等那客人了,可是外面准是在下着瓢泼大雨,况且大教堂里也不像 K 想象的那么冷,于是他决定暂时呆在这儿。教堂里的大讲坛,就坐落在他的身旁,坛顶不大,呈拱形,上面斜挂着两个空落落的金质十字架,顶端相互交叉在一起,栏杆的外沿和连接立柱的石头上,都饰有绿色的卷叶花纹,其间雕着许多小天使,有的活泼,有的恬静。K 走到讲坛跟前,从各个角度细细观察;石雕又精又细,卷叶花纹之间及潜藏在其后那深邃的幽暗,看上去就像是捕捉来固定在上面一样。K 把手伸到一个幽暗的洞隙里,小心翼翼地触摸着石刻洞壁。他从来还不知道大教堂里有这样一个讲坛。这时,他蓦地发现,就在他近前的一排长凳后面,站着一个教堂司事。这人身穿一件宽大松弛的黑袍,左手拿着一个鼻烟盒,目不转睛地注视着 K。"他想干什么呢?"K 心里想。"难道他觉得我可疑吗?还是他想求几个零花钱呢?"可是这个司事一见 K 注意上了他,便举起右手,随便指了个方向,两根手指间还捏着一撮鼻烟。他的举止简直叫人难以理解。K又踌躇了一会儿,但是,这个司事依然不断地在指着什么,而且还频频点头,拉开强调的架势。"他到底要干什么呢?"他低声自问,他不敢在这里大声高叫。接着,他掏出钱包,挤过最近一排长凳朝这人走过去。但是,这人立刻打出一个回绝的手势,耸耸肩,一瘸一拐地走开了。K小时候常常学着模仿骑马人的样儿,也迈着像这人一样的步子,轻快地颠来跛去。"一个老顽童,"K心里想,"他的智力就只配干这司事,瞧他那样儿,我一停下,他也停下,还偷偷地看我想不想跟着走。"K暗自好笑,跟着他穿过厢堂,几乎走到主圣坛跟前,老头儿依然不停地指着什么,可是K故意不回头去看。他指来指去,别无用意,无非是想甩开K罢了。最后,K不再跟他,也不想太叫老头儿担惊受怕了。再说,万一那个意大利人来了,还是别把这惟一的司事吓跑的好。

K又回到大堂里,寻找他放着旅游画册的座位。就在这时,他发现紧挨着圣坛合唱队座位的石柱旁,还有一个小讲坛。这个讲坛是用浅白色的石头砌成的,结构非常简单,也没有什么雕刻装饰。讲坛那么小,远远看去,酷似一个准备供奉圣像的空壁龛,布道人肯定无法从栏杆后退一步。再说,这个石砌的讲坛拱顶虽然不带什么装饰物,但起架却异乎寻常的低,而且如此向上砌成拱状,连中等个子的人在拱顶下也无法直立,只能屈身倚着栏杆。整个结构仿佛是为了折磨布道人而造的。既然已经造了一个既宽大,雕琢得又那么华丽的讲坛可用,为什么还要造这样一个呢?叫人百思不得其解。

要不是这讲坛上装着一盏已经点着的灯,K肯定也不会注意到它。通常在布道之前,才会点起这盏灯。难道现在要举行讲道仪式吗?就在这空空如也的教堂里?K向下望着那通往讲坛、紧绕着石柱而上的扶梯。扶梯看上去很窄,仿佛是石柱上的装饰品,而不是供人上讲坛用的。可就在讲坛的下面,却真的站着一位神甫,手扶着栏杆,正准备拾级而上,而且朝 K 望过来。K 惊奇地笑了起来。神甫微微点了点头,K 连忙在胸前画了个十字,欠了欠身,其实他早就应该这样做了。神甫轻轻地纵身踏上扶梯,迈着轻快的步子登上了讲坛。他真的要开始讲道了吗?或许那个教堂司事并不是那么傻乎乎的,而是有意把 K 引到布道人的跟前来?在这空荡荡的教堂里,这样做当然太有必要了。再说,刚才不知在哪块地方还有一位跪在圣母像前的老妇人,她也应该来听才是。如果真要开始讲道了,为什么不先奏管风琴呢?瞧那管风琴依然高高在上,不声不响,只是依稀在昏暗中闪现。

K 考虑现在要不要赶快离开这儿。要是他现在不走,等讲道开始了,就走不开了,那就得一直呆到讲道结束。在办公室里,他已经耽误了那么多时间等客人,现在早就没有义务再等下去了。他看一看表,十一点了。可是,难道真的就能这样讲道吗?K 一个人能代表众信徒吗?如果他只是一个想参观教堂的过路人,那又会怎样呢?其实他也不过是仅此而已。可真太荒唐了,现在十一点了,而且是工作日,天气又这么恶劣,还要布什么道呢?这神甫——毫无疑问,他是一个神甫,是一个面容圆润,肤色黝黑的小伙子——登上讲坛,显然只是为了去熄灭那盏大概点错了的灯。

然而,事情却不是这样;神甫仔细地看了看灯,把它旋得更亮一些,然后慢慢地转向石栏杆,双手扶住石栏的边。他这样站了一会儿,眼睛四处张望,脑袋却一动不动。K 向后退了好远,两肘撑在最前排的长凳上。他朦朦胧胧地看见那个教堂司事弓着背,就像完成了任务以后那样安然自在地蜷伏在什么地方,在哪儿,K 自己也弄不清楚。此时此刻,大教堂里是多么寂静啊!可是,K 不得不打破这片寂静,他没有心思再呆下去。如果神甫有义务非要在一个确定的时刻讲道不可,而不管实际情况怎样,那就随他讲好了;他没有 K 给捧场,也照样会讲完道,就跟 K 在场肯定也不会增添什么气氛一样。于是,K 慢慢地挪动脚步,踮起脚尖,顺着这排长凳摸了过去,来到那条宽阔的中间过道里,打那儿无妨无碍地往前走去。只听见在那异常轻轻的脚步下,石板地上发出嚓嚓的响声。伴随着那往往复复富有节奏的前进声,拱顶上也传来微弱而持续不断的回响。K 也许在神甫的目光的追随下,孤零零地一路走过去,两旁一排排的长凳上空无一人,他心中油然生起一股被遗弃的感觉;他觉得这个教堂的硕大简直到了人们可以忍受的极限。他走到自己先前坐过的位子前,停也不停一下,顺手抓起放在那里的旅游画册,拿了就走。他差不多已经走过最后一排长凳,正要踏进长凳与出口之间的空旷过厅时,忽然第一次听到了神甫的声音,一个洪亮而纯熟的声音,多么响亮地回荡在这座随时准备接纳它的大教堂里!可是,神甫并不是在呼唤那些信徒,他的声音一板一眼、清清楚楚地响在耳际,叫你没有回避的余地;他在大声喊着:"约瑟夫·K!"

K 吓了一跳,目瞪口呆地望着眼前的石板地。他暂时还是自由的,还可以继续往前走,面前这三个黑乎乎的小木门离他不远了,穿过任意一个便溜之大吉了。这正好也可以说,他没有听明白,或者说他虽然听明白了,却没有把它当回事。但是,如果他转过身去,就会被留住,这样就等于他承认,他真的听明白了,他确实就是神甫所叫的那个人,而且也愿意俯首听命。要是神甫再叫一次的话,K 准会继续往前走。可是 K 等了好久,却再也听不到任何声响,便禁不住稍稍扭过头去,想看看神甫在做什么。神甫像刚才一样,安然地站在讲坛上,不过,他显然看见 K 回过头来了。要不是 K 现在转过身来直接面对他,那真可以说是小孩子在玩捉迷藏了。K 转过身,神甫挥着手指招呼他走近一些。既然现在一切都无法回避了,他便健步——

他既出于好奇,又急于想简短了事——朝着讲坛走去。过了前几排凳子,他停住脚步。可是,神甫觉得相距还太远,便伸出一只手,食指直指向讲坛近前的一块地方。K照办了;他站在那个指定的地方,不得不使劲地仰起头,这样才能看见神甫。"你是约瑟夫·K。"神甫说,他从石栏上举起一只手,打了一个叫人摸不透的手势。"是的。"K说;他想道,他以前对人说起自己的名字总是那么坦然,近来却成了他心上的一个负担,连那些素不相识的人现在都晓得了他的名字;要是在没有跟人认识之前先自我介绍一下该多好啊!"你是一个被告。"神甫特别放低声音说。"是的。"K说。"是我叫你到这里来的,"神甫说,"想跟你谈一谈。""谁也没有这样告诉我,"K说,"我上这儿来,为的是陪一个意大利人参观大教堂。""别提那些无关的话,"神甫说,"你手里拿的是什么?是祈祷书吗?""不是,"K回答道,"这是一本城市旅游画册。""放下它。"神甫说。K狠狠地把画册扔了出去,张开的书页折七皱八地落在地上滑过去。"你可知道你的案子很不妙吗?"神甫问道。"我也有这样的感觉,"K说,"我该尽的心都尽到了,但至今毫无成效。当然,我的第一份申诉书还没有递上去。""你认为结果会怎么样?"神甫问道。"以前我想肯定会有个好结果,"K说,"可是现在,我自己有时也不抱什么希望了。我也不知道结果将会怎么样。你知道吗?""我也不知道,"神甫说,"可是我担心结果将会不妙。他们认为你有罪。你的案子也许永远出不了低级法院的审理。至少从眼下来看,他们认为你的罪有根有据。""但我确实是清白无辜的,"K说,"这是一个误会。一个清清白白的人,怎么会莫名其妙地成了罪人呢?我们大家都是人啊,彼此都一样。""你说得不错,"神甫说,"可是,凡是犯罪的人都喜欢这么说。""难道你也对我怀有偏见吗?"K问道。"我对你没有偏见。"神甫说。"谢谢你,"K说,"但是,所有其他参加审理这个案子的人都对我怀有偏见。他们甚至把自己那种偏见还灌输给局外人,我的处境变得越来越困难了。""你曲解了那些事实的真相,"神甫说,"判决是不会突然而来的,诉讼程序不断进展,最终才能过渡到判决。""那就是说,事情原来是这样了。"K说,他不禁低下头去。"你打算下一步对你的案子怎么办?"神甫问道。"我还要寻求帮助,"K一边说,一边又仰起头来,看看神甫对这句话是什么反应,"我还有一些可以利用的机会没有利用呢。""你过于寻求外界的帮助,"神甫带着指责的口气说,"尤其是从女人那儿,难道你不觉得这不是正儿八经的帮助吗?""在一些情况下,甚至在许多情况下,我会赞同你的看法,"K说,"但绝非事事如此。女人具有很大的力量。如果我能够说动我所认识的女人一齐为我出力的话,就一定能克服重重困难,如愿以偿,尤其是对这个几乎只充斥着好色之徒的法院。那个预审法官,只要远远看见有女人送上门来,就迫不及待地要撞翻办公桌和被告,冲上前去。"神甫朝石栏歪起脑袋,讲坛的拱顶似乎现在才压住了他。外面的天气会是怎样的恶劣?阴郁的白天已经流去,夜晚来临了。大窗子上的玻璃画也不能发出一丝闪光来打破这四壁的黑暗。就在这时,教堂司事开始把大圣坛上的蜡烛一个一个地熄灭了。"你生我的气吗?"K问神甫。"你也许不知道,你在为一个什么样的法院效力。"他没有得到回答。"这些只是我个人的经验。"K说。上面还是一声不吭。"我并不想冒犯你。"K说。这时,神甫打上面冲着K大声喊道:"难道你的目光就这么短浅吗?"这是愤怒中的喊叫,但同时又像是一个人在看到别人坠落深渊,吓得魂飞魄散时不由自主的惊叫。

于是,两个人好久一声不响。讲坛下面一片黑暗,神甫当然看不清K的神色,而K却借着那小灯光把神甫看得清清楚楚。他为什么不从讲坛上下来呢?他并没有讲道,只是告诉了K一些情况。K仔细想想神甫的话，与其说会帮助他，倒不如说会伤害他。但是，K可能会觉得，神甫的好意是毋庸置疑的。要是他走下讲坛来，K要跟他取得一致，不是没有可能的，而且也不会没有可能从他那里得到决定性的、可以接受的主意，比如说，不是要让他指出怎么样去操纵案子的进展，而是要知道有什么办法可以从这案子中解脱出来，可以回避开它，可以置身其外，无牵无挂地生活。这种可能肯定是存在的，K近来常常这样想。如果神甫知道有这样的可能性，只要K肯去求他，他也许会和盘透露出来，尽管他自己就是法院的人，而且一听到K抨击法院时，竟压抑了自己那温存的天性，甚至对K大吼大叫起来。

"你不想下来吗？"K问道，"这时候又用不着讲道。到我这儿来吧。""我现在可以下来了。"神甫说，他也许后悔自己不该大发雷霆。他一边从挂钩上拿下灯，一边说："我首先得保持距离，跟你谈话。不然的话，我就太容易受人的影响，从而忘记我的职责。"

K在下面扶梯口等着他。神甫还没有下完楼梯就朝K伸出手来。"你能给我一点儿时间吗？"K问道。"你需要多少都行。"神甫说着把那盏小灯递给K拿着。即便近在身旁，他也不失那庄重的气质。"你对我太好了，"K说，他们并肩在那昏暗的厢堂里踱来踱去，"在所有属于法院的人当中，你是个例外。我认识许多法院的人，可我对他们中的任何人都不会像对你这样信任。跟你我可以推心置腹地交谈。""你可别弄错了。"神甫说。"我到底会弄错什么呢？"K问道。"有关法院的情况，你就弄错了，"神甫说，"在法律的引言中，讲述着这样的错觉：在通往法的大门前站着一个守门人。有一个从乡下来的人走到守门人跟前，求进法门。可是，守门人说，现在不能允许他进去。这人想了想后又问道，那么以后会不会准他进去呢。'这是可能的，'守门人说，'可是现在不行。'由于通往法的大门像平常一样敞开着,而且守门人也走到一边去了,这人便探头透过大门往里望去。守门人见了后笑着说:'如果你这么感兴趣,不妨不顾我的禁令,试试往里闯。不过,你要注意,我很强大,而我只不过是最低一级的守门人。里边的大厅一个接着一个,层层都站着守门人,而且一个比一个强大,甚至一看见第三道守门人连我自己都无法挺得住。'这个乡下人没有料到会遇上这样的困难;照理说,法应该永远为所有的人敞开着大门,他心里想道。但是他眼下更仔细地端详了这个身穿皮大衣的守门人,看看那个又大又尖的鼻子,又望望那把稀稀疏疏又长又黑的鞑靼胡子,便打定主意,最好还是等到许可了再进去。守门人给了他一只小凳子,让他坐在门边。他就坐在那儿等待。一天又一天,一年又一年。他磨来磨去,希望让他进去,求呀求呀,求得守卫人都皮了。守门人常常也稍稍盘问他几句,问问他家乡的情况和许许多多其他的事情,但这都是些不关痛痒的问题,就像是大人物在询问似的。说到最后,守门人始终还是不放他进去。这乡下人为自己出这趟门准备了许多东西,他不管东西多么贵重,全都拿了出来,希望能买通守门人。守门人一次又一次地都收下来了,但是,他每次总是说:'我收下这礼物,只是为了使你不会觉得若有所失。'在这许多年期间,这人几乎从不间断地注视着这个守门人。他忘了还有其他守门人,而这第一个似乎成了他踏进法的门的惟一障碍。开头几年里,他大声诅咒命运的不幸。到了后来,他衰老了,便只能喃喃嘀咕了。他变得孩子气似的,长年累月的观察甚至使他跟守门人皮衣领子上的跳蚤也混熟了,他也求那些跳蚤帮他去说服守门人。最后,他的目光变得模糊不清了,他不知道是自己周围真的越来越黑暗了,还是他的眼睛在捉弄他。但是,就在这黑暗里,他却看到了一道光芒从法的大门里永不休止地射出来。如今,他就要走到生命的尽头了,弥留之际,这些年来积累的所有经验,凝聚成一个他从未向这个守门人提出过的问题。他挥手叫守门人到跟前来,因为他再也无法直起自己那僵硬的躯体了。守门人只好深深地俯下身子听他说话,因为躯体大小变化的差别,已经非常不利于这乡下人了。'你现在到底还想问什么呢?'守门人问道,'你真贪心。''人人不都在追求着法吗,'这人回答说,'可是,这许多年来,除了我以外,怎么就不见一个人来要求踏进法的大门呢?'守门人看到这个人已经筋疲力尽,而且听觉越来越坏,于是在他耳边大声吼道:'这儿除了你,谁都不许进去,因为这道门只是为你开的。我现在要去关上它了。'"

"守门人就这样捉弄了这个乡下人。"K立即说道,他深深地被这个故事吸引住了。"先别妄下雌黄,"神甫说,"千万不能不问青红皂白就人云亦云。我是原原本本把这个故事说给你听的,没有提到捉弄不捉弄的话。""可这是明摆着的呀,"K说,"你开头的阐释就说得很对。当这个乡下人已经到了不可救药的时候,守门人才把拯救的消息告诉他。""此前他没有向守门人提出这个问题,"神甫说,"你也想想,他不过是一个守门人而已。而作为守门人,他履行了自己的职责。""你怎么会认为他履行了自己的职责呢?"K问道,"他并没有履行自己的职责。他的义务也许是把所有的陌生人拒之门外。而应该让这个人进去,因为这门就是为他开的。""你不够尊重这白纸黑字的文字,你篡改了这个故事,"神甫说,"在这个故事中,关于是否允许进入法的大门,守门人讲了两句重要的话,一句在开头,一句在末尾。第一句是:他现在不能放这个人进去。另一句是:这道门只是为他开的。如果说这两者相互矛盾的话,那你就说对了,守门人是捉弄了这个乡下人。可是,这里并不存在什么矛盾。相反,第一句话甚至是对第二句话的暗示。人们几乎可以说,守门人这样许诺乡下人将来可能会让他进去,已经超出了他的职权范围。在那个时候,他的职责显然是不让这个人进去,而且许多讲解原文的人看到守门人居然做出那种暗示的确都感到很惊讶,因为他看来是一个一丝不苟、严守职责的人。他多年如一日,从来没有擅离职守,直到最后一刻才关上门;他对自己职责的重要性心领神会,因为他说:'我很强大。'他对上司毕恭毕敬,因为他说:'我只不过是最低一级的守门人。'他并不信口雌黄,因为那么多年来,他只提些所谓的'无关痛痒的问题';他不贪赃枉法,因为他每次收到礼物时总是说:'我收下这礼物,只是为了使你不会觉得若有所失。'他尽职尽责,既不动之以情,又不怒之以恨,因为故事里已经讲道,乡下人'求呀求呀,求得守门人都皮了';最后,甚至他的外貌,尤其是那个又大又尖的鼻子,那把稀稀疏疏又长又黑的鞑靼胡子,也表明了他是一个过分认真的人。难道还能找到一个比他更忠于职守的守门人吗?然而,守门人的性格中也混合进了其他因素,这些因素对要求进入法的大门的人十分有利,毕竟也使人们可以理解,他那样暗示给乡下人将来可能让他进去,便会稍微超越出他的职责范围。同样不能否认,他头脑有点简单,因此也有点自负。他说自己是强大的,又说其他守门人是强大的,还说他甚至一见他们就受不了。这是说,即使所有这些话都是对的,但他说出这些话的方式则表明,头脑简单自负使他的看法蒙上了一层模糊的阴影。那些解释的人对此的说法是:'对同一事情的正确理解和误解并不完全是相互排斥的。'但是不管怎么说,谁都不得不承认,这种头脑简单和自负,无论是多么微不足道地表现出来,毕竟都会削弱他守门的职责,这就是守门人性格上的缺陷。附带还要说一下,这个守门人看来天生就和蔼可亲,他决不总摆出一副盛气凌人的官场架势。一开始,他就开起了玩笑,邀请那个人不顾他一再强调不许进去的禁令而往里闯;然后他并不把那个人赶开,而正像我们知道的,给他一只小凳子,让他坐在门边。那么多年里,他耐心地容忍着那个人的苦苦哀求,常常盘问那个人几句,接受那个人的礼物,虚怀若谷地允许那个人当着他的面,把他当做发泄的靶子,大声地诅咒着命运的不幸,——这一切都可以让人推断出他动了恻隐之心。不是每个守门人都会这样做的。最后,那个人打手势叫他过去,他就深深地俯在那个人的跟前,让他有机会提出最后一个问题来。其实,守门人知道,一切就要结束了。只有从'你真贪心'这句话里,流露出他略显不耐烦的抱怨。有人甚至在这种解释上更进了一步,说什么'你真贪心'这句话表示了一种善意的钦佩,当然也不无降尊临卑的意味。总之,这个守门人在人们心目中的形象跟你所想象的迥然不同。"

"这个故事,你比我知道得仔细,时间也比我长。"K说。他们俩沉默了一会儿。K然后又说:"这么说来,你认为那个人并没有被捉弄,是吗?""别误解我的意思,"神甫说,"我只是把围绕着这个故事的种种说法说给你听。你不要太把注意力放在什么说法上。文字的东西是无法篡改的,而对它的种种说法常常不过是一种困惑的表现而已。在这件事上,甚至有一种说法,认为真正被捉弄的人才是守门人。"

"这种说法未免太牵强了,"K说,"这么说凭的是什么呢?""凭的就是,"神甫回答道,"守门人的思想简单。人们说他不明了法的内部,只知道通往法的道路,他的任务就是永远守卫在门前,巡视通往法的道路,把他对于法的内部的想法说成是天真的。而且认为,他要使那个人害怕的东西,也正是自己所害怕的。其实他比那个人还要怕得厉害,因为那个人即使听说了里面那些可怕的守门人以后,还非要进去不可。相反,守门人就不想进去,至少在这个故事里对此一字未提。还有人说他肯定已经到过里头,他毕竟是受雇服务于法的人,而他只可能在里面接受任命。但与之相反又有一种说法,认为很可能是从里面传出一道命令,任命他当守门人,他至少不可能深入到内部,因为他一见第三道守门人的模样就受不了。此外,在这么多年中,守门人除了说说那些守门人以外,从未提到过法的内部的任何情况。也许人家不让他这样说,但是这一点也只字未提。根据这一切,人们得出结论说,他对于内部的情况和作用一无所知,因此处于一种错觉状态。而且从他怎样对待那个乡下人来看,他也是处于这样的状态,他从属于那个人之下而自己却不知道。你也许还记得,从许许多多的细节上可以看出,他把那个人当做下属来对待。但是,按照我们现在谈论的这种说法,显而易见,他实际上从属于那个人。首先,自由人总是居于受束缚的人之上。那个人实际上是自由的,他愿意上哪儿就可以上哪儿,惟有法的大门不许他进去,况且只有一个人,也就是守门人不许他进去。如果说他坐在门旁的小凳子上等了一辈子的话,那他也是出于自愿才这样做的;这个故事中也没有讲起谁强迫他。相反,守门人却让自己的职责束缚在自己的岗位上,他不得向外超越半步,显然也不许进到里面,即使他想进去也不可能。再说,虽然他是为法服务的,但守的只是这一道门,也就是说,他只为那个人服务,因为这道门只是为他开的。从这方面来说,他也是从属于那个人的。可以这么说,他多年来,付出了全部的青春年华,从某种程度上来说只不过做了流于形式的工作,因为据说有一个人要来,也就是说一个正当壮年的人要来,因此,守门人必须一直等到实现自己的目的,而且要随那个人的便;那个人想来就来了,他愿意什么时候来,守门人就得等到什么时候。但是,这种职责的结束则取决于那个人的寿命,所以,归根结底,他永远从属于那个人。而且人们一再强调,守门人对所有这一切似乎一无所知。但是,这一点本身并没有什么引人注目的东西,因为按照这种说法,守门人是处于一种还要严重得多的、涉及到他的职责的错觉状态。也就是说,他最后谈到法的大门时说到'我现在要去关上它了',但是,故事一开始时却说通往法的门永远是敞开着的;如果它永远是敞开着的,永远也就意味着这道为那个人开着的门跟守门人的生死没有关系。那么,守门人也就不能把它关上。关于守门人说这话的动机,说法不一,有人说他声称要去关上那道门,只是为了回答那个人,有人说这是强调自己忠于职守,也有人说他这样做想使那个人在弥留之际感到懊恼和悲伤。然而,其中许多人一致认为,他不可能关上这道门。他们甚至认为,他在学问上也在那个人之下,至少到了最后的时候如此,因为那个人看见从法的大门里喷射出一道光芒来,而这个正在执行职责的守门人很可能是背对着大门。而且也没有表露出他发现了什么变化。""这话说得很有理,"K暗自低声把神甫解释中的几句话重复了一遍后说,"这话说得很有理。而且我现在也认为,这个守门人给捉弄了。但是,我这样说并不是抛弃了原先的看法,两者在一定程度上是相辅相成的。守门人心明眼亮也罢,给捉弄了也罢,无关紧要。我说过那个人给捉弄了。如果说守门人心明眼亮,人们对此会表示怀疑;但是,如果守门人给捉弄了,那他的错觉必然要感染给那个人。这样一来,守门人虽然不是骗子,但思想简单得一定会让人立即把他从他的职守上撵走。你倒要想一想,守门人所处的错觉状态丝毫无损于他,却害得那个人太重太深。""也有反对你这种说法的,"神甫说,"有一些人说,这个故事没有赋予任何人来评判守门人的权利。无论他以什么样的形象出现在我们的眼前,他毕竟是法的仆人,也就是说他是属于法的,因此便超脱于人们的评判之外。这样一来,谁也不能认为,守门人从属于那个人。通过自己的职守哪怕只是维系在法的大门上,也无可比拟地胜于自由地生活在这个世界上。那个人来寻求法,而守门人已经在法的身边。他是受法的指定来尽守职责的;怀疑自己的尊严就等于怀疑法本身。""我不赞成这种说法,"K摇摇头说,"谁要是接受了这种看法,就得把守门人讲的每一句话都看成是真的。可是,你自己已经充分说明,这样做是不可能的。""不,"神甫说,"不必把他所讲的一切都看成是真的,只需把它看成是必然的。"

"一个令人沮丧的看法,"K说,"谎言被说成是普遍的准则。"

K断然讲了这句话,想以此结束这场谈论,但这并不是他的最终评判。他太疲倦了,全然无力去逐一评判由这个故事所引发的种种结论。他也被引入了那不同寻常的思路里,那一堆不可捉摸的东西在他看来更适合于作为法官谈论的主题。这个简单的故事变得奇形怪状,他恨不得把它甩到脑后去。神甫此刻则显得十分宽厚和体贴,他听任K这样说,默默地听取K的看法,也不管它跟自己的看法多么大相径庭。

他们默默地来回踱了好一阵,K紧挨着神甫走来走去,也不知道自己身在何处。他举在手里的那盏灯早就熄灭了。突然间,一幅银色的圣像正好在他的眼前闪烁出一缕银灿灿的光芒,顿然又消失在黑暗中。为了使自己不至于太仰仗神甫,K便问道:"我们现在是不是来到大门跟前了?""不是,"神甫说,"我们离大门口还有好远。你要走了吗?"虽然K此刻并没有想到要走,却立刻回答道:"我当然该走了。我是一家银行的襄理,他们在等着我哩。我来这里,只是为了陪一个外国来的业务伙伴参观大教堂。""好吧,"神甫朝K伸出手说,"那你就走吧。""可是,这里黑洞洞的,我一个人找不到出口。"K说。"向左拐走到墙跟前,"神甫说,"然后一直顺墙走,别离开墙,你就会找到一个出口。"可神甫刚挪走几步远,K就大声叫道:"请等一等!""我在等着呢。"神甫说。"你对我就再没有什么要求了吗?"K问道。"没有了。"神甫说。"你刚才对我那么好,"K说,"什么都讲给我听。可是现在,你却要我走开,好像对我一点也不在乎似的。""你不是说非走不可吗?"神甫说。"倒也是,"K说,"你要知道我是不得不走的。""你首先要知道我是谁。"神甫说。"你是监狱的神甫呀。"K一边说,一边摸着靠近神甫;其实,他并不像他表白的那样,非得立刻回银行去不可,而是完全可以还呆在这儿。"这就是说,我是法院的人,"神甫说,"既然这样,我干吗要向你提什么要求呢?法院不向你提什么要求。你要来,它就收留你,你要走,它就让你走。"

结　局

　　K三十一岁生日的前一天晚上——约摸九点钟,大街已经笼罩在一片寂静之中,有两个男人来到他的寓所。他们身穿礼服,脸色苍白,躯体肥胖,头上戴着显然是不可折叠的大礼帽。走到大门口时,谁先进去,彼此就谦让了一番。来到K的房门前,更是相互谦让,推来推去。K似乎并不知道有这两个不速之客登门;他同样穿着一身黑礼服,坐在门近旁的扶手椅里,慢慢地戴上一副在指头上绷得紧紧的新手套,看他的样子,好像是在等候客人。他立刻站起身来,好奇地望着面前这两个人。"这么说你们是被派来找我的?"他问道。两个人点了点头,礼帽拿在手里,你指指我,我指指你。K暗自嘀咕着,他在等候的不是他们,而是别的客人。他走到窗前,又朝着那漆黑一团的街上望了望。街对面楼上的窗户几乎全部熄了灯,许多窗户已经垂下了帘幕。在一扇亮着灯的窗子里,有几个小孩子在栅栏后面嬉戏;他们还无法离开原地,便伸出小手,你抓抓我,我摸摸你。"他们把老配角演员派来找我,"K对自己说,眼睛四下望了望,想再次证实自己的判断,"他们企图把我随随便便地收拾掉。"K突然朝他们转过身来问道:"你们在哪家戏院里演戏呀?""什么戏院?"其中一个说,嘴角抽搐着,向另一个讨主意。而那个人张口结舌,酷似一个跟自己那难以驾驭的发声器官抗争的哑巴。"他们根本没有准备叫你们回答问题。"K对自己说完便去取帽子。

　　一踏到楼梯,这两个人就要架着K走。但是K说:"到了街上再说,我可不是病人。"可是,刚一出大门,他们就以一种 K 从来没有跟谁那样走过的样子挽住他。他们把肩膀紧贴在他的后肩上,没有弯起臂肘,而是垂下胳膊,直扭住 K 的两臂,在下面以一种有条不紊、训练有素和无法抗拒的动作抓住 K 的两手。K 给夹在他们俩中间,直挺挺地走着。这三个人现在就这样结成了一体,仿佛只要有一个人被打倒,大家都会一齐倒下似的。这样一个整体,只能是无生命的东西的组合。

在街灯下,K 一再试图把自己的陪伴看得清楚些,尽管三人贴身而行,也难得做到;刚才在他那昏暗的房间里,他没能看个清楚。也许他们是男高音歌手吧,他看着他们那沉甸甸的双下巴心里想道,禁不住对这两张过分干净的脸感到恶心。他简直好像看到有一只爱干净的手擦净了他们的眼角,抹净了他们的上唇,抚平了他们下巴上的褶皱。

K 一看到这些,便停住了脚步,这两人随之也停了下来。他们站在一个空旷无人、装点着花坛的广场上。"他们为什么偏偏派你们两个来呢?"这一声,与其说是发问,不如说是喊叫。这两人显然不知如何回答是好,垂下空着的两臂,一动不动地等着,活像守候在要休息的病人跟前的护理员一样。"我不往前走了。"K 试探着说。这两人也用不着再说什么,他们的手一刻也不松,想尽力推着 K 走去,但就是扛着不动。"反正我将不再需要太多的力气了,我现在就使尽全身的力气。"他心里想道。这时,他的脑海里突然浮现出挣扎在捕蝇纸上的苍蝇:就是挣断一条条小腿也要挣脱开来。"要叫这两个家伙尝尝架着我走可不是那么容易的。"

这时,毕尔斯泰纳小姐出现在他们的眼前;她从一条低洼的小巷出来,从通往广场的台阶走上来。看样子确实很像她,但也不完全肯定就是她。不过,真的是不是毕尔斯泰纳小姐,K 哪里还有心思去关心呢？他只是突然领悟到，反抗是徒劳无益的。即使他反抗，给他的陪伴制造困难，企图在反抗中还要享受生命的最后之光，也说不上是什么英勇行为。他又挪动脚步，使这两个人大大松了一口气，他们的轻松情绪多少也感染了他。现在，他们是跟着他走；他循着前面那个小姐所走的方向走去。这并不是说他要追赶上她，或者说要尽可能久地不让她从自己的视线中消失，而仅仅是为了不忘记她的出现便意味着向他敲响了警钟。"我现在惟一能做到的，"他对自己说，而且他的脚步和其他三人的脚步协调一致也证实了他的想法，"我现在惟一能做到的，就是直到生命的最后一刻，要保持清醒的理智。我始终希望长着二十只手进入这个世界，而且是为了一个不为人所赞同的目的。这是不对的，难道现在要我表明甚至连这持续一年的官司都没有教会我什么吗？难道要我作为一个理解迟钝的人离开这个世界吗？难道说我能容许他们在我死后说，我在案子一开始就想结束它，而现在到了案子结束的时候却又想让它重新开始吗？我不愿意让他们这么说。我很感谢他们派了这两个半傻半哑、不明事理的家伙陪我走上这条路，听凭我对自己说着一切必须说的话。"

这期间，那小姐已经拐进了一条小巷。但是K再也不需要她了，听任自己跟着陪伴走去。月光下，他们和谐地走上一座桥。K每有小小的自由行动，这两个人现在也乐意听之任之了；当K稍稍朝着桥栏杆转过身去的时候，他们也一条线似的随之转了过去。河水在皎洁的月光下，波光粼粼，涟漪荡漾，围着一个小岛分流而去；岛上树木葱茏，枝叶繁茂，就像抱拢在一起似的。林中那砾石小径——现在看不到——蜿蜒曲折，两旁摆着舒适的长凳。有多少个夏天，K曾在那里随心所欲地歇息过。"我根本就不想停下来。"他冲着自己的陪伴说；他们的殷勤使K感到羞愧。在K的背后，其中一个好像轻轻地责怪着另一个，不该糊里糊涂地停下来。然后，他们继续向前走去。

三人穿过几条向上延伸的坡道,一路上不时地看到警察,有站岗的,有巡逻的;有时离得好远,有时就在近旁。有一个大胡子警察手握军刀,似乎有意走到这一伙绝非没有嫌疑的人跟前。那两个人顿时停住脚步,警察好像要开口说话了,这时 K 却狠劲地拉着他们往前走去,并不时小心翼翼地回过头去,看看那警察是不是跟在后面。当他们拐了个弯,甩开警察的时候,K 便奔跑起来,那两个人尽管跑得上气不接下气,也只好跟着一起跑。

这样,他们很快就出了城。在这个方向,一出城几乎都是广阔的田野,没有什么过渡地带。在一座依然完全是城市式建筑的房子附近,有一个荒无人迹的小采石场。到了那里,那两个人停了下来,不知道是这块地方从一开始就是他们选中的目的地呢,还是他们实在累得不能往前走了。现在他们松开了 K。K 等在那里一声不吭。他们脱下大礼帽,一边用手帕擦着额头的汗珠,一边四下察看着采石场。月光把它独有的自然和宁静泻洒在人间。

下一个任务应该由谁来执行,他们俩又是你推我让,嘀咕来嘀咕去——看来他们在接受任务时,并没有得到具体明确的分工指示——,然后其中的一个走到 K 的跟前,脱下 K 的外衣和坎肩,最后又脱下他的衬衫。K 不由自主地打起寒战来,这人随之在 K 的背上轻轻地拍了一下,似乎在安慰他,接着把 K 的衣物认认真真地叠在一起,就像是些以后什么时候还会用得上的东西一样,哪怕不会马上用得上。为了不使 K 一动不动地呆站在这毕竟还凉飕飕的夜风中,他便架着 K 的胳膊,跟他来回走了一会儿;另一个则在采石场里寻找着一个合适的地方。他一找到地方,便招呼他们过去。于是,这人陪着 K 走过去。那地方靠近岩壁,旁边有一块采下来的石头。两个人把 K 按倒在地上,靠在那块石头旁,把他的头按在上面。可是,不管他们怎么煞费苦心,也不管 K 怎么听任摆布,他的姿势还是很别扭,显得靠不住。因此,其中一个请另一个暂时放手,由他单独来摆布 K,可是这样仍然于事无补。最后,他们只好作罢,不再摆来摆去,K 现在的姿势甚至还不如先前摆过的姿势。接着,他们其中一个解开了大礼服,从挂在坎肩皮带上的刀鞘里抽出一把又长又薄双刃锋利的屠夫刀,高高地举在手里,在月光下试了试刀锋。他们又耍起了那一套谦来让去的可憎把戏;这一个把刀从 K 的头顶上递过去,那一个又把刀从 K 的头顶上传过来。K 现在看得很清楚,当那把刀在他头顶上晃来晃去时,他似乎应该一把夺过刀来,往自己的胸膛里一戳才是。但是,他没有这样做,而是扭厄还可以自由转动的脖子,向四下望了望。他无法证明自己是完美无缺的,也无法越俎代庖,替当局来完成所有的任务。这个最终失误的责任,应该由那个拒绝给予他为此所必需的最后一点力量的人来承担。他的目光落在采石场旁边那座房子的顶层上。看到灯光一闪亮,那儿有一扇窗户打开了,一个人突然从窗户里探出身子,两只手臂伸得老远;他离得那么远,又那么高,看上去又模糊又瘦削。那是谁呢?一个朋友?一个好人?一个有同情心的人?一个愿意解人之难的人?是一个人?是所有的人?还有救吗?有没有被人忘记的申诉呢?肯定有这样的申诉。逻辑虽然是不可动摇的,但它阻挡不了一个求生的人抱有种种幻想。他从未见过的法官在哪儿呢?他从来没有能够进得去的高级法院又在哪儿呢?他举起双手,张开十指。

然而,一个人的两手已经扼住 K 的喉头,另一个则把刀深深地戳进了他的心脏里,而且转了两转。K 瞪着白眼,又看看近在面前的这两个人彼此脸颊贴着脸颊,紧紧地靠拢在一起,注视着这最后的判决。"像一条狗!"他说,仿佛他的死,要把这无尽的耻辱留在人间。

残章断篇

毕尔斯泰纳的朋友

在这以后的日子里，K无法跟毕尔斯泰纳小姐搭上话，更不消说讲几句话了。他想方设法寻求机会接近她，但是，她总会有法子避开他。K一下班就直接回到家里，呆在房间里不开灯；他坐在沙发上，什么别的事都不干，只是一门心思地注视着前厅。间或那女用人打这儿走过，顺手关上这间看来没有人的房间的门。稍过片刻，他起来又把门打开。每天早晨，他比平时早一个钟头起床，盼着毕尔斯泰纳小姐上班时能单独碰上她。可是，试来试去，一次面都没能碰上。于是，他就给她写了封信，不光往她办公室寄，还寄到她家里去。在这封信里，他试图再次为他的行为辩白，怎么向她赔礼道歉都心甘情愿，保证从此以后，小姐怎么说，他就怎么做，不敢越雷池半步。他只求给他一次同她讲话的机会，尤其是他只要不事先跟她商量好，就不能和格鲁巴赫太太有什么安排。他最后告诉小姐说，下个星期天，他将整天呆在自己的房间里等待她的消息，或者说答应他的请求，或者说起码也要向他解释一下，为什么不能答应他的请求，尽管他已经保证对她百依百顺。寄出的信没有退回来，但也没有得到答复。相反，到了星期天，出现了一个再明确不过的信号。一大早，K透过钥匙孔，发现前厅里有不同寻常的动静，可这动静不一会儿就真相大白了。一个法语女教师搬到了毕尔斯泰纳小姐的房间里。她是一个德国姑娘，名字叫蒙塔格，面色苍白，弱不禁风，走路有点跛，一直单独住一间屋子。她在前厅里出出进进，踢踢踏踏走了好几个钟头。她总是丢三落四的样子,不是忘了一件衬衣,就是忘了一条小布罩,或者忘了一本书,她都得专门再跑一趟,拿到新屋里去。

当格鲁巴赫太太给 K 送来早餐时——自从她上回惹怒了 K 以来,也没有把伺候他的事交给女佣去做;她一如既往,无微不至,没有一丝一毫的怠慢——K 再也不能克制自己了,第一次打破了五天来彼此之间的沉默,跟她搭上了话。"今天前厅里为什么那么闹哄哄的?"他一边问,一边给自己倒了一杯咖啡,"能不能让人停下来呢?难道非得在星期天清理卫生不可吗?"虽然 K 没有抬起头来看格鲁巴赫太太,但是他却听到她如释重负似的叹了一口气。就连 K 这一连串严厉的问题,她也看做是对她的宽容,或者说宽容的开始。"K 先生,没有人清理卫生,"她说,"蒙塔格小姐搬去跟毕尔斯泰纳小姐一起住,她出出进进忙着搬东西。"她没有再说下去,等待着 K 的反应,看他让不让她继续说下去。可是,K 却故意要试一试她的心,若有所思地用调羹搅动着咖啡,一声不响。过了一会儿,他抬起头来看着她说:"你可放弃了你先前对毕尔斯泰纳小姐的怀疑?""K 先生,"格鲁巴赫太太大声喊道;她一直就在盼着这个问题,便合拢起双手向 K 伸去,"我当时不过是随便说说,你却太当真了。我丝毫也没有想到会伤害你或别的什么人。K 先生,你认识我已经够久了,我想,你会相信我所说的。你一点儿也不知道,近些日子里,我是多么难受啊!难道我会诬蔑我的房客吗?可你呢,K 先生,你竟相信了!而且说什么我要赶你搬走!""要赶你搬走"这充满激情的最后一句倾诉已经窒息在洗面的泪水里;她撩起围裙蒙住脸,呜呜地大哭起来。

"格鲁巴赫太太,你别哭了。"K 说着望出窗外,独自思念起毕尔斯泰纳小姐来,想着她让一个外国姑娘住进了自己的房间里。"你别哭了。"他又劝了一遍,他从窗口转身回到房间时,看见格鲁巴赫太太还在一个劲地哭。"当时我并没有把事情看得那么严重。我们彼此都误解了。就说是老朋友吧,这种误会有时候也是难免的。"格鲁巴赫太太把围裙拉到眼底下,想看看 K 是否真的消了气。"好了,说开了就没什么啦。"K 说;既然他根据格鲁巴赫太太的态度判定,她的上尉侄子并没有向她吐露过什么,于是他又冒昧地补充说:"难道你真的相信,我会为了一个陌生的姑娘而跟你过不去吗?""K 先生,这话正是我要说的,"格鲁巴赫太太说,她只要一觉得没有什么约束,就不管不顾,马上会说出一些傻话来,这便是她的不幸,"我一直在问自己:为什么 K 先生那么百般关心毕尔斯泰纳小姐呢?为什么他会因为她非得跟我闹别扭不可呢?更何况他也知道,他说出的每一句不好听的话都会使我寝食不安的。再说这个姑娘吧,我无非是讲了亲眼看见的事实而已。"K 对此没有表态;他听了第一句话,就恨不得把她从房间里撵出去,可他不想这样做。他只顾品尝咖啡,有意让格鲁巴赫太太觉得自己呆在这儿是多余的。外面又响起蒙塔格小姐在整个前厅踢踢踏踏穿来穿去的脚步声。"你听见了吗?"K 用手指向门口问道。"听见了,"格鲁巴赫太太唉声叹气地说,"我说帮帮她,也叫女佣去帮她,可她固执得很,所有的东西非自己搬不可,不让别人帮忙。我对毕尔斯泰纳小姐的做法大惑不解。我常常觉得很懊恼,竟把房子租给了蒙塔格小姐这样的人。可是毕尔斯泰纳小姐居然邀她搬到一起住。""这个根本用不着你去操心,"K 一边说,一边用调羹捣着咖啡杯里剩余的糖,"这对你到底有什么损害呢?""没有,"格鲁巴赫太太回答道,"就其本身而言,我是求之不得了。这样,我又多了一个房间,就可以让我的侄子,那个上尉住进去了。我一直很担心,他近些日子可能打扰你了。我实在没有法子,才让他住在你旁边的客厅里。他不大会体谅别人。""你想到哪儿去了?"K 说着站了起来,"这没有什么好说的。看来你大概以为我神经过敏吧,就因为我无法忍受蒙塔格小姐来来去去踢踏的脚步声,——你听,现在她又往回走了。"格鲁巴赫太太觉得自己无能为力。"K先生,要不要我去说说,让她把剩下的东西推后再搬?如果你愿意的话,我马上就去说。""不过,她不是要搬到毕尔斯泰纳小姐的房间去住吗?"K说。"是的。"格鲁巴赫太太说,她并没有听明白K说话的意思。"既然这样,"K说,"那就得让她把东西搬过去了。"格鲁巴赫太太只是点点头。她无可奈何,默默不语,而表面上却装出一副固执的样子,这更激起了K心头的恼火。他开始在屋里来回踱步,从窗前到门口,又从门口到窗前,借此使得格鲁巴赫太太无法溜出房间,要不她准会像平常一样溜之大吉的。

K刚好再踱到门前时,有人敲响了门。进门的是女佣,她说,蒙塔格小姐想和K先生说几句话,请他上餐厅去,她在那儿等着。K若有所思地听着女佣的传话,然后,他转过身去,用一种近乎嘲讽的目光朝大吃一惊的格鲁巴赫太太看去。这目光似乎在说,K早就预料到蒙塔格小姐会邀请他去的,这和他今天上午难免遭到格鲁巴赫太太房客的烦扰实在是不谋而合了。他打发女佣去转告,他马上就到,然后走到衣柜前去换上外衣。格鲁巴赫太太低声抱怨着那个讨厌的女人,K没有去接她的话茬,只是请她把早餐盘子端走。"你几乎一点都没有动。"格鲁巴赫太太说。"欸,你把这端走好啦!"K大声说,他仿佛觉得,是蒙塔格小姐一会儿这样一会儿那样,把这一切搅和在一起,从而使他厌恶起了早点。

当他走过前厅时,看了看毕尔斯泰纳小姐房间关着的门。可是,他没有被邀请进这屋里去,而是去餐厅里。他没有敲一敲,就直接拉开了餐厅的门。

这是一个十分狭长的房间,只有一扇窗子,屋里没有多少地方,靠门的两个角上勉勉强强斜摆着两个橱柜,其余的空间都让那长长的餐桌占去了。餐桌从门旁一直延伸到大窗前,几乎让人无法靠近窗户。餐桌已经摆好,是为许多人准备的,因为星期天几乎所有的房客都在这里用午餐。

K一进去,蒙塔格小姐就从窗口那边顺着餐桌,迎着他走上前来。他们彼此默默地打个招呼。然后,蒙塔格小姐像往常一样,与众不同地昂着脑袋说:"我不知道,你是否认识我。"K皱起眉头打量着她。"当然认识,"他说,"你在格鲁巴赫太太这里住了好久了。""但是,要我看,你不大关心公寓里的事。"蒙塔格小姐说。"是的。"K说。"你坐下好吗?"蒙塔格小姐说。他们一声不吭地各自从桌子的一头拉出椅子,面对面地坐下来。但是,蒙塔格小姐立刻又站起来,她要去把自己放在窗台上的小手提包拿过来。她拖着踢踢踏踏的步子从餐厅的这头走到那头,又轻轻地晃动着那小手提包走了回来。她说:"受朋友的委托,我只跟你说几句话。她本来要亲自来,可她今天感觉有点不舒服。你要谅解她,听我代她给你说。她能够给你说的,我都会告诉你。相反,我想我甚至还会给你说得更多些,我毕竟是个局外人。难道你不这样认为吗?"

"到底有什么要说呢?"K问道。蒙塔格小姐一个劲地盯着他的嘴唇,他感到很厌烦。她自以为这样就可以左右他先要说什么。"我请求毕尔斯泰纳小姐当面谈一谈,她显然是不肯见我面。""是这样,"蒙塔格小姐说,"或者更确切地说,根本不是那么回事,你言过其实了。一般说来,有人约你谈话,你既不能随便说什么准许,也不能随便说什么拒绝。不过,你可能会说觉得面谈没有必要,我说的就是这种情况。你既然已把话说明了,现在我可以直言不讳地说了。你写信或捎话请求我的朋友跟你谈谈。可是,我的朋友,我至少得这样猜想,既然已经知道要谈些什么,所以,由于某些我不知道的原因,她深信,就是真的谈了话,对谁都不会带来好处。再说,她昨天才向我提起这事,只是轻描淡写地说说而已。她还说,你无论如何也不会在乎这个谈话的,你只是一时心血来潮,动了这样的念头,而且你也用不着专门解释,即使不是现在,但也要不了多久,自己就会看到这事做得多么荒唐。我接上她的话茬对她说,不过,为了把事情彻底说个明白,我倒认为给你一个明确的答复为好,这或许是解决问题的办法。我情愿当这个中介人,我的朋友犹豫了一阵子,最后听从了我的劝告。但愿我这样做也能让你称心如意。哪怕再小的事情,只要有一点点让人不明白的地方,总会使人烦恼;如果事情可以轻而易举地弄个明白,就像你们这种情况,何乐而不快去为之呢?""谢谢你。"K随即说道,慢慢地站起来,看了看蒙塔格小姐,然后瞟过餐桌,又望了望窗外——太阳照着对面的房子——,接着朝门口走去。蒙塔格小姐跟他走了几步,仿佛她不很信赖他似的。但是,到了门前,他们不由得退了回来;门开了,兰茨上尉走了进来。K第一次在近前看见他。他身材高大,四十上下,肥圆的脸庞晒得黑黑的。他微微躬了躬身,向蒙塔格小姐和K致意,然后走到小姐跟前,毕恭毕敬地吻了吻她的手。他的动作洒脱大方。他对蒙塔格小姐的彬彬有礼和K对她的态度形成鲜明的对比。尽管如此,蒙塔格小姐看来并不生K的气,她甚至想把K介绍给上尉,K似乎也觉察到了。但是,K并不希望她来介绍;他无论是面对上尉,还是面对蒙塔格小姐,都无法做出一个笑脸来。在他的眼里,这吻手动作把她跟上尉串成了一伙,他们打着极其和善与无私的幌子,企图不让他接近毕尔斯泰纳小姐。但是,K觉得不只是看到了这一点,他还发现蒙塔格小姐玩弄了一个无懈可击、自然是左右逢源的招数。她夸大了毕尔斯泰纳小姐和K的关系的重要性,同时又不择手段地耍花招,仿佛言过其实的不是别人而是K。她这是枉费心机。K什么都不想夸大,他知道,毕尔斯泰纳小姐只是一个普普通通的打字员,不会跟他扛很久的。在这种情况下,格鲁巴赫太太对他所说的那些关于毕尔斯泰纳小姐的事情,K自然不屑一顾。他离开餐厅的时候,满脑子里想的就是这些,差点儿连招呼都没有去打。他打算立刻回自己的房间去。可是,在他身后,从餐厅里传来了蒙塔格小姐一阵轻轻的笑声,顿时叫他起了一个念头,他或许可以给上尉和蒙塔格小姐这两个家伙弄点名堂瞧瞧。他四下望望,又侧耳听听,周围的房间里会不会有什么动静。四处静悄悄的,只听见餐厅里的谈话声和通向厨房的走廊里格鲁巴赫太太说话的声音。看来是好机会,K 便走到毕尔斯泰纳小姐的门前,轻轻地敲敲门。屋里一点动静也没有,他又敲了一次,可是依然没有人回应。她在睡觉吗?或者她真的不舒服?或者她知道只有 K 才会这么轻轻地敲门,所以装作不在家里? K 猜测她装作不在家,因此敲得更响;敲来敲去没有结果,他最终小心翼翼地推开门,心里忐忑不安。他这样做不仅错了,而且毫无用处。房间里一个人也没有。再说,房间已经看不到 K 所见过的样子,面目全非了。墙边并排摆着两张床,靠门口的三把椅子上堆满了外衣和内衣,衣柜门大开着。也许蒙塔格小姐在餐厅里神气十足地劝说 K 的时候,毕尔斯泰纳小姐走开了。K 并不因此而觉得太沮丧,他本来就没有期盼过会那么轻轻松松的见到毕尔斯泰纳小姐。他现在试了试,无非是要气气蒙塔格小姐而已。然而,当他出来关上房门时,发现蒙塔格小姐和上尉在敞开的餐厅门口谈话,简直叫他无地自容。也许他们打 K 推开门以后就一直站在那里。他们装作若无其事的样子,好像并不注意,只顾低声谈话;他们注视着 K 的一举一动,目光就像在随随便便地谈天时一样,时而漫不经心地四下望一望。可是,这目光却沉重地压在了 K 的心头上。K 贴着墙,匆匆回到自己的房间里。

检察官

K在银行里干了多年,已经通晓人情,深谙世道。但是,他始终觉得固定餐桌上的那一圈人非常令人钦佩;他面对自己从来也不否认,跻身于这样一个社交圈里,对他来说是一个莫大的荣幸。来往于这个圈里的人几乎都是法官、检察官和律师,也有几个非常年轻的官员和律师助理挤了进来,但是,他们只配坐在一旁默默地观望,不许在争论中插嘴,除非有人专门问到他们。不过,那样的提问大多只是为了叫这圈人开开心。尤其是检察官哈斯特尔,他通常坐在K的旁边,就喜欢以这种方式来出年轻人的洋相。每当他把那毛绒绒的大手摊在桌子上,面向桌子那一边时,全场顿时便肃然起敬;一旦那一边有人对所提出的问题做出反应,不过要么是无法解开其意,要么是若有所思地盯着自己的啤酒,要么是张口结舌说不出话来,甚或是——这是最糟糕的——滔滔不绝,信口开河,滥发议论,于是那帮年长些的先生们便笑逐颜开,不住地在自己的座位上扭过来转过去。这时,他们的兴致好像才勃然而起。至于涉及到真正严肃的专业话题,惟独他们才有资格参与。

K是通过一个律师,也就是银行的法律代表进入这个社交圈子的。有一天,K在银行里不得不跟这位律师一直长谈到晚上,于是,自然也就很凑巧,他们在律师的固定餐桌上一起进了晚餐,K对这个社交圈子一下子产生了浓厚的兴趣。在这里,他看到的都是些博学多识、声名显赫、在一定意义上说颇有权威的先生;他们利用饭后茶余,探求解决一些棘手的、跟普通生活联系甚远的问题,而且尽心尽力,孜孜不倦。即使他当然只有微不足道的参与机会,但他却得到了一个受益匪浅的可能,这迟早也会给他在银行里的工作带来好处。另外,他还可以借机跟法院建立一些不无好处的私人关系。这个圈子的人好像也挺欢迎他。不久,人家便把他当做商务专家来看。而且他对这类问题的看法——即便这里也并非完全没有讽刺的意味——被视做是不可辩驳的。时而也会出现两个人在评判某一个法律问题时意见分歧,他们就要求K对具体情况谈谈看法,于是争论的双方就口口声声不离K的名字,直扯到那玄而又玄的、K早已无法再跟得上的探索里。然而,他渐渐地明白了许多东西,尤其是把哈斯特尔律师看成了一个站在自己一边的好顾问。这人也很友好地接近他。K甚至常常晚上陪着他回家去。但是,他好长时间都很不习惯肩并肩走在这个巨人的身旁,他觉得他简直是给埋没在律师的大袍下而黯然失色。

但是,在这期间,他们几乎如胶似漆地黏在一起;教育的差异,职业的不同,年龄的悬殊,全都不存在了。他们彼此来来往往,仿佛他们向来就是不可分割的一体。如果说在他们的交往中,从表面上来看有一个占上风的话,那么这个占上风的不是哈斯特尔,而是K,因为他那直接赢得的实践经验在大多数情况下保持着优势,这是从法院办公桌上永远不可能得到的。

自然,这种友谊不久便在固定餐桌圈上成为人所共知的事了。而谁把K引进了这个社交圈子,多半已被人们遗忘了。现在不管怎么说,哈斯特尔成了K的保护伞;一旦他坐在这里的资格遭到怀疑时,他就可以完全有理由打出哈斯特尔这张王牌来。不过,K因此获得了特别的优待,因为哈斯特尔是一个既受人尊敬,又让人望而生畏的人物。他那法人思维的力量和精明虽然十分令人仰慕,可在这一方面,有许多人至少跟他势均力敌。然而,他维护自己看法的粗野,是谁都望尘莫及的呀。K深有感触,哈斯特尔要是不能说服自己的对手,至少也要叫他畏惧三分;只要一看见他那伸张开的食指,许多人都会退避三舍。然后,他却行若无事,照样跟老相识和老同事兴冲冲地谈论深奥的问题。实际上,无论在这里发生什么事,都绝对不会扫去他一丝一毫的兴致,仿佛对手被遗忘了似的,——然而对手则是默不作声,能摇摇头就算是有勇气了。叫人看了几乎感到尴尬的是,哈斯特尔一旦发现对手坐得距他很远,觉得如此相隔无法达成共识的时候,他便把菜盘往后一推,慢慢地站起身来,亲自走上前去。坐在旁边的人随之都仰起头来,注视着他的神色。当然,这样的事只是偶尔发生。首先,他几乎只是在谈到有关法律问题时才会情绪激动,也就是说,主要是涉及到他办过的和正在办的案子。要是不关这样的问题,他便显得和和气气,从容不迫,笑得和蔼可亲,吃得也尽情,喝得也开心。他甚至可能根本就不去听那平平淡淡的谈话,而是转向K,把胳膊搭在K的座椅扶手上,低声向K询问银行里的情况,也给K讲自己工作上的事,或者跟女人的交往;这种交往像在法院的工作一样,给他带来了同样多的麻烦。在这个圈子里,从来没有看到他跟任何别的人谈得如此推心置腹。实际上,只要有人有求于哈斯特尔——大多都是求他去促成跟同事之间的和解——往往先去找K,求他引见,K总是乐意为之,而且不用费吹灰之力。他对谁总都是彬彬有礼,谦虚恭让。在这一点上,他从不仗着跟哈斯特尔的关系而妄自尊大,而且他很善于恰如其分地划分这圈里人的等级,待人接物,因人而异,这比彬彬有礼和谦虚恭让更为重要。当然,在这一方面,哈斯特尔对他谆谆教诲,孜孜不倦,这也是哈斯特尔本人在激烈的争论中惟一不会受到伤害的准则。因此,他对那些坐在一旁,几乎还谈不上级别的年轻人说起话来,始终是堂而皇之,仿佛他们不是一个个有名有姓的人,而是被捏成一堆的乌合之众。然而,恰恰是这些人,对他却毕恭毕敬;每当他快到十一点钟起身要回家时,马上就会有一位迎上前去,帮他穿上那沉甸甸的大衣,另有一位则恭恭敬敬地为他打开门扶着,当然一直要扶到 K 跟在哈斯特尔后面一道离去。

起初,K 陪着哈斯特尔,或者说哈斯特尔陪着 K 走一程,但到了后来,这样的夜晚通常便挪在哈斯特尔的家里而告终;他总是请 K 一起去他的住所里,跟他再呆一阵子。于是,他们还很可能一起度过个把钟头,又是喝酒,又是抽烟。这样的夜晚使哈斯特尔如醉如迷,甚至当他把一个名叫海伦的女人领到家里住的几个星期里也不肯放过。那是一个不很年轻的黄皮肤胖女人,黑鬓发盘绕在额头上。K 最初看到的只是床上的她;她一般都躺在那儿,简直不知羞耻,习惯于看着一本借来的小说,并不理睬他们的谈话。可是,当他们谈得很晚时,她便伸开四肢躺在床上,打着哈欠。要是她用别的招数不能引起对她的注意,就会拿起自己的书扔向哈斯特尔。于是,哈斯特尔笑眯眯地站起身来,K 也只好起身告辞。不过到了后来,当哈斯特尔开始厌腻起她的时候,她变得神经质似的,存心不让他们在一起好过。这期间,她总是衣冠楚楚,等候着这两位先生,平常穿着一身她很可能自认为是既富贵又得体的衣裳,实际上则是一套装饰繁琐的老式舞会礼服,尤其让人不堪入目的是那几排挂在上面当装饰的流苏。这套衣裳到底是什么样儿,K 不得而知,因为他在某种程度上拒绝去打量她;他坐在那儿数小时之久,总是半低着眼睛。但是,这女人不是摇摆着身子在屋子里荡过来荡过去,就是坐在 K 的旁边。后来,当她的地位愈来愈守不住的时候,她出于无可奈何,甚至试图竭力来靠近 K,做给哈斯特尔看,惹他嫉妒。即使她裸露出那肥圆的背靠在桌子上,把脸贴近 K,想这样迫使他抬起眼睛来看一看,这也不过是无可奈何而已,并不是什么恶意的行为。她这样做只能使 K 拒绝以后去哈斯特尔那里。过了一些日子,等K再去那儿的时候,海伦已经被彻底打发走了。K觉得这是理所当然的事。这天晚上,他们在一起呆得特别久,在哈斯特尔的提议下,欢庆了他们之间结成的兄弟友谊,喜庆的烟酒使K在回家的路上几乎有点迷醉。

真凑巧,第二天早上,在银行里商量业务的时候,经理说起他好像昨天晚上看见过K。如果他没有弄错的话,K是跟检察官哈斯特尔臂挽臂走着。经理好像觉得这很奇怪,他——当然这也符合他平日一丝不苟的态度——提起那个教堂,说到就在教堂的一侧,喷水池的附近碰见了他们。要是他想要描述一场幻景,也不过如此绘声绘色而已。既然这样,K便向他解释说,检察官是他的朋友,他们确实昨天晚上从教堂旁边走了过去。经理惊奇地笑了笑,并且请K坐下。这正是那样一个时刻,也正是因为有这样的时刻,K才那么喜欢经理;在这短暂的时刻里,从这个体弱多病、咳嗽不止,而且工作繁忙、责任重大的人身上流露出某种对K的幸福和前程的关心。这样的关心,要让其他在经理跟前经历过同样时刻的职员来看,当然可以称做是冷酷和流于表面;它不是什么别的东西,正是一个行之有效的手段,靠着牺牲两分钟的时间,结果把能干的职员长年累月地捆缚在自己的身上,——不管怎样,在这样的时刻里,K拜倒在了经理的手下。或许也是经理跟K谈话与跟其他人稍有不同,莫非他忘记了自己身为上司的地位,要这样与K为伍——更确切地说,在平常的业务来往中,他总是这样做——但是,此时此刻,他似乎偏偏忘记了K的地位,跟K讲起话来,就像是跟一个孩子似的,或者就像是跟一个刚刚步上谋职的路,出于某种摸不透的原因引起了经理好感的天真无知的年轻人似的。毫无疑问,要不是K觉得经理的关心是真心实意的话,或者要不是正如在这样的时刻所表现出来的这种关心可能完全使他心醉神迷的话,他是不会容忍这样一种讲话口气的,无论是别的人也好,还是经理本人也罢。K意识到自己的弱点,也许其原因就在于,他在这一方面确实还留下了一些孩子气。他从来就没有得到过自己那过早死去的父亲的关心,很快就离开了家,而且向来宁愿拒绝,也不愿诱来母亲的温柔。母亲依然生活在那个永久不变的小城里,眼睛也不好使了,K大约有两年没有去看望她了。

"对于这个友谊,我可是一无所知。"经理说。惟有一丝轻轻而友好的微笑和缓了这句话的辛辣。

拜访爱尔萨

有一天，K正要出门，有人打来电话，要求他立刻到法院办公室去。他们警告K别桀骜不驯。他们说K发表了闻所未闻的言论：他把审讯看得一文不值，不会有什么结果，也不可能有什么结果；他不会再去接受审讯，也不会理睬电话或书面传讯，并且要把法院的使者从门里扔出去。所有这些言论都记录在案，而且已经给他带来了种种不利。他究竟为什么不愿意顺从呢？难道人们不惜时间和费用，不就是关心着怎样审理清楚他这个棘手的案子吗？他是有意要在其中作怪，非要把事情弄到采取强力措施的地步不可吗？迄今人们对他宽了再宽，容了再容。今天的传讯是最后一次机会。他可以随心所欲，但是他要想一想，高级法院是容不得任何人戏弄的。

既然K这天晚上已经约好去拜访爱尔萨，那他就可以拿这个理由不去出庭；他很高兴可以借机为自己不去出庭作辩解，尽管他当然从未这样为自己辩解过，而且即使他这天晚上无所事事，他很可能也不会出庭。他意识到自己的权利，总是在电话里问，如果他不去的话，会怎么样。"人们总归会找到你的。"对方回答道。"我没有自动去出庭，会受到惩罚吗？"K问道，他面带笑容，期待着会听到点什么。"不会的。"对方回答道。"好极了，"K说，"可我还有什么理由要接受今天的传讯呢？""人们一般不会把法院的权力手段往自己身上引。"那个变得越来越微弱的、最后消失的声音回答道。"如果不这样做，就太欠考虑了，"K离开屋子时心想道，"的确应该试图领教一下那些权力手段是什么样儿。"

　　K毫不犹豫,驱车驶往爱尔萨那里。他惬意地靠在车厢的角上,两手插在大衣口袋里——天气已经开始凉了——,兴致勃勃地领略着熙熙攘攘的街景。他心里颇有几分满意地想道,万一法院今晚真的开庭,他也没有给它造成任何麻烦。他电话里并没有表明他是出庭还是不出庭;因此,法官等也好,也许甚至一大庭人等也好,惟独K不会到场,特别让那些顶层楼座的听众会感到失望。K不为法庭所动,直驶向他要去的地方。一瞬间,他竟不敢肯定,是不是由于心不在焉而把法院的地址告诉了车夫,他又向车夫大声说出爱尔萨的地址。车夫点了点头,先前告诉给他的正是这个地址。从这时起,K渐渐地忘记了法院,他的思想又像以前一样完全萦绕在银行里。

明争暗斗

一天早上,K 觉得比以往任何时候都精神焕发,气宇轩昂,他几乎把法院抛在了脑后,即使他偶有牵思,但他似乎感到,仿佛随手去抓住一个无疑隐藏着的、只有在暗中才摸索得到的把柄,就能够轻而易举地捉住这个无边无际的庞大组织,把它连根拔掉,砸个粉碎。他那异乎寻常的状况甚至诱使他把副经理请到自己办公室里来,共同商量一项已经催了好些时间紧着要办的业务。每当遇上这样的时机,副经理都会装模作样,好像他跟 K 的关系在最近几个月里并没有发生一丝一毫的变化。他从容不迫地走过来,就像从前总是与 K 比高低的时候一样;他泰然自若地倾听着 K 的讲述,时而插上几句亲密无间,甚至志同道合的话来表示他的关注。惟独让 K 迷惑不解的是,副经理对业务上的事坚定不移,矢志不渝,打骨子里愿意接受这种事,但是,其中却很难看出有什么意图。然而,面对这个履行职责的楷模,K 的脑袋立刻沉溺于如醉如迷的遐想之中,几乎不假思索地把这项业务交给副经理去办。曾经有一次,他们之间发生过一件很不愉快的事,K 最后只能眼睁睁地看着副经理突然站起身来,一声不吭地回到他的办公室去。K 不知道是怎么回事;可能是谈话正常结束了,但是,同样也可能是副经理忽然中断了谈话,要么是 K 无意中伤害了他,要么是他在胡说八道,或者是副经理认定 K 听得心不在焉,脑子里转着别的事情。不过,甚至也可能是 K 做出了荒唐可笑的决定,或者是副经理故意诱使 K 做出这样的决定,以便他当即就迫不及待地拿它来算计K。再说,他们后来再也没有提到这件事,K不愿意去想它,副经理则守口如瓶。不过,这事看来暂时,甚至以后也不会产生什么明显的后果。但是,不管怎么说,K并没有被这事所吓倒;只要一有合适的机会,只要稍有精力,他就会站到副经理的门口,不是去找他,就是叫他过来。他从前见了副经理总是躲躲闪闪,这样的日子现在一去不复返了。他不再指望一夜之间就能取得决定性的成功,从而一下子会使自己摆脱所有的烦恼,自然而然地恢复与副经理固有的关系。K意识到,他不能自暴自弃;一旦他退缩了,也许面临的实际情况要求他这样做,那么可怕的是,他可能永远不会再有出头之日了。不能让副经理以为K完蛋了而洋洋得意,要叫他抱着这个念头在自己的办公室里坐卧不宁,必须叫他心神不定,一定要尽可能不断地让他知道,K还活着,他像所有生灵一样活着,有朝一日,他会崭露出新的才华,让人刮目相看,即使他今天显得如此不被人放在眼里。有时候,K也对自己说,他玩这一套,无非是为了争强好胜,因为他明知道自己的弱点,却一再去跟副经理作对,长其威风,而且给他提供观察和随时根据眼前的现状有的放矢地制定对策的机会。这样做,其实不会给K带来任何好处。但是,K简直无法改变自己的态度,他成为自欺欺人的俘虏。有时候,他深信正好现在可以无牵无挂地跟副经理较量一番,但一次次惨败的教训却不会使他翻然醒悟;他十次努力都不成功的事,却相信第十一次会如愿以偿,尽管一切自始至终都一个劲儿地朝着不利于他的方向发展。每当他这样会面以后精疲力竭,汗水淋淋,脑袋里一片空虚而留下来的时候,他并不知道是希望,还是绝望迫使他去找副经理。但是,到了下一次,却又不过是抱着赤裸裸的希望,急不可待地走到副经理的门口。

今天也同样如此。副经理马上就走了进来,紧在门旁停住脚步,依照新近养成的习惯，拭了拭他那夹鼻眼镜，先看看K，然后更仔细地看看整个房间，免得他观察K的时候太惹人注意。看样子，仿佛他借着这个机会在检查自己的视力似的。K顶住了他的目光，甚至微微一笑，请副经理坐下。他自己一下子坐进他的扶手椅里，把椅子尽量地挪到副经理的跟前，立刻从桌上拿来必要的文件，开始了他的汇报。起初，副经理好像不怎么在意听。在K的办公桌桌面上，四周镶着一道雕刻的浅花边。这个办公桌可谓是精美的杰作，而且花边紧紧地镶在木头里。但是，副经理却装腔作势，好像他正好现在发现那儿有一处松动，于是，他伸出食指，按到花边上，试图去把它修复。K随之要停止他的汇报，但副经理却不容许，他说自己一字不漏听得仔细，听得明白。可是，当K暂时还不能使副经理不得不谈出自己具体看法的时候，这花边好像在要求着特别的规则似的，因为副经理此刻掏出他的小折刀，又拿起K的直尺两面对着试图把花边撬起来，无非是为了把它再镶进去时能够省事些，压得更深些。K在他的汇报里写进了一个完全新颖的建议，而且期望能够对副经理产生特别的影响。他讲到这个建议时，简直口若悬河，滔滔不绝；银行的工作如此强烈地吸引着他，或者更确切地说，他现在觉得自己在银行里还有一席之地，而且他的思想有力量证明他的存在。他为这种变得越来越少有的意识而如此兴致勃勃。甚至他觉得这种自我辩护的方式不仅在银行里，而且在打官司时也许都是最可取的，也许要比他已经尝试过的，或者准备尝试的任何其他辩护都有效得多。K急于一气讲下去，哪里还顾得上专意把副经理的注意力从摆弄花边上引过来。在念报告的过程中，仅有两三次，他用那只自由的手安抚似的掠过花边，几乎自己也弄不明白是怎么回事，好像以此要向副经理表明，这花边完美无缺，即使会发现有什么毛病，可此时此刻，专心倾听比什么修复工作都重要，也更合乎礼貌。但是，就像常常发生在那些活跃的、专注于脑力工作的人身上一样,副经理一头扎进了这种手艺活里。这时,花边的一块真的被撬了起来。接着就是把那些小插柱再插到原来的孔位上。这个工作比先前所做的一切都要困难,副经理不得不站起来,试图用两只手把花边压进去。但是,无论他怎样竭尽全力,那花边却执意不肯就位。在念报告——他更多是连念带讲——的过程中,K 只是隐隐约约地感觉到副经理站起来了。尽管他对副经理摆弄花边的一举一动几乎一直看在眼里,但是他却以为副经理的举动跟他的报告有什么联系。K 便也站起来,指头按在一个数目下边,向副经理递过一份文件去。然而,这期间,副经理却发现两只手压来压去不顶用,便当机立断,把全身的重量压在花边上。这下子当然成功了,那些小插柱咔嚓一声入了孔。可是,匆忙间,有一根小插柱折断了,还有一处上面那精巧的镶边断成了两块。"劣质木料。"副经理气恼地说,放弃了 K 的办公桌,坐……

法　院

起初,K并没有什么确切的意图,只是利用各种各样的机会,设法去打听那个最先公开他这桩案子的机构在哪儿。他轻而易举地打听到了;他无论是向梯托雷里还是向沃尔夫特打听,他们都确切地告诉了他那家机构的门牌号。后来,梯托雷里又面带一种他向来对那秘而不宣、没有让他来评定的意图所持的微笑,补充了他的答复;他声称,恰恰是那个机构一点作用也不起,它只能说出人家让它要说出的话,惟有那庞大的检察机关的最高机构才是至关重要的。但是,它对被告来说则是可望而不可即的。因此,如果谁对检察机关有什么愿望的话——当然,人们始终会有许许多多的愿望,但是,要把它们都说出来并非什么时候都是明智的——那当然就不得不去求助于所说的那个下属机构。可这样一来,他不但无法接近那个真正的检察机关,而且也永远不会使他的愿望到达那儿。

K对这个画家的本质已经了如指掌,所以,他既不反驳,也不进一步去探问,只是点着头,一声不吭地听着他侃侃而谈。就折磨人而言,他又一次觉得梯托雷里绰绰有余地充当了那律师的角色,他近来已经常常有这样的感受。与之不同的只是,K并没有那样委身于梯托雷里;只要愿意,他随时都可以毫不犹豫地甩开他。其次,梯托雷里多嘴多舌、口无遮拦,甚或夸夸其谈,即使是现在比以前有所收敛。再则,K就自己而言,也够折磨梯托雷里一番了。

而且在这件事上,K也是这样做的;他谈起那家法院来,听他的口气往往让人觉得,仿佛他向梯托雷里隐瞒着什么似的,仿佛他已经跟那个机构建立起了关系,但这种关系还没有发展到能够万无一失公开的地步似的。但是,当梯托雷里迫不及待地要追问下去的时候,K 却戛然而止,久久不再提这个话题。他耽于这种小小的收获,于是他便相信,他现在把法院外围的这帮人看得太清楚了,已经可以随心所欲地来玩弄他们,几乎跻身于他们之中,至少不时地能够获得对法院更为概括的了解。在某种程度上说,因为他们处在法院的最低一级,才有可能获得这样的了解。即使有一天他会失去他在这低层的位置,又有什么大不了呢?即便这样,那儿也依然是一个可能的避风地,他只需躲进这些人中间就行了;如果他们由于自己等级的低下或者其他原因而帮不了他打官司的话,他们倒会接纳和包容他。也就是说,只要他把一切考虑周全,暗中实施,他们便绝对不会拒绝以这种方式来帮他的忙,尤其是梯托雷里不会拒绝,因为 K 现在成了他的知心人和救济者。

K 怀着这样或者类似的希望,但并非天天如此。他一般仍然仔细地区别对待,谨防疏漏或者略过任何一个困难。但是,有时候——大多是下班后的晚上,他处于极度疲惫的状态——,他会从白天那微不足道的,再说也是模棱两可的事件中吸取安慰。下班后,他通常就躺在自己办公室的长沙发上——他不在这长沙发上躺着喘息个把钟头,就不可能离开自己的办公室——,思绪潮涌,观察接踵而至。他的思想并不是难堪地局限于那些跟法院有关的人身上。在半睡半醒状态中,形形色色的人物混为一团,于是他忘记了法院那伟大的工作,觉得好像自己是惟一的被告,所有其他人都乱七八糟地穿梭在法院大楼的走道里,有法官,有律师,还有那些麻木不仁的家伙,下巴撑在胸前噘着嘴,眼睛露出呆滞的目光,好像在认真负责地深思似的。于是格鲁巴赫太太的房客们始终结成一帮,浮现在他的眼前;他们张着嘴,磕头碰脑地挤在一起,就像一个控告合唱团。他们之中有许多素不相识的人,因为 K 已经好久根本不去过问公寓的事情了。然而,正是因为有这许多素不相识的人的缘故,他觉得进一步去跟这帮人打交道不是滋味,但有时为了在那儿找毕尔斯泰纳小姐却不得不违心为之。比如说,他的目光一飞过这帮人,迎面突然闪现出一对完全陌生的眼睛,拦住了他的目光。于是,他便找不到毕尔斯泰纳小姐。但是,当他为了避免任何过失,接着又一次去寻找的时候,却发现她正好让这群人围在中间,胳膊搭在旁边两个人的肩上。面对这种情景,他几乎是无动于衷,特别是因为已经屡见不鲜了,只是陷入那难忘的回忆,回忆起他曾经在毕尔斯泰纳的房间里看到过的一张海滨浴场照片。这种情景驱使着 K 远离开这群人。即使他还经常回到这里来,但他现在却迈着大步,匆匆而过,纵横穿梭于法院的大楼里。他越来越熟悉这里所有的办公室,觉得自己从来不可能看见过的、被遗忘的走道显得格外熟悉,仿佛它们从来就是自己的住所似的;这里的一点一滴一人一物极其鲜明地印在他的脑海里。比如说,有一个外国人在前厅里踱步,他的穿着酷似一个斗牛士,束紧的腰身就像刀切的一般,那短得出奇的、紧紧地绷在身上的上衣挂着淡黄色的粗线花边。这个人一刻不停地踱着步,不间断地让 K 惊奇地注视着他。K 弯着腰,围着他蹑手蹑脚地走来走去,极力瞪大眼睛,惊奇地注视着他。那花边上的所有图案,每一个有缺陷的流苏,那短上衣的一摆一动,K 都看得清清楚楚,但是他还没能看个够。或者更确切地说,他不是早已看厌了,就是压根儿不想看得更仔细。可这副打扮却不放过他。"外国人展示出了什么样的化装!"他心里想,眼睛睁得更大。他跟随着这个人,直到他猛地翻过身,脸埋到皮沙发上为止。

探望母亲

吃午饭的时候，K突然想起来，他要回家去看望母亲。眼看春天就要过去了，过了这个春天，他已经有三个年头没有去看望母亲了。当时，她要求K过生日时就回到她那儿去，尽管他有许多事情缠身，还是答应了这个要求，甚至给她许诺，每个生日都在她那儿过。但是许诺归许诺，他已经两次没有信守自己的诺言了。为此，他现在不想再等到生日那一天了，哪怕只有十四天也罢，而是要立刻驱车前往。他显然也对自己说，并没有什么特别的理由偏得现在回去不可。相反，他每两个月定期从堂兄那里得到的消息比以往任何时候都要让人放心。堂兄在那个小城里经营着一家商店，K寄给母亲的钱都由他来管理。母亲的眼睛快要看不见了。但是，几年来，K根据医生的诊断，已经预料到迟早会这样。与之相反，她的其他状况变好了，各种老年疾病非但没有加重，反而减轻了，至少她抱怨少了。按照堂兄的说法，这也许跟她最近几年来变得无限的虔诚密不可分，——K上次看望母亲时，已经隐隐发现的某些迹象，几乎叫他反感。在一封信里，堂兄十分形象地描述说，老太太以前只能是步履蹒跚，艰难行走，而现在，当他星期天领着她去教堂时，她便挽起他的胳膊，几乎迈着轻快的大步走去。K是可以相信堂兄的。这人一向谨小慎微，无论报告什么情况，宁可少报喜多报忧。

然而，无论怎样，K现在下定决心要回去一趟。除了其他令人不愉快的事情外，他新近又发现自己在某种程度上很容易伤感，近乎毫无理由地企图听命于自己的一切欲望,——既然如此,在这种情况下,这种偏执的做法至少有利于一个良好的动机。

他走到窗口,想稍微集中一下自己的思想,然后立刻让把午饭端下去,并派办事员去格鲁巴赫太太那里,告诉她要外出,取来手提包;而且让格鲁巴赫太太帮他打好提包,她觉得需要装什么随她便。接着,他向库纳先生吩咐了几项他外出期间应该处理的业务。这一次,K对库纳的习气几乎没有动怒;库纳先生接受任务时,总是偏着个脸,已经习以为常了,仿佛他该要做什么,心里完全有底,而且把分派任务仅仅只是当做走过场忍受着。最后,他去找经理,请求经理准他两天假去看望母亲。经理自然问道,K的母亲是不是病了。"没有。"K说,他没有再说下去。他站在屋子的中间,两手交叉在背后。他皱起眉头沉思着。也许他对准备外出的事太性急了吧?呆在这儿不更好吗?他要去那儿干什么呢?他莫非是凭着一时的感情冲动才要去那儿吗?难道凭着一时感情冲动就不怕在这儿误了重要的事吗?几星期来,这案子似乎搁置下来了,他几乎没有听到一个确切的消息。可现在,时刻都可能出现干预的机会。再说他的突然出现不会吓坏母亲吗?他当然不会存心这样,但这种事却会违背他的意愿轻而易举地发生,因为现在就有许多事情违背他的意愿发生了:其实母亲根本就没有盼望他回去。以前堂兄来信,总是一再重复着母亲急切地盼望着他回去,现在已经好久不再提了。因此,他不是为了看望母亲而回家去,这是不言而喻的。然而,如果他因为自己的缘故,抱着某种希望去的话,那他就是一个地地道道的白痴。而且即使到了那里,也只会在最后的绝望中自食其白痴行为的恶果。但是,他决不改变初衷,明知不可而执意要去,仿佛所有这一切疑虑不是他自己的,都是别人企图强加给他似的。这期间,经理无意地、或者说很可能是出于对K的体谅而埋头在一张报纸上,现在抬起眼来,起身握住K的手,没有再提什么问题,祝愿他旅途顺利。

K回到他的办公室里,踱来踱去,在等待着办事员回来;他几乎一声不吭地拒绝了一再跑进来打探他为什么外出的副经理。他终于等来了手提包,便立刻跑下楼去,径直奔向预先订好的马车。K已经跑到了楼梯上的时候,就在这最后一刻,银行职员库里希又出现在楼梯上,他手里拿着一份起了头的函件,显然要请求K给以批示。虽然K挥手拒绝了他,可是这个金发大脑袋的家伙反应却是那么迟钝。他误解了K的意思,手里挥动着那张文稿,跨着十分危险的步子,急不可待地追下楼梯。K见此火冒三丈,等库里希在门外台阶上赶上他时,便一把从他手里抓过那份函件撕了个粉碎。K上了车回过头来时,看到库里希站在原地一动不动,痴痴地目送着离去的马车,好像没有意识到自己的失误。而站在他身旁的门房则脱下帽来深深地致意。这么看来,K的确还是银行里的一个头面职员。如果库里希要否认的话,门房会给予驳斥的。而且K的母亲甚至不顾任何反唇相讥,把K当成银行的经理,几年来已经是这样了。在她的眼里,无论K的声望会遭受到怎样的伤害,K是不会沉下去的。也许这是一个好的征兆,他正好在出发前使自己深信,他还可以一如既往,从一个甚至跟法院有关系的职员手里夺过函件来,不管三七二十一撕个粉碎,而他则安然无恙。当然,他恨不得照着库里希那张苍白的圆脸打两记响亮的耳光。但是,他不可以这样做。